Rose Snow

17

Das erste Buch der Erinnerung

© by Christine

Hinter dem Pseudonym Rose Snow stecken Ulrike Mayrhofer und Carmen Schmit. Zusammen sind sie fünfundsiebzig Jahre alt, haben zwei Männer, sechs Kinder und einen Hund. Sie können ewig reden, lieben Pizza und Schokolade und lachen unheimlich gerne, vor allem über sich selbst. Seit dem Sommer 2014 schreiben sie Romantic Fantasy, darunter die vierteilige Bestsellerreihe »17 – Die Bücher der Erinnerung«. Kühn nachgerechnet sind die beiden schon seit unfassbaren vierundzwanzig Jahren befreundet. Sie kennen sich aus ihrer Schulzeit und schreiben trotz der Distanz Hamburg–Wien miteinander. Bedeutet: unzählige Stunden via Skype, schallendes Gelächter und das Teilen tiefster Geheimnisse, auch wenn sie noch so peinlich sind.

Rose Snow

17

Das erste Buch der Erinnerung

Ravensburger Buchverlag

Als Ravensburger Taschenbuch
Band 1
erschienen 2018

MIX
Papier aus verantwortungsvollen Quellen
FSC® C114500

1 2 3 4 5 E D C B A

Lektorat: Rose Snow
Umschlaggestaltung: Rose Snow & Lisa Zoerrer
unter Verwendung von Bildern von
© VectorWeb und Mary Ro/Shutterstock

Printed in Germany

ISBN 978-3-473-58534-2

www.ravensburger.de

Die Erinnerung ist das einzige Paradies,
aus dem wir nicht vertrieben werden können.
Jean Paul

PROLOG

Seit meinem siebten Lebensjahr ist mein Vater mit mir auf der Flucht. Wir hetzen von Stadt zu Stadt, von Schule zu Schule, von Wohnsitz zu Wohnsitz. Sein Job verlangt das so, behauptet er, aber wir wissen beide, dass er lügt. Es liegt nicht an seinem Job, dass wir nirgendwo länger als ein paar Monate bleiben. Es liegt auch nicht an seiner Faszination für fremde Städte oder an seiner großen Abenteuerlust.

Ich weiß genau, woran es liegt, dass er immer weiterzieht.

Ich weiß genau, *an wem* es liegt.

Aber vor den Toten kann man nun mal nicht davonlaufen.

KAPITEL 1

Das neue Zimmer in dem neuen Haus roch nach Farbe. Es war die aggressive Sorte, die einem beim Einatmen das Gefühl gab, sämtliche Nasenhaare wegzuätzen, und ich ging mit schnellen Schritten zum Fenster, um frische Luft hereinzulassen.

Draußen war es schon dunkel. Der Regen trommelte gegen die nassen Scheiben und ein Schwall kalter Luft kam mir entgegen, als ich das Fenster öffnete. Ich spürte, wie der Regen mein Gesicht benetzte, und atmete tief ein. Unter mir lag unser neuer Vorgarten, dahinter die neue Straße mit der neuen Nachbarschaft und irgendwo dahinter die neue Schule, der ich mich morgen stellen musste. Alles neu.

Ich bereute, mich diesmal nicht stärker gewehrt zu haben.

Der Regen klatschte mir ins Gesicht und die Nässe auf meinen Wangen erinnerte mich daran, wie ich früher oft geweint hatte, wenn wir umgezogen waren – meist genau dann, wenn ich endlich Freunde gefunden hatte. Doch das war nicht mehr als eine Erinnerung. Inzwischen weinte ich nicht mehr, inzwischen versuchte ich, gar nichts mehr zu fühlen. Was man nicht fühlte, konnte man auch nicht vermissen.

Eine Weile blieb ich so stehen und starrte hinaus in die Dunkelheit. Dabei versuchte ich, nicht an Pippa und Franzi zu denken, die ich vor einer Woche zum letzten Mal gesehen hatte und die ich trotz all meiner guten Vorsätze des Nichtfühlens mit einer Intensität vermisste, die mich selbst überraschte. Natürlich schrieben wir uns noch, aber ich wusste, dass es nur eine Frage der Zeit war, bis uns das Leben dazwischenkommen und sie mich vergessen würden. Es war nicht einfach, Freundschaften aufrechtzuerhalten, die nur knappe sechs Monate gedauert hatten.

Als mir der Wind eine eisige Bö mit kalten Wassertropfen ins Gesicht schleuderte, schloss ich das Fenster wieder. Ich konnte diese Stadt schon jetzt nicht ausstehen. Wir hätten kaum weiter in den Norden ziehen können, ohne auf einer Eisscholle zu leben.

Seufzend setzte ich mich an den neuen weißen Schreibtisch und zog die zerknitterte Liste aus meinem Rucksack.

»Keine Reue, Jo«, flüsterte ich mir leise zu und meine Stimme klang seltsam fremd in dem spärlich möblierten Zimmer. Bisher gab es darin nur ein Bett, eine Kommode und diesen nüchternen Schreibtisch mit der blauen Tischlampe. Und so würde es auch bleiben. Ich hatte es aufgegeben, Zeit und Energie in eine gemütliche Einrichtung zu investieren, da wir in ein paar Monaten sowieso wieder die Stadt wechseln und nur das Nötigste mitnehmen würden.

Behutsam strich ich die Liste glatt und starrte darauf. Ich hatte sie vor ein paar Wochen gemeinsam mit Pippa und Franzi begonnen, genau an dem Tag, als Oskar Decker mich zu seiner angesagten Halbjahres-Abschlussparty eingeladen hatte.

Die Überschrift lautete: *Siebzehn Dinge, die ich vor meinem siebzehnten Geburtstag tun möchte, weil ich meine langweilige Jugend sonst ewig bereuen würde.* Die Idee dafür stammte von Pippas verrücktem Reuespiel, das sie sich vor meiner Zeit ausgedacht hatte – angeblich weil Franzi zu oft zu viele Dinge bereute. Damit zog Pippa Franzi immer auf, aber ich glaubte, dass sie es einfach interessant fand, sich zu überlegen, was andere Leute in ihrem Leben oder einer bestimmten Situation bereuten.

Je länger ich mich mit der Liste beschäftigte, desto wichtiger wurde sie für mich. Von den siebzehn Punkten hatte ich mir bisher zwar erst dreizehn überlegt, aber ich war fest entschlossen, meine Anti-Reue-Vorsätze nach und nach umzusetzen, wie lächerlich sie auch sein mochten.

Deshalb stand auch *Oskar Decker küssen* ganz oben auf meiner Liste, gefolgt von: *Endlich irgendwo ankommen*.

Punkt eins hatte ich nach Oskars Party durchgestrichen, doch angekommen war ich noch immer nicht. Meine Augen flogen über die restlichen Zeilen. Mein siebzehnter Geburtstag war in fünf Wochen und ich hatte noch nicht einmal die Hälfte meiner Anti-Reue-Vorsätze abgehakt.

Einen Joint rauchen.

Von einem Bungee-Kran springen.

Auf ein Konzert von NEBEN gehen.

Einen wahren Freund finden.

Das hatte ich in einem sentimentalen Moment geschrieben und jetzt starrte ich darauf und fragte mich, ob Pippa und Franzi diesen

Punkt erfüllten. Ich dachte an unser letztes Selfie, als Pippa meine langen blonden Haare wie einen Schnurrbart über ihre Lippen gelegt und Franzi ein Duckface gemacht hatte und wir alle so viel lachen mussten, dass mir hinterher der Bauch wehgetan hatte. In der kurzen Zeit in Wien hatte ich sehr viel Spaß mit Pippa und Franzi gehabt. Wir hatten zusammen »The 100« und »Pretty Little Liars« gesuchtet, hatten verrückte Kochexperimente durchgeführt, Zeitschriften gelesen und Musik gehört, bei der Pippa immer viel zu laut mitgesungen hatte.

Seufzend ließ ich meinen Blick weiter über die Liste gleiten. Es gab so vieles, was hier noch offen war, und einiges, das sich nur schwer erreichen ließ oder für das ich mich schlicht nicht mutig genug fühlte.

»Keine Reue«, flüsterte ich erneut, denn ich hasste das Gefühl, zurückzublicken und zu denken, etwas versäumt zu haben. Reue schien allgegenwärtig zu sein, nicht nur bei mir. Ich sah sie in den Gesichtern der Menschen, sah sie jeden Tag auf den Zügen meines Vaters, der noch immer vor dem Tod meiner Mutter davonlief, und den die Reue innerlich auffraß. Ich hatte keine Lust, so zu enden.

Gedankenverloren strich ich mit den Fingerspitzen über das silberne Medaillon, das ich um den Hals trug. Das ovale Schmuckstück mit den filigranen, verschnörkelten Verzierungen hing an einer zarten Kette und schmiegte sich sanft an meine Brust. Ich hatte es von meiner Mutter geerbt, die es wiederum von ihrer Tante Leonore vermacht bekommen hatte. Die Eltern meiner Mutter waren sehr früh gestorben und meine Mutter war deshalb bei meiner Großtante aufgewachsen, die ich selbst nicht mehr kennengelernt hatte. Aus Erzählungen wusste ich nur, dass sie ziemlich esoterisch veranlagt gewesen sein musste und viel von der eigenen inneren Kraft gehalten hatte.

Vorsichtig öffnete ich das Medaillon. Auf der einen Seite war der Satz »*Der Schlüssel liegt in dir*« eingraviert und auf der anderen Seite befand sich das Foto meiner Mutter. Sie war eine sehr schöne Frau gewesen, und auch wenn ich ihre langen blonden Haare und die großen braunen Augen geerbt hatte, konnte ich mit ihrem entwaffnenden Lächeln nicht mithalten. Für einen Moment lächelte ich zurück, doch dann zog wieder die Schwere ihrer Abwesenheit an mir und drohte mich beinahe zu erdrücken. Schnell schloss ich das Medaillon.

Dann setzte ich die Spitze des Füllers auf das Papier und schrieb auf, was mir spontan in den Sinn kam:

Nicht in der Erinnerung leben. Nach vorn sehen.

Selbst wenn dieses Vorn ein beschissener erster Tag in einer neuen Schule war.

In der Nacht schlief ich schlecht. Anscheinend hatte ich wieder einen Albtraum, an den ich mich am nächsten Morgen nicht erinnerte, denn mein T-Shirt war völlig durchgeschwitzt. Als ich aufstand, präsentierte sich der neue Tag trüb, grau und nebelig. Da meine Stimmung ohnehin schon am Boden war, deprimierte mich der Blick aus dem Fenster jedoch nicht übermäßig, sondern traf genau meine Erwartungen an diese Stadt. Gähnend tappte ich ins Badezimmer und duschte so lange, bis das heiße Wasser aufgebraucht war. Dann griff ich nach meiner grauen Lieblingsjeans sowie einem schwarzen T-Shirt, bürstete mir die Haare und hörte noch kurz etwas Musik. Ich mochte die traurigen Texte der Band

NEBEN und vor allem mochte ich die raue Stimme des Sängers. Während ich noch ein paar Songs lauschte, blätterte ich nebenbei in einem GEO-Magazin und riss mich erst los, als es an der Zeit war, zur Schule zu gehen. Dann schnappte ich mir meinen Rucksack und ging die Treppe hinunter, um den ersten Tag hinter mich zu bringen.

Mein Vater saß schon mit einer Tasse Kaffee am Frühstückstisch und las Zeitung. Sein Gesicht wurde dabei zur Hälfte verdeckt, sodass nur seine grauen Augen hinter der eckigen Brille und seine Glatze zu sehen waren. Ohne Brille hatte mein Vater eine verblüffende Ähnlichkeit mit Professor Xavier aus X-Men, auch wenn er etwas größer war und keine Gedanken lesen konnte. Wobei er bei meinem aktuellen Gesichtsausdruck wohl auch keine Gedanken zu lesen brauchte.

»Guten Morgen, Jo«, sagte mein Vater, blickte von seiner Zeitung auf und faltete sie langsam zusammen.

»Morgen«, murmelte ich und öffnete die Kühlschranktür. Gähnende Leere erwartete mich dahinter und das neue Gerät verströmte noch diesen chemischen Industriegeruch – es kam mir so vor, als würde es überall in diesem Haus nach Farbe und Chemie stinken.

Mit einem Seufzen schloss ich die Tür und schnappte mir einen Apfel aus der Obstschale. Er war nicht mehr ganz frisch, aber besser als gar nichts.

»Ich muss heute unbedingt einkaufen gehen«, sagte mein Vater und trank den letzten Schluck seines Kaffees leer.

Ich biss in den Apfel. »Kein Ding. Ich hab zur Zeit sowieso nicht viel Hunger.«

Mein Vater, der wie immer ein kariertes Hemd trug, stand auf und stellte seine leere Tasse in die Spüle. »Soll ich dich zur Schule fahren?« Er warf einen kurzen Blick aus dem Fenster. »Es sieht so aus, als ob es jeden Moment zu regnen anfängt.«

»Hm, sieht ganz danach aus«, gab ich so sachlich wie möglich zurück. »Laut meteorologischer Statistik hat Hamburg hundertdreiunddreißig Regentage pro Jahr. Man kann also davon ausgehen, dass es an jedem dritten Tag regnen wird. Hast du vor, mich dann jedes Mal zu fahren?« Der letzte Satz kam etwas schärfer aus mir heraus, denn es nervte mich, dass er jetzt so tat, als ob ihn das bescheuerte Wetter überhaupt kümmerte. Es hatte ihn schließlich niemand gezwungen, den Job in Hamburg anzunehmen.

»Jo, bitte lass das«, sagte mein Vater.

»Du wolltest hierherziehen, nicht ich«, sagte ich vorwurfsvoll und schnappte mir meinen Rucksack. »Bis später.«

»Es gibt da etwas, über das wir reden müssen, so schnell wie möglich«, fügte er hinzu, doch da war ich schon an der Tür.

»Klar, was immer du willst – aber jetzt muss ich wieder zu einer neuen Schule«, rief ich ihm zu und verließ das Haus, ohne noch einmal zurückzusehen.

Auf dem Weg die Straße runter versuchte ich, diese nasskalte Stadt ein bisschen weniger abzulehnen. Wir waren in eine breite Straße mit hohen Kastanienbäumen gezogen und ich wich einigen großen Pfützen aus, während ich das Gespräch im Geiste Revue passieren ließ, bevor ich mir selbst befahl, damit aufzuhören. Es machte keinen Sinn, in der Vergangenheit herumzustochern, selbst wenn diese noch keine fünf Minuten alt war.

Ein paar Häuser weiter stand ein großer Umzugswagen auf der anderen Straßenseite und ich verlangsamte automatisch meine Schritte, während ich hinübersah. Ein blonder Typ um die vierzig diskutierte gerade mit einem keuchenden Möbelpacker. Anscheinend ging es um einen wertvollen Kirschholzschrank, der nicht durch die Eingangstür passte. Unser neuer Nachbar warf immer wieder sorgenvolle Blicke gen Himmel und schien zu bereuen, hierhergezogen zu sein. Wie gut ich ihn verstehen konnte.

Als das Schulgebäude aus rotem Ziegelstein in Sicht kam, legte sich ein unangenehmes Gewicht auf meine Brust. Obwohl man meinen sollte, dass ich genug Übung darin hatte, immer wieder neu anzufangen, konnte ich die ersten Tage an einer neuen Schule nicht leiden. Ich konnte die anfängliche Aufmerksamkeit genauso wenig ausstehen wie die wertenden Blicke und die oberflächlichen Gespräche. Ich war einfach nicht gut in Small Talk. Unglücklicherweise war ich auch nicht gut darin, fremde Leute an mich ranzulassen, was jede tiefer gehende Unterhaltung ausschloss. Nur bei Pippa und Franzi war es irgendwie anders gewesen – vielleicht weil die beiden direkt auf mich zugesteuert waren und mir mit ihrer offenen, lustigen Art gar keine andere Chance gelassen hatten, als sie zu mögen. Mit ihrem verrückten Reuespiel hatten sie meinen Schulalltag ordentlich aufgepeppt und nachdem ich begonnen hatte, meine Aufmerksamkeit der imaginären Reue meiner Mitmenschen zu widmen, ließ sich diese Angewohnheit nur schwer wieder ablegen – denn die Reue versteckte sich überall. Auf dem Weg hierher hatte ich mir einen Chai Latte gekauft und dabei eine Mutter mit schreienden Zwillingen gesehen, die es definitiv bereute, kein Kindermädchen eingestellt zu haben. Zurück auf der regennassen Straße war mir ein Mann im Businesslook über den Weg gelaufen, der laut fluchend bereute, in eine Pfütze gestiegen zu sein.

Ich nahm einen Schluck von meinem heißen Tee. Irgendwann würde ich vielleicht auch dahinterkommen, was genau mein Vater bereute, der oft abwesend und in Gedanken versunken wirkte. Ich war mir sicher, dass es etwas mit Mamas Tod zu tun hatte, da er seitdem ruhelos von einem Ort zum nächsten gezogen war. Deshalb wünschte ich mir so gut wie täglich, er würde seine Erinnerungen endlich mit mir teilen.

Ein lauter werdendes Gekicher ringsum lenkte meine Aufmerksamkeit wieder ins Hier und Jetzt. Auf der breiten Treppe, die zum Eingangstor der Schule führte, sah ich ein pummeliges Mädchen mit schwarzen Locken und Sommersprossen, das einen knallroten Mantel zu neongrünen Stiefeln trug und mit dieser Farbkombination für allgemeine Erheiterung sorgte. Der zornige Blick, den sie den kichernden Mädels zuwarf, signalisierte, dass sie es noch bereuen würden, sich über ihr modisches Experiment lustig gemacht zu haben. Dennoch führte jedes verächtliche Lachen dazu, dass sich ihre Wangen etwas dunkler färbten, bis ihr Gesicht zu glühen schien und mit dem knallroten Mantel um die Wette leuchtete.

Ich rückte meinen Rucksack auf der Schulter zurecht, während ich die Treppe nach oben ging. Das Mädchen in dem gewagten Outfit tat mir leid, denn obwohl sie offensichtlich versuchte, sich nicht unterkriegen zu lassen, sah man ihr an, dass sie die Reaktionen ringsum auch nicht kaltließen. Ich betrachtete im Vorbeigehen die gertenschlanke Schülerin mit dem tiefroten Lippenstift, von der

der meiste Spott ausging, und überlegte, ob ich mich einmischen sollte, als ich hinter mir jemanden leise schnauben hörte. Automatisch drehte ich mich um. Das Geräusch kam von einem schwarzhaarigen Typen, der hinter mir die Treppe hochkam und um den alle einen Bogen zu machen schienen. Er betrachtete missbilligend das Mädchen mit den roten Lippen, das daraufhin zu grinsen aufhörte und rasch weiterging, bevor sein verärgerter Blick zu mir schwenkte. Für den Bruchteil einer Sekunde sah ich ihm direkt in die funkelnden dunkelgrünen Augen und mein Puls schoss in die Höhe. Normalerweise reagierte ich nicht so auf Jungs, aber dieser hier war irgendwie anders. Eine düstere Aura schien von ihm auszugehen. Sein Blick war unglaublich intensiv und dazu kam, dass er wirklich verboten gut aussah. Seine Haare waren kurz geschnitten und er hatte ein kantiges Gesicht, das nicht den Anschein erweckte, als ob er jemals damit lächelte. Seine Züge waren ebenmäßig; er hatte eine gerade Nase und volle Lippen und noch während ich seinen Anblick in mich aufsaugte, kam er weiter auf mich zu. Allerdings beachtete er mich längst nicht mehr. Erst als wir beide auf derselben Stufe standen, erstarrte er mitten in der Bewegung. Ich sah, wie er beinahe reflexartig sein linkes Handgelenk umfasste und seinen Kopf in meine Richtung drehte. Für einen Moment wirkte er überrascht, doch schon im nächsten Augenblick zeichnete sich unverhohlene Feindseligkeit auf seinen Zügen ab. Verwirrt versuchte ich, den plötzlichen Sinneswandel zu verstehen, doch da hatte er sich schon abgewandt und war mit schnellen Schritten in der Menge verschwunden.

Mit klopfendem Herzen sah ich ihm hinterher.

Was, bitte schön, war das denn gewesen?

»Hey, steh hier nicht so im Weg rum!«, ertönte in dem Moment eine selbstbewusste Stimme. Kurz darauf wurde ich von einem hellblonden Jungen mit einer blauen Trainingsjacke beiläufig zur Seite geschoben. Er war sehr groß, hatte einen muskulösen Körperbau und stechend blaue Augen. Mit seiner hellen Haut und den kurzen blonden Haaren sah er aus wie der Kapitän einer schwedischen Fußballmannschaft oder des Hockeyteams. Obwohl ich es nicht mochte, ungefragt angefasst zu werden, lenkte es mich wenigstens von der seltsamen Begegnung mit dem dunkelhaarigen Typen ab.

»Dir muss das Training ja einiges abverlangen, wenn du es nicht mal schaffst, einen Bogen um mich zu laufen«, erwiderte ich kühl und ging weiter die Treppe nach oben.

Der Junge schnaubte überheblich. »Du checkst es einfach nicht, oder? Klar *könnte* ich einen Bogen um dich laufen, der springende Punkt ist, dass ich keinen Bock darauf habe. Außerdem bin ich es gewohnt, dass man mir Platz macht.«

Ich nahm einen Schluck von meinem Chai Latte und zog eine Augenbraue hoch. »Funktioniert das auch im Straßenverkehr? Ich würde zu gern sehen, wie du bei Rot über die Kreuzung gehst.«

Er lächelte eingebildet, als wir durch das hohe Eingangstor traten. »Und ich würde zu gern sehen, wie du dich jetzt einfach in Luft auflöst. Anscheinend bekommen wir beide nicht, was wir wollen.« Er hielt kurz inne. »Moment, ich schon.« Mit diesen Worten widmete er sich seinem Smartphone und ließ mich stehen.

Ich blickte ihm kopfschüttelnd hinterher. Anscheinend gab es in dieser Schule nur Idioten. *Allerdings verdammt gut aussehende Idioten*, flüsterte eine Stimme in mir und ich musste wieder an den

Schwarzhaarigen mit den dunkelgrünen Augen denken. Entschieden schob ich alle Gedanken an ihn zur Seite und sah mich dann in dem Schulgebäude um. Obwohl es riesig war und über unendlich viele Treppen verfügte, war das Sekretariat gut ausgeschildert und ich folgte den Pfeilen zu einem hellen Raum mit Topfpalmen und Strandbildern. Anscheinend versuchte sich die Schulsekretärin mithilfe ihrer Umgebung innerlich an einen weißen Sandstrand zu versetzen und ich konnte mir lebhaft vorstellen, dass sie sich wünschte, jeden Morgen auf Hawaii statt in dieser hundertdreiunddreißig-Regentage-Stadt aufzuwachen.

Nachdem ich von ihr meinen Stundenplan ausgehändigt bekommen hatte, verließ ich das Sekretariat und knallte dabei beinahe in einen Jungen mit wuscheligen dunkelblonden Locken. Seine Haut war gebräunt und er erinnerte mich an Matthias Schweighöfer, nur irgendwie größer und muskulöser.

»Sorry.« Er lächelte mich charmant an und machte einen Schritt zurück. »Meine Schuld. Ist mein erster Tag hier und ich hab gedacht, ich finde das verdammte Sekretariat nie.«

Ich lächelte zurück und bekämpfte den Drang, einen blöden Witz über die gefühlt tausend Hinweisschilder mit Pfeilen in Richtung Sekretariat zu machen.

»Ich bin Louis«, sagte er und ließ den Blick aus seinen warmen braunen Augen einmal kurz über meinen Körper schweifen. Dabei lächelte er mich freundlich an und ich drückte den Stundenplan und meinen Chai Latte etwas enger an meine Brust. Nach den beiden bisherigen Kontakten an dieser Schule war es beinahe merkwürdig, so wohlwollend betrachtet zu werden.

»Jo«, stellte ich mich vor.

»Du bist auch neu?«, fragte er mit einem Blick auf meinen Stundenplan.

Ich nickte und strich mir eine Haarsträhne hinters Ohr. »Vor einer Woche hergezogen.«

»Ganz schön beschissen, mitten im Jahr die Schule zu wechseln, oder?«, fragte Louis und wich zur Seite aus, als eine Horde Fünftklässler lärmend an uns vorüberzog.

»Na ja, ich bin es gewohnt«, gab ich abgelenkt zurück.

Louis sah mich neugierig an. »Ach ja? Wieso das?«

Ich biss mir auf die Lippen und bereute es, meinen Umzugs-Highscore schon mit meinem zweiten Satz offenbart zu haben.

Rasch zuckte ich mit den Schultern und versuchte meine Aussage herunterzuspielen. »Mein Vater muss beruflich manchmal umziehen.«

»Na dann«, sagte Louis, »werde ich dich in der Cafeteria mal auf einen Kaffee einladen. Vielleicht hast du ja ein paar ultimative Schulwechsel-Tipps für mich.«

Ich schmunzelte. »Du meinst so was wie: Man sollte versuchen, nicht gleich am ersten Tag zu spät zu kommen?«

»Mist.« Er zog rasch sein Handy aus der Jeans. »Ist es echt schon so spät?« Nach einem Blick auf das Display fluchte er. »Okay. War nett, fast in dich hineingerannt zu sein.« Mit diesen Worten riss er die Tür zum Sekretariat auf und knallte dabei fast in eine schlanke Frau mit glatten roten Haaren. Sie trug eine violette Seidenbluse zu einer dunklen Jeans und ließ vor Schreck ihre Unterlagen fallen.

»Oh mein Gott. Sorry«, stammelte Louis und fuhr sich beschämt durch seine dunkelblonden Locken. »Erster Tag, und ich renne gleich zwei hübsche Frauen beinahe über den Haufen. Tut mir leid.«

»Nicht so schlimm«, antwortete die rothaarige Frau und lächelte Louis an. »Schlimmer wäre es gewesen, wenn du den Inhalt ihres Bechers auf meine neue Bluse geschüttet hättest.« Dann sah sie mich an. »Hallo, du musst Johanna sein. Ich bin Frau Engel und unterrichte Biologie. Du kannst gleich mitkommen, wir haben die erste Stunde zusammen.« Sie ging in die Knie und begann die Unterlagen aufzusammeln. Louis bückte sich ebenfalls mit gehetztem Gesichtsausdruck, um zu helfen.

»Geh nur rein«, sagte ich aus einem Impuls heraus zu Louis. »Ich helfe Frau Engel.«

Er blickte unschlüssig zu der Biologielehrerin, die zustimmend nickte, und seufzte erleichtert.

»Danke«, flüsterte er dann in meine Richtung und stieß die Tür zum Sekretariat auf.

»Das war nett von dir«, sagte Frau Engel und sammelte einige eng mit Namen beschriebene Listen ein. Ich kniete mich auf den Boden, um ihr zu helfen. »Ich bin mir sicher, du wirst dich bei uns wohlfühlen, Johanna«, erklärte sie.

»Jo«, verbesserte ich automatisch und hörte ein Räuspern hinter mir. Als ich mich umdrehte, beschleunigte sich mein Herzschlag. Hinter mir auf dem Gang stand wieder der schwarzhaarige Typ von der Treppe. Der Ausdruck in seinem Gesicht war genauso feindselig wie zuvor und seine dunkelgrünen Augen schienen jede meiner Bewegungen zu erfassen. Ich atmete kontrolliert aus. Meine Reaktion war absolut lächerlich und ich hoffte, dass er nichts bemerkt hatte.

»Okay, dann nenne ich dich Jo«, sagte Frau Engel und richtete ihren Blick auf den Jungen hinter mir. »Hallo, Adrian. Bringst du mir den Schlüssel für das Kopierzimmer?«

Er nickte, ohne mich aus den Augen zu lassen, und machte einen Schritt auf die Lehrerin zu. Plötzlich fühlte ich mich, als säße ich in der Falle. Mein Puls raste und ich betete nur, dass ich nicht rot werden würde. Rasch drückte ich Frau Engel die restlichen Zettel in die Hand und streifte dabei mit den Fingerspitzen unabsichtlich ihr Handgelenk. Dann keuchte ich auf, als mich plötzlich irgendetwas nach vorn riss.

Für die Dauer eines Herzschlags hatte ich das Gefühl, von einer enormen Energie weggesogen zu werden, und im nächsten Moment fand ich mich unter freiem Himmel wieder. Der Schulkorridor mit der Lehrerin war verschwunden, stattdessen stand ich inmitten eines wogenden Feldes voller hoher silberner Gräser. Die Halme wiegten sich sanft im Wind und das flache Land erstreckte sich bis zum Horizont. Keuchend drehte ich mich im Kreis. Über mir spannte sich ein gelber Himmel mit funkelnden Sternen, der so anders aussah als jeder Himmel, den ich bisher in meinem Leben gesehen hatte. Die Wolken bewegten sich unnatürlich schnell über meinen Kopf hinweg.

Mein Herz trommelte gegen meinen Brustkorb. Wo zum Teufel war ich?

»Hallo?«, rief ich.

Meine Stimme klang seltsam an diesem Ort. Es war, als würden die Worte nur für die Dauer des Augenblicks existieren, in denen ich sie formte.

»Hallo?«, rief ich ein zweites Mal und hatte wieder das Gefühl, als

würde mein Ruf von dem Meer der silbernen Gräser um mich herum verschluckt werden.

Ein paar der silbernen Halme auf der wogenden Ebene leuchteten andersfarbig, eher golden, und ich schlang die Arme um meinen Körper. Wo war ich? Und was passierte hier? Träumte ich etwa?

Unschlüssig machte ich ein paar Schritte durch die Graslandschaft. Der Wind fuhr leise raschelnd durch die hohen Gräser und ich bemerkte, wie eines davon direkt neben mir golden aufleuchtete. Vorsichtig berührte ich den zarten Halm.

Im nächsten Moment war das silberne Feld mit dem gelben Himmel verschwunden und ich sah Frau Engel auf dem Schulkorridor stehen. Aber sie trug nicht die violette Bluse und die dunkle Jeans, sie trug ein weißes Leinenkleid und hatte ihre Haare hochgesteckt. In der Hand hielt sie einen Schlüssel, den sie dem dunkelhaarigen Typen namens Adrian aushändigte. Was war das hier? Halluzinierte ich? Und warum war es hier plötzlich kühler? Doch noch bevor ich meine Gedanken zu Ende denken konnte, hatte ich plötzlich das Gefühl, mit einer enormen Wucht aus der Szene herausgerissen zu werden.

Mit hämmerndem Herzen kam ich wieder in der Realität an. Einen Moment lang war ich total orientierungslos und stützte mich mit beiden Händen auf dem Boden vor mir ab, auf dem ich noch immer kniete.

Was war gerade passiert? War ich auf dem besten Weg, verrückt zu werden?

»Alles okay?«, fragte Frau Engel stirnrunzelnd und legte mir eine Hand auf die Schulter. »Du siehst so blass aus.«

Ich atmete tief durch. Der Unnahbare – Adrian – strich kurz

über seinen linken Unterarm, bevor er mich mit zusammengekniffenen Augen betrachtete. Irgendetwas in seinem funkelnden Blick sagte mir, dass ich vorsichtig sein musste.

»Das ist nur mein Kreislauf«, murmelte ich daher rasch und versuchte, ihn nicht anzustarren. »Das passiert manchmal, wenn ich ohne Frühstück das Haus verlasse.«

»Atme tief durch«, sagte Frau Engel und legte ihre Hand beruhigend auf meine Schulter. »Ich kann dir einen Müsliriegel anbieten.«

»Nein danke, es geht schon«, versuchte ich abzuwehren und stand wackelig auf. Ich wollte so schnell wie möglich von hier weg, da ich Adrians eindringlichen Blick äußerst unangenehm fand. Aber am beängstigendsten war, dass ich keine Ahnung hatte, was gerade eben mit mir passiert war.

Hatte ich tatsächlich halluziniert?

Machte mich diese Schule schon am ersten Tag verrückt?

Am liebsten hätte ich auf dem Absatz kehrtgemacht und wäre zurück in unser neues Haus gegangen, um in Ruhe über alles nachzudenken. Ich hatte Frau Engel gerade mit Adrian gesehen, wie sie ihm einen Schlüssel *überreichte*, nicht wie sie ihn annahm. Aber wie war das möglich?

Als ich merkte, dass ich Adrian nun doch anstarrte, senkte ich rasch den Blick. Gleichzeitig kündigte die Schulglocke den Beginn der ersten Stunde an.

»Oh, schon so spät«, seufzte Frau Engel und stand ebenfalls auf. »Geht es dir wirklich wieder gut?«

Ich nickte nachdrücklich. »Ja. Ist schon wieder vorbei«, sagte ich so munter wie möglich.

»Gut. Dann komm mit. Ich zeige dir deine neue Klasse.«

Frau Engel streckte einladend den Arm aus und ich bewegte mich rasch in die angegebene Richtung. Als ich an Adrian vorbeikam, sah ich, wie er einen Schritt zurückwich. Die Reaktion irritierte mich, aber ich versuchte, mir nichts anmerken zu lassen. Stattdessen folgte ich Frau Engel hinaus auf den Flur und schob alle drängenden Fragen nach meiner geistigen Gesundheit für den Augenblick mit Gewalt beiseite.

KAPITEL 2

»Und das ist Jo. Sie ist aus Wien hierhergezogen und ich möchte, dass ihr sie in unserer Klassengemeinschaft willkommen heißt«, sagte Frau Engel, als wir wenig später in einem hellen Raum standen, dessen eine Seite von einer breiten Glasfront eingenommen wurde. Adrian hatte sich wortlos auf einen Platz in der Nähe der Fenster gleiten lassen und starrte mich von dort mit einem unergründlichen Gesichtsausdruck an. Seine ganze Körperhaltung drückte Anspannung aus und ich verfluchte es, dass der Typ ausgerechnet in meine Klasse ging. Eigentlich hatte ich ihn älter geschätzt und unbewusst der Abschlussklasse zugeordnet, aber offenbar hatte ich mich da geirrt. Was die Kälte in seinem Blick anbelangte, irrte ich mich jedoch mit Sicherheit nicht. Verwirrt fragte ich mich, was in ihm wohl vorging.

In mir selbst tobte jedenfalls ein einziger Gefühlstsunami. Was war auf dem Gang vor dem Sekretariat mit mir geschehen? Warum hatte ich diese Bilder gesehen?

Adrians dunkelgrüne Augen bohrten sich in meine und ich hörte das Blut in meinen Ohren rauschen.

»Jo?«, fragte Frau Engel in diesem Moment und holte mich damit aus dem Chaos in meinem Kopf. Ich blickte mich um. Vierundzwanzig Augenpaare waren auf mich gerichtet und in der Klasse war es so still, dass man das Fallen einer Stecknadel hätte hören können. Ich fing den amüsierten Blick des überheblichen Kerls mit den kurzen hellblonden Haaren auf, der mich vorhin an der Treppe blöd angemacht hatte. Augenblicklich spürte ich, wie mir die Hitze ins Gesicht schoss. Also ging der auch noch in meine Klasse?! Befanden sich alle Idioten dieser Schule in meiner Klasse?

»Ja?«, krächzte ich und bereute zutiefst, mit meinen Gedanken woanders gewesen zu sein.

»Ich habe gefragt, ob du uns etwas über dich erzählen möchtest«, wiederholte Frau Engel mit einem besorgten Ausdruck im Gesicht. Offensichtlich dachte sie, ich würde noch unter den Nachwirkungen meiner erfundenen Kreislaufschwäche leiden.

Ich holte tief Luft und schüttelte den Kopf.

»Nein – danke«, presste ich nach einer kurzen Pause hervor.

Frau Engel wirkte ein bisschen enttäuscht, aber dann strich sie sich ihre violette Seidenbluse glatt und lächelte mich aufmunternd an.

»Du kannst dich dort neben Conny setzen«, sagte sie und deutete auf einen Tisch in der Mitte, wo das pummelige Mädchen mit den schwarzen Locken und den grünen Stiefeln saß, das ich vorhin beobachtet hatte. Ich nickte und bahnte mir meinen Weg zwischen den Tischen hindurch, ohne die Leute anzusehen. Leises Gekicher und Getuschel verfolgte mich und ich konnte es den anderen nicht einmal verübeln. Obwohl ich schon so viele Umzüge und Klassenvorstellungen hinter mich gebracht hatte, war das mit Abstand die peinlichste von allen gewesen. Ich hatte zwar nie besonders viel von mir erzählt – was sollte ich auch schon groß erzählen, außer dass meine Mutter tot war und mein Vater mich seitdem wie ein Wahnsinniger durch Deutschland, Österreich und die Schweiz gejagt hatte –, aber ich hatte bis heute wenigstens versucht, den Anschein von Normalität zu wahren. Gerade jedoch war mein Kopf völlig leer gewesen. Schon auf dem Weg in die Klasse hatte ich es kaum geschafft, in zusammenhängenden Sätzen auf die Fragen der Lehrerin zu antworten – und im Nachhinein wusste ich nicht mal mehr, worüber wir geredet hatten.

»Hey«, sagte Conny, als ich mich neben sie setzte, und schenkte mir ein breites Lächeln. Auf ihrer Nase leuchteten ein paar Sommersprossen und zwischen ihren Vorderzähnen steckte etwas, das nach Karotte aussah.

»Hey«, antwortete ich schwach und lächelte gezwungen zurück.

»Ich bin Conny«, sagte sie und streckte mir zur Begrüßung die Hand hin.

»Jo«, murmelte ich und schüttelte ihre verschwitzten Finger. Nach einem Augenblick zog Conny ihre Hand zurück und wischte sie sich unauffällig an der Jeans ab.

Es war ein seltsamer Moment – ich war mir nicht sicher, ob sie der Meinung war, dass der Schweiß von mir stammte, oder ob sie einfach bereute, mir ihre schwitzende Hand gegeben zu haben. Wir wechselten noch ein kurzes, verzerrtes Lächeln und wandten uns dann dem Unterricht zu.

Es fiel mir schwer, mich zu konzentrieren. Immer wieder wurde mein Blick von Adrian angezogen, der in seinen abgewetzten Jeans und dem dunklen T-Shirt viel zu gut aussah. Es war mir schon fast vor mir selbst peinlich, wie sehr er mich aus der Fassung brachte, und ich verstand es auch nicht. Wieso reagierte ich so stark auf ihn? Okay, er war verdammt attraktiv und hatte diesen geheimnisvollen Touch, aber er benahm sich mir gegenüber seltsam – und das müsste doch langsam auch der letzte Winkel meines Körpers kapiert haben. Parallel dazu musste ich auch immer wieder an das Erlebnis mit Frau Engel denken, bis ich mir einfach nur noch wünschte, der Tag möge endlich zu Ende gehen.

Deshalb war ich auch unglaublich froh, als ich irgendwann den erlösenden Ton der Schulglocke hörte.

Hastig packte ich meine Sachen in den Rucksack, verabschiedete mich eilig von Conny, mit der ich mich in den Pausen dann noch recht nett unterhalten hatte, und machte, dass ich nach Hause kam.

Ich musste nachdenken, brauchte Zeit für mich. Der hellblonde Junge mit der Trainingsjacke – Conny hatte mir erzählt, dass er Finn hieß – hatte sich für den Rest des Tages auf meine Kosten amüsiert, weil ich Adrian offensichtlich etwas zu auffällig angestarrt hatte. Das war lästig, aber ich versuchte dem Ganzen nicht mehr Aufmerksamkeit zu schenken als unbedingt nötig. Viel mehr beschäftigte mich momentan, was auf dem Gang vor dem Sekretariat geschehen war und wieso ich plötzlich auf einem Feld voller silberner Gräser gestanden hatte, obwohl ich zum Frühstück doch nur einen Apfel und kein Omelett mit Magic Mushrooms gehabt hatte.

Als ich schließlich das nach Farbe stinkende neue Haus betrat, hatte ich noch immer keine Erklärung dafür gefunden. Doch je mehr Zeit verstrich und je länger es her war, desto unwirklicher kamen mir meine Erlebnisse vor. Ich begann zu glauben, dass ich vielleicht wirklich eine Kreislaufschwäche erlitten und so etwas wie eine Blitzohnmacht gehabt hatte. Vielleicht war das gar nichts Schlimmes, vielleicht passierte so etwas auch anderen Leuten.

Ich überlegte, ob ich meine Symptome (Gleichgewichtsstörungen, Halluzinationen, Orientierungslosigkeit) vielleicht googeln sollte, entschied mich dann aber dagegen. Auf diese Internetdiagnosen war ohnehin kein Verlass.

Erschöpft schmiss ich meinen Rucksack in eine Ecke und ging in die Küche, um mir etwas zu essen zu machen. Als ich den Kühlschrank öffnete, stöhnte ich genervt. Die Fächer waren genauso leer wie heute Morgen.

Frustriert knallte ich die Tür wieder zu und lehnte den Kopf gegen die kalte, glatte Oberfläche. Der moderne Kühlschrank brummte und gluckerte leise vor sich hin und ich stand da und verabscheute dieses Geräusch genauso wie mein ganzes Leben.

Alles hier war schrecklich. Ich fühlte mich so verdammt allein und wünschte, meine Mutter wäre noch bei mir.

Obwohl seit ihrem Tod nun schon beinahe zehn Jahre vergangen waren, vermisste ich sie oft noch so stark, dass ich das Gefühl hatte, keine Luft mehr zu bekommen.

Unglücklich rieb ich mir über die Augen und atmete tief durch. Ich hasste es, dass die Leute sagten, die Zeit würde alle Wunden heilen, weil es einfach nicht stimmte.

Natürlich ging es mir oft gut. Manchmal dachte ich sogar tage-

oder wochenlang nicht an sie. Und dann, an manchen Tagen, schlug der Schmerz erbarmungslos zu. Als ob er ein Jäger wäre, der sich auf die Lauer gelegt hatte und nur darauf wartete, dass ich unaufmerksam wurde.

Ich nahm meinen Kopf von der Kühlschranktür, wischte mir entschlossen die Tränen ab und schnappte mir mein Handy. Dann scrollte ich mich im Internet durch die hiesigen Lieferdienste und bereute es, Conny nicht gefragt zu haben, welchen sie mir empfehlen konnte. Das war auch eines der lästigen Dinge am Umziehen: Man musste immer wieder aufs Neue herausfinden, welcher Lieferservice etwas taugte und von welchem man besser die Finger ließ.

Eine Stunde später saß ich mit vier verschiedenen Pizzen von vier verschiedenen Lieferdiensten im offenen Wohnbereich auf dem Sofa und machte den ultimativen Pizzatest, als mein Vater von der Arbeit kam.

Ich wusste, dass er es furchtbar fand, wenn ich auf dem Sofa aß, und er wusste, dass ich es furchtbar fand, ständig umzuziehen, wodurch wir in einer Pattsituation waren, aus der ich keinen Ausweg sah.

»Hallo, Papa.« Als kleine Geste schaltete ich den Ton von meinem YouTube-Video leiser und legte das angebissene Pizzastück zurück in die Schachtel. Nach dem vielen Essen hatte ich ohnehin schon Bauchschmerzen.

»Hey, Jo.« Er legte den Mantel ab. »Wie war's in der Schule?«

Ich zog eine Augenbraue hoch. »Willst du das wirklich wissen?«

Er blickte mich einen Moment lang an und ich sah das schlechte Gewissen in seinem Gesicht aufblitzen. Da ich ihn weder anlügen noch mit ihm streiten wollte, entschied ich mich zu einer Gegenfrage. »Wie war's denn bei dir auf der Arbeit?«

Mein Vater arbeitete als Informatiker und liebte es, sich stundenlang mit irgendwelchen IT-Systemen und -Problemen auseinanderzusetzen. Und anscheinend war er auch nicht schlecht in dem, was er tat, denn er hatte nie ein Problem, einen Job zu finden.

»Ziemlich gut«, sagte er und ging ins Vorzimmer, um eine schwere Tüte mit Lebensmitteln zu holen. »Aber es gibt einige Baustellen und Sicherheitslücken in ihrem System, da werde ich die nächsten Wochen viel zu tun haben.«

Ich beobachtete ihn dabei, wie er die Tüte in die offene Küche trug und seine Einkäufe in den Kühlschrank räumte.

»Und wie sind die Leute so? Sind sie nett?«

Er nickte. »Ja, das sind sie. Heute war ich mit ein paar von ihnen essen und ich glaube, sie sind ganz in Ordnung – denn, du wirst es nicht glauben, sie nehmen ihre Mahlzeit mit Besteck an einem Tisch ein.« Er runzelte die Stirn und blickte vielsagend auf die offenen Pizzaschachteln, aber ich hörte an seiner Stimme, dass er mir wahrscheinlich auch ein Lagerfeuer mitten im Wohnzimmer erlaubt hätte, wenn ich nur aufhörte, ihm den erneuten Umzug vorzuwerfen.

Einen seltsamen Moment lang bekam ich fast ein schlechtes Gewissen, aber dann erinnerte ich mich wieder an seine Unnachgiebigkeit in den vergangenen Jahren und das schlechte Gewissen verflog. Als ich noch etwas jünger gewesen war, hatte ich versucht, gegen unser Nomadenleben zu rebellieren, indem ich mir in jeder neuen Stadt die Haare gefärbt hatte. Zuerst von blond auf dunkelbraun, dann in blau, pink und violett. Ich war sowieso die Außenseiterin, wenn ich in eine neue Klasse kam, daran änderte mein Aussehen auch nichts. Doch mein Vater hatte dieses Zeichen meines Unmuts akzeptiert, ohne mit der Wimper zu zucken. Erst, als ich mir ein Tattoo stechen lassen wollte, hatten wir eine ernsthafte Auseinandersetzung. Damals argumentierte er, dass ich eine Tätowierung nicht einfach so rückgängig machen könnte und womöglich mein Leben lang bereuen würde. Was irgendwie komisch war, da ich Reue eigentlich immer für sein Thema gehalten hatte. Schließlich war er nicht da gewesen, als meine Mutter ums Leben kam, und für mich sah es so aus, als ob er vor seinen Schuldgefühlen noch immer davonlief.

Ich beobachtete vom Sofa aus, wie er eine Packung Milch in den Kühlschrank stellte und dann eine kleine Plastiktüte in die Höhe hielt. »Lust auf koreanisches Essen?«

Ich schüttelte den Kopf. »Nicht nach all den Pizzen.«

Mein Vater schaute auf die Reste des Pizza-Massakers. »Komisch«, sagte er und grinste. Dann richtete er sich sein vegetarisches Essen auf einem Teller an und setzte sich damit an den großen Tisch neben der offenen Küche. Nach den ersten paar Bissen legte er die Gabel jedoch wieder beiseite.

»So widerlich?«, fragte ich und stand vom Sofa auf. Meine vier Pizzaschachteln nahm ich mit und stellte sie auf dem großen Esstisch ab.

»Noch schlimmer«, erwiderte er und strich sich über seine Glatze. Dann rückte er seine Brille zurecht und schielte auf die Kartons. »Welche hast du bestellt?«

»Margherita«, sagte ich und schob ihm die Schachteln hin.

»Und welche ist am besten?«, fragte er weiter.

Ich zuckte mit den Schultern. »Das musst du schon selbst herausfinden.«

Mein Vater lächelte und öffnete die Verpackungen. »Vielleicht die, von der noch am wenigsten da ist?«

Ich zuckte mit den Schultern. »Könnte sein.«

Er schnappte sich ein Stück Pizza und betrachtete mich. Die Art, wie er es tat, machte mich stutzig.

»Was ist los?«, fragte ich.

Er tupfte seinen Mund mit einer Serviette ab. »Wir müssen reden, Jo.«

»Das tun wir doch gerade«, erwiderte ich.

»Das meine ich nicht, und das weißt du«, sagte er und sah mich mit seinen grauen Augen an. »Ich muss mit dir über ein Thema sprechen, das ich schon viel zu lange aufgeschoben habe«, erklärte er und klang dabei furchtbar ernst.

Ich nickte langsam und fragte mich, ob er wirklich dachte, mich noch irgendwie schocken zu können. Falls er mir jetzt eröffnete, dass wir übermorgen umziehen würden, würde ich die Koffer zum ersten Mal mit Freude packen.

»Ich habe jemanden kennengelernt«, offenbarte er mir in diesem Moment.

Ich blickte ihn an und wartete, ob noch etwas kam.

Er sah mich ebenfalls abwartend an, woraufhin ich mit den Schultern zuckte und »Okay« sagte. Seine Beziehungen gingen mich nichts an. Er ließ mich damit in Ruhe und ich ließ ihn damit in Ruhe. Bis auf die wechselnden Düfte der Parfüms auf seiner Kleidung bekam ich von den Frauen kaum etwas mit und ich hoffte, das würde auch in Zukunft so bleiben.

»Wieso erzählst du mir das?«, fragte ich, obwohl ich die Antwort gar nicht wirklich hören wollte.

Er reagierte nicht sofort, was mir komisch vorkam. »Wir sind doch erst seit ein paar Tagen in der Stadt«, fügte ich mit wachsendem Unbehagen hinzu.

Er rieb sich das glatt rasierte Kinn. »Ich kenne sie von früher.« Er stand auf und holte sich ein Glas aus dem Küchenschrank, das er mit Wasser füllte. »Das war noch vor deiner Mutter.«

Ich starrte ihn an. »Und was bedeutet das?«

Er setzte sich wieder zu mir an den Tisch und nahm einen Schluck von seinem Wasser. »Manchmal flackern Gefühle wieder auf, Jo. Manchmal ist es nach zwanzig Jahren so, als ob kein einziger Tag verstrichen wäre.«

»Als ob kein einziger Tag verstrichen wäre?«, wiederholte ich. »Was heißt das?«

Er holte tief Luft, aber ich redete schon weiter. »Und wieso erzählst du mir das eigentlich? Ich möchte nichts von deinen Frauengeschichten wissen. Ich erzähle dir ja auch nicht, mit welchem Jungen ich auf einer Party rumgemacht habe. Ich dachte, wir hätten da so etwas wie eine Vereinbarung.«

»Sie ist aber mehr als das, Jo«, erwiderte er streng. »Wir haben gemeinsam studiert. Wir hatten eine Beziehung. Seit wir uns bei einem Symposium vor einem Jahr zufällig über den Weg gelaufen sind, haben wir uns wieder regelmäßig getroffen und jetzt haben wir uns wieder …« Er brach ab.

»Was habt ihr jetzt wieder?«, hakte ich genervt nach, obwohl ich es eigentlich gar nicht hören wollte. Ich hatte im Moment genug eigene Sorgen, die ich erst mal auf die Reihe kriegen musste. Vielleicht hatte ich einen Hirntumor. Vielleicht war das der Grund, warum ich am helllichten Tag halluzinierte.

»Wir haben uns wieder verliebt«, sagte mein Vater und die Entschiedenheit, mit der er dies sagte, ließ keinen Zweifel darüber aufkommen, dass er es auch so meinte. »Deshalb wirst du sie kennenlernen. Bei einem gemeinsamen Essen, sie wohnt auch in Hamburg.« Er verschränkte die Finger ineinander.

»Sind wir deswegen nach Hamburg gezogen?«, fragte ich ungläubig.

»Nicht nur, aber sie war auch ein Grund«, sagte er ruhig.

»Aber wieso soll ich sie kennenlernen?« Ich schüttelte den Kopf. »In vier oder fünf Monaten ziehen wir doch sowieso wieder um. Du hast es doch noch nie länger als ein halbes Jahr irgendwo ausgehalten.«

Er räusperte sich. »Ich verstehe, warum du das glaubst, Jo. Aber diesmal ist es anders. Ich habe genug von dem ewigen Umziehen, ich fühle mich langsam zu alt und zu müde dafür. Diesmal möchte ich bleiben.«

Ich starrte ihn an. »Hier? Wegen ihr?«, brachte ich schließlich hervor. »Von all den Städten, durch die du mich gezerrt hast, willst du ausgerechnet hier bleiben?« Ich dachte an Adrian mit seinen verstörenden grünen Augen und konnte nichts dagegen tun, dass meine Stimme eine Oktave höher wurde.

»Ich hasse Regen!«, brach es aus mir heraus, als würde das etwas ändern – als würde das auch nur irgendetwas an der Tatsache ändern, dass er schon wieder über meinen Kopf hinweg entschied, was wir machen und wo wir leben würden, und dabei einzig und allein auf seine eigenen Gefühle Rücksicht nahm.

»Jo, ich verstehe, dass das viel für dich ist, aber bitte nicht in diesem Ton«, sagte er. »Hamburg ist eine sehr schöne Stadt und das wirst du auch noch bemerken.«

»Es geht doch gar nicht um Hamburg!«, rief ich. »Es geht um Pippa und Franzi und darum, dass ich mich in Wien endlich wohlgefühlt habe!« Ich spürte die Tränen kommen, spürte sie schon zum zweiten Mal an diesem Tag, nachdem ich monatelang nicht geweint hatte. Und weil ich ihm meine Schwäche und meine Hilflosigkeit nicht zeigen wollte, stolperte ich zurück und lief die Treppe hinauf in mein elendes nacktes Zimmer, das nach chemischer Farbe stank, und knallte die Tür hinter mir zu. Ich knallte sie so fest hinter mir zu, wie ich nur konnte, doch wie laut der Knall auch war, für mich war er nicht laut genug.

KAPITEL 3

Am nächsten Morgen stand ich so früh auf, dass ich schon weg war, bevor mein Vater seinen Morgenkaffee trank. Ich streifte durch die nebelverhangenen Straßen und versuchte die neue Situation zu verarbeiten. Zehn Jahre des Umherziehens sollten nun enden. Es war beinahe wie ein verfrühtes Geburtstagsgeschenk meines Vaters, das mich dazu befähigte, einen Punkt auf meiner Liste durchzustreichen: *Endlich irgendwo ankommen.* Allerdings nicht deshalb, weil ich es nicht mehr ertrug, ein ständiges Nomadendasein zu führen und niemals mehr zu besitzen als das, was in zwei große Koffer passte.

Nein, mein Vater tat es nur für sich selbst. Weil er sich verliebt hatte und weil das wichtiger war als meine Freundschaft zu Pippa und Franzi oder mein Wunsch nach Sonne oder überhaupt irgendetwas, das in mir vorging.

Voll unterdrückter Wut und Traurigkeit kam ich an diesem Tag in der Schule an. Am Fuße der großen Treppe traf ich Conny und obwohl sie bei einem Blick in den Spiegel wahrscheinlich bitter bereut hätte, für welche Farbkombination sie sich heute entschieden hatte (diesmal war es eine orangefarbene Jeans mit einem weißen Top, was an ihr leider nicht cool aussah), freute ich mich, sie zu sehen, weil sie mich von dem ganzen Chaos mit meinem Vater ablenkte. Und von meinem verräterischen Herzklopfen, wenn ich an Adrian dachte.

»Tja, und das ist der Schulhof«, meinte sie vier Stunden später in der großen Pause und machte eine weit ausholende Handbewegung, die auf das betonierte Rechteck mit den beiden Basketballkörben und den halb verkümmerten Bäumen hinwies. Überall standen und lümmelten Schüler, die sich in Gruppen unterhielten, lachten oder auf ihren Smartphones herumdrückten.

»Ich kann nicht glauben, dass du ihn dir gestern gar nicht aus der Nähe angesehen hast.« Sie steuerte auf eine unbesetzte Bank zu, holte eine grasgrüne Brotdose aus ihrem Rucksack und öffnete sie.

»Auch eine Karotte?«, fragte sie dann.

Ich blickte auf die vier orangefarbenen Möhren mit grünem Stiel. »Nein danke.«

Sie zuckte mit den Schultern und steckte sich eine Karotte in den Mund. »Sind aber gesund«, meinte sie kauend.

»Kann sein«, erwiderte ich. »Dafür schmecken sie nicht so gut wie Pizza.«

»Dafür sind sie aber dekorativer als Pizza.«

Ich runzelte die Stirn. »Wie meinst du das?«

»Hast du es noch nicht gesehen?«

»Was gesehen?«

Conny stöhnte und fuhr sich theatralisch durch die schwarzen Locken. »Du hast es *wirklich* noch nicht gesehen!«

»Wovon zum Teufel redest du?«

»Von meinem Instagram-Account.« Kopfschüttelnd holte sie ihr Handy aus der knallengen Jeans, was sich als ziemliche Herausforderung erwies. Sie steckte sich die Karotte zwischen die Zähne und tippte dann mit geübten Bewegungen auf dem Display herum.

»Hier«, nuschelte sie mit der Karotte im Mund und hielt mir das Handy hin. »Das bin ich.«

Neugierig nahm ich das Telefon entgegen und warf einen Blick darauf. Zu sehen war Connys Instagram-Account, den sie *Conny Carrot* genannt hatte.

Ich zog überrascht die Luft ein. »Wow, du hast schon über achttausend Abonnenten.«

Conny nickte stolz. »Ich mache das schon seit zwei Jahren. Ich wollte schon immer was mit Mode machen. Deshalb fotografiere ich meine Outfits. Ich wollte damit zeigen, dass man nicht superdünn sein muss, um sich modisch zu kleiden.«

Meine Augen huschten kurz über die orangefarbene Jeans mit den türkisfarbenen Chucks und ich erwiderte nichts.

»Auch wenn die anderen sich über mich lustig machen«, sie erhob ihre Stimme und blickte sich streitlustig auf dem Schulhof um, »wenn ich mal ein berühmter Instagram-Star bin und Millionen mit Werbedeals mache, wird ihnen das Lachen schon noch vergehen.«

»Und warum die Karotte?«, fragte ich, weil mir auffiel, dass auf fast jedem Bild von Conny eine angeknabberte Möhre zu sehen war.

»Damit hebe ich mich von den anderen ab. Jeder ist doch immer auf der Suche nach irgendwas, das ihn von den anderen unterscheidet, findest du nicht?«

Ich musste an Pippa und Franzi und unser Reuespiel denken und nickte zustimmend.

»Warum bist du eigentlich hier?«, fragte sie plötzlich.

»Meinst du das jetzt philosophisch? Warum ich auf der Welt bin?«

»Nein, ich meinte: Warum seid ihr nach Hamburg gezogen?«

Ich ertappte mich dabei, wie ich den Schulhof unauffällig nach Adrian absuchte, und erwiderte etwas verspätet: »Mein Vater hat einen neuen Job.«

»Was macht er denn?« Conny fotografierte ihre Karotte vor dem Hintergrund ihres ausgestreckten Beins und löschte das Foto danach wieder, da sie mit dem Ergebnis offenbar nicht zufrieden war.

»Er ist Informatiker, er arbeitet viel in der Softwareentwicklung und -verbesserung«, antwortete ich und versuchte gleichzeitig, die abwertenden Blicke von dem Finn-Fanclub gegenüber zu ignorieren.

»Interessant.«

»Nein, nicht wirklich. Er kann stundenlang über seinen Job sprechen und ich verstehe kein Wort.«

»Liegt das dann an ihm oder an dir?«, fragte Conny und ihr Mundwinkel zuckte.

Ich musste grinsen. »Du hast recht, vielleicht bin ich auch einfach zu blöd dafür«, stimmte ich zu.

Sie biss von ihrer Karotte ab, kaute eine Weile geräuschvoll und nickte nachdenklich. »Du solltest nicht zu hart mit dir ins Gericht gehen.«

Ich lächelte. »Das ist aber nett von dir.«

»Ich bin auch nett«, erwiderte sie.

»Und deswegen erklärst du mir alles und hängst in der Pause mit mir rum?«, fragte ich.

»Nein, das tue ich aus rein egoistischen Gründen. Die meisten Mädels hier sind Zicken oder haben schon ihre BFFs. Du bist noch allein und unverbraucht.«

Ich musste lachen. »Ich weiß gerade nicht, ob das ein Kompliment sein soll, Conny.«

»Nimm es einfach als eines«, sagte sie und dann blickte sie mich von der Seite an. »Interesse an einem kurzen *Who's who* der Schulszene?«

»Okay.«

Conny lächelte zufrieden und drückte mir ihre angebissene Karotte in die Hand. »Halt mal kurz.«

Ich war so überrumpelt, dass ich nicht protestierte, als sie ein Foto von mir und der Karotte machte und dabei unauffällig mit dem Kinn in Richtung der Leute nickte, die sich um Finn geschart hatten. Er überragte die meisten von ihnen und erinnerte mich mit seiner hellen Haut und den stechend blauen Augen noch immer an einen schwedischen Sport-Superstar.

»Siehst du den Typen mit der blauen Kappe und dem Schlafzimmerblick? Den kenne ich seit der zweiten Klasse, aber seit er mit Finn rumhängt, ist er ein absoluter Vollidiot geworden.«

Ich folgte ihrem Blick und sah, wie ein paar Meter von Finn und seiner Truppe entfernt Adrian den Schulhof betrat. Die Leute in seiner Nähe machten ihm automatisch Platz und obwohl ich es nicht wollte, spürte ich einen nervigen kleinen Adrenalinkick durch meinen Körper jagen.

»Weißt du auch etwas über ihn?«, fragte ich Conny und bereute die Frage beinahe im selben Moment, in dem sie mir über die Lippen kam. Kaum hatte ich den Satz gesagt, blickte Adrian zu uns herüber und ich hatte einen absurden Moment lang das Gefühl, als ob er mich gehört hätte.

»Adrian ist furchtbar geheimnisvoll«, gab Conny im Flüsterton zurück. »Er geht erst seit einem halben Jahr auf unsere Schule, aber die Mädchen haben ihn vom ersten Tag an vergöttert. Ich meine … sieh ihn dir doch an. Die dunkelgrünen Augen, die kurzen schwarzen Haare – wenn du mich fragst, könnte er den Bad Boy in jedem Film abgeben, so gut wie der aussieht.«

»Na ja. So toll sieht er nun auch wieder nicht aus«, murmelte ich, obwohl der Satz eine glatte Lüge war. Adrian war ungefähr gleich groß wie Finn, aber er wirkte irgendwie älter, was vermutlich auch daran lag, dass er seine Umgebung so distanziert betrachtete. Ich hätte ihn gerne einfach ignoriert, schaffte es aber nicht, den Blick abzuwenden. Es war, als ob eine hypnotische Kraft von ihm ausging, und ich verstand nicht, warum mein Körper bei seinem Anblick zu kribbeln anfing, obwohl er absolut kein Interesse an mir bekundete.

Mein einziger Trost bestand darin, dass ich nicht die Einzige war, die ihn anstarrte. Auch die anderen Mädchen auf dem Schulhof warfen immer wieder begehrliche Blicke in seine Richtung – wobei einige von ihnen auch unverhohlen den blonden Idioten Finn anhimmelten.

Conny schnaufte belustigt. »Interessant. Du findest also, dass Adrian nicht so toll aussieht«, wiederholte sie gedehnt. »Ich kann dir nur sagen, *die anderen* finden, dass Finn und Adrian die heißesten Jungs auf der ganzen Schule sind.«

Ich riss meinen Blick von Adrian los und verbot mir, noch einmal in seine Richtung zu schauen. »Und dennoch finde ich beide unsympathisch«, erwiderte ich entschieden.

»Dass sie nett sind, habe ich nie behauptet. Finn ist der absolute Schul-Superstar. Er macht Kickboxen, Karate, Taekwondo und was weiß ich noch alles. Außerdem ist er der Mannschaftskapitän im Hockeyteam.«

Ich schnalzte mit der Zunge. Wusste ich es doch.

»Und Adrian?«, fragte ich beiläufig, obwohl ich mich am liebsten selbst dafür geohrfeigt hätte.

Conny zuckte die Schultern. »Adrian ist Adrian. Von ihm ist kaum etwas bekannt. Er macht immer einen auf einsamen Wolf. Redet kaum mit jemandem, nicht mal mit den anderen Jungs. Mädchen scheinen ihn auch nicht zu interessieren. Es wird gemunkelt, dass er schwul sei.«

Unwillkürlich huschte mein Blick nun doch wieder zu ihm und ich biss mir auf die Lippen. »Sicher?«, hakte ich nach.

»Sicher, was?«

»Sicher, dass er schwul ist?«

Conny aß den Rest ihrer Karotte und zog die Nase kraus. Dabei betrachtete sie Adrian so eingehend, als ob man es ihm tatsächlich ansehen könnte, ob er auf Jungs oder Mädchen stand.

»Nein«, sagte sie nach einer Weile schließlich. »Wäre auch eine ziemliche Verschwendung, oder?«

Darauf erwiderte ich lieber nichts.

In dem Moment ging ein Lachen durch die Gruppe der Finn-Anhänger und ein Mädchen mit tiefroten Lippen und pechschwarz gefärbten Haaren sah auffällig zu uns rüber. Ich erinnerte mich an es. Es war dasselbe, das sich gestern über Connys bunte Mantel-Stiefel-Kombi lustig gemacht hatte.

»Das ist Vicki«, bemerkte Conny säuerlich. »Sie hält sich für Schneewittchen, oder so. Sie ist seit mindestens vier Jahren in Finn verknallt, aber zu ihrem Pech interessiert er sich nicht für sie. Sie hat sich daraufhin einmal quer durch die Parallelklasse gevögelt, aber das hat ihn nicht beeindruckt.«

Das konnte ich mir vorstellen. Finn wirkte grundsätzlich so, als würde er sich nur für sich selbst interessieren, auch wenn seine Anhängerschaft ihm augenscheinlich zu Füßen lag. Sie hatten sich alle um ihn geschart, während er auf seinem Handy herumtippte.

»Möchtest du vielleicht auch ein paar Leute aus der Parallelklasse kennenlernen?«, fragte Conny in dem Moment. »Da gibt es einen Jungen, der ist wirklich süß. Sein Name ist Louis und er ist auch neu hier. Er ist nicht so durchtrainiert wie Finn, dafür aber viel freundlicher. Ich habe gesehen, wie er gestern in der Cafeteria ein Mädchen vorgelassen hat, das sein Dessert vergessen hatte.«

»Louis habe ich gestern auch kennengelernt, der machte wirklich einen freundlichen Eindruck«, sagte ich, als eine WhatsApp von meinem Vater eintrudelte:

»Jo, ich kann mir vorstellen, dass das alles etwas viel für dich war. Glaub mir, für mich ist es auch eine Umstellung. Trotzdem hoffe ich, dass du dem Ganzen zumindest eine Chance gibst – versuch es doch wenigstens. Wir werden heute alle zusammen essen gehen, dann kannst du Lea kennenlernen und wir

können die ganzen Vorurteile schnell aus der Welt
räumen.
Hdl, Papa.«

Ich schluckte und las die WhatsApp-Nachricht ein zweites Mal.

»Alles okay?«, fragte Conny und sah mich forschend an.

Ich nickte mühsam beherrscht und stand auf.

»Alles okay«, presste ich hervor.

Sie sah ebenfalls auf die Uhr. »Die nächste Stunde fängt bald an. Ich komme gleich mit.«

Als wir an Finns Gruppe vorbeikamen, hob der Junge mit der blauen Kappe und dem Schlafzimmerblick anzüglich die Augenbrauen.

»Hey, Neue, bist du nicht zu hübsch, um mit der Dicken abzuhängen?« Sein Blick glitt verächtlich zu Conny hinüber, deren Wangen sich rot färbten. Dennoch reckte sie das Kinn in die Höhe und sah ihm direkt in die Augen.

»Sagt der Typ, der auf Partys so lange Tequila trinkt, bis er die Raufasertapete vollkotzt.«

»Hey, das war nur *ein Mal*«, zischte die blaue Kappe. »Außerdem …«

»Hey, lass die Bitch doch mit der Dicken reden«, mischte sich Finn ein, ohne den Blick von seinem Smartphone zu heben. »Ist ja nicht so, als ob ihre Scheiße jemand Wichtigen interessieren würde.«

Conny kniff die Augen zusammen und schüttelte den Kopf.

»Ignorier ihn einfach.«

Normalerweise hätte ich das vielleicht auch getan, aber normalerweise bekam ich auch keine WhatsApp von meinem Vater, der mich zu einem Treffen mit seiner neuen Flamme bringen wollte, um angebliche Vorurteile meinerseits aus der Welt zu schaffen.

Ich blieb stehen. »Nein«, sagte ich und blickte Finn widerspenstig an. Er mochte der hellblonde Superstar und der Traum aller Mädchen auf diesem Schulhof sein – für mich war er einfach nur ein selbstgefälliger Arsch, der keine Grenzen kannte, weil seine Mutter es wahrscheinlich nie geschafft hatte, *Nein* zu ihm zu sagen.

»Nein?«, wiederholte Finn gelangweilt, während er nur kurz in meine Richtung sah, um dann wieder auf sein Handy zu glotzen. »Und was willst du jetzt tun? Dich mit mir prügeln?« Seine ganze Körpersprache zeigte, dass er mich überhaupt nicht ernst nahm.

Ich verengte meine Augen und schwor mir, dass er seine Überheblichkeit heute noch bereuen würde.

Die blaue Kappe lachte und die restliche Truppe stimmte ein. Ich ließ meinen Blick über den betonierten Pausenhof schweifen. Fast der gesamte Schulhof sah uns zu. Auch Adrian lehnte mit verschränkten Armen an einer Wand und blickte zu mir. Obwohl sein Gesicht keine Regung zeigte, klopfte mein Herz schneller, als ich ihn ansah. Rasch wandte ich den Blick wieder ab und machte einen Schritt auf Finn zu.

»Das würdest du tun?«, fragte ich so leise, dass nur die Umstehenden mich hören konnten. »Dich mit einem Mädchen prügeln, das nur die Hälfte von dir wiegt?«

Finn fuhr sich durch seine kurzen hellblonden Haare und grinste selbstgefällig, während er mit der anderen Hand weiter auf seinem heiß geliebten Handy herumtippte. »Wenn dieses Mädchen darauf besteht. Ich bin für die absolute Gleichberechtigung von Mann und Frau. Hab ich von meiner Mutter gelernt.«

Ich sah ihn an. Es sprach für sein großes Selbstbewusstsein, dass er keine Scheu hatte, seine Mutter ins Spiel zu bringen. Generell war sein riesiges Ego in jeder Bewegung sichtbar, sogar als er sein Handy in die hintere Hosentasche steckte, geschah das mit einer unglaublichen Arroganz. Ich betrachtete ihn für einen Moment. Wie es aussah, gab es nur einen Weg, ihn zu treffen.

»Komm«, sagte ich zu Conny. »Lass uns gehen.« Mit diesen Worten ging ich knapp an Finn vorbei und rempelte ihn dabei an. Mann, war der groß.

»Geht's noch?«, knurrte er.

»Soll ich dir einen Arzt rufen?«, gab ich zurück.

»Hey, du brauchst wohl eher einen Arzt.« Er maß mich einmal von oben bis unten. »Einen Therapeuten.«

»Kannst du mir denn einen guten empfehlen?«, fragte ich kalt und ging, bevor er noch antworten konnte.

»Oh Mann, was war das denn?«, fragte Conny, als wir den Schulhof hinter uns gelassen hatten und wieder im Flur standen. Ich lächelte geheimnisvoll und warf einen kurzen Blick über die Schulter, um zu sehen, ob die Luft rein war.

»Ich hab ihm sein Handy geklaut«, flüsterte ich dann und zeigte ihr für einen Moment das iPhone in meiner Handinnenfläche.

»Ach du Scheiße«, entfuhr es Conny begeistert und sie schlug sich die Hand auf den Mund. »Das ist ... genial! Allerdings wird er dich umbringen. Sein Handy ist ihm absolut heilig.«

Ich schüttelte den Kopf. »Er wird mich nicht umbringen. Er wird gar nicht merken, dass es weg war. Wie lange ist noch Pause?«, fragte ich.

Conny schaute auf die Uhr. »Noch vier Minuten.«

»Das muss reichen.« Ich blickte sie eindringlich an und senkte meine Stimme. »Aber du musst mir helfen, denn wir haben nicht viel Zeit.«

Conny erwies sich als perfekte Komplizin und nach einem kurzen Abstecher aufs Klo, wo wir unsere Ruhe hatten, erreichten wir das Klassenzimmer ein paar Sekunden vor Ende der Pause.

Als die dreistufige Tonfolge ertönte, die den Beginn der neuen Stunde ankündigte, schlenderte ich an Finns unbesetztem Platz vorbei und ließ sein Handy unauffällig in sein Tischfach gleiten. Dann setzte ich mich lächelnd neben Conny, die so tat, als würde sie den Stoff der letzten Mathestunde wiederholen.

»Woher kannst du das eigentlich?«, fragte sie mich leise und ich schüttelte den Kopf.

»Erzähl ich dir später«, flüsterte ich.

In diesem Moment landete eine schwere Hand auf der Lehne meines Stuhls und ich spürte, wie sich jemand zu mir herunterbeugte.

»Du hast mein Handy geklaut«, zischte mir Finn ins Ohr und ich ärgerte mich darüber, dass ich beim Klang seiner Stimme leicht zusammenzuckte.

»Sie hat dein Handy nicht. Und jetzt lass sie in Ruhe«, fauchte Conny in Finns Richtung.

»Oder willst du meine Sachen durchsuchen?«, setzte ich herausfordernd hinterher, da ich schon die Schritte des Mathelehrers hörte. Finn drehte sich verärgert um und verschwand auf seinen Platz.

Conny sah ihm mit funkelnden blauen Augen hinterher und ich sah ein winziges Stückchen Karotte, das an ihrem Handgelenk klebte.

»Moment mal, du hast da was«, sagte ich und schnippte das Karottenstückchen mit den Fingern von ihrer Haut. Im nächsten Moment fühlte es sich an, als würde mich etwas aus der Gegenwart reißen.

Plötzlich fand ich mich unter einem knallroten Himmel auf einem weiten Feld wieder, dessen wogende Graslandschaft bis zum Horizont reichte. Der Wind wirbelte meine langen Haare in die Höhe und fuhr brausend über die silbernen Gräser. Vereinzelt leuchteten einige davon golden auf, sowohl nah als auch fern. Mit angehaltenem Atem blickte ich mich um.

Was passierte hier mit mir? Und wieso passierte es schon wieder? Mein Herz klopfte wahnsinnig schnell, es pochte wie ein Trommelwirbel in meiner Brust, und ich drehte mich im Kreis. Dabei streiften meine Finger über das hüfthohe Gras und mit einem Mal verschwand die weite Ebene mit dem blutroten Himmel.

Stattdessen fand ich mich in einem Partyraum wieder, als hätte jemand das Fernsehprogramm gewechselt und mich in eine neue Szene gebeamt.

Es war kühl hier und ich hörte wummernde Musik. Sie klang gedämpft, als hätte ich Kopfhörer auf. In einer Mischung aus Faszination und Beklommenheit blickte ich mich um. Die Farben wirkten etwas blasser als sonst und ich sah eine Menge tanzender Menschen. Sie trugen knappe sexy Kleidung und schienen sich alle zu amüsieren. Langsam ging ich auf einen großen Kerl in der Mitte der Tanzfläche zu. Es war Finn. Er bewegte sich auf akrobatische Weise im Rhythmus der Musik und wirkte rundum zufrieden. Um ihn herum tanzten ein paar Mädchen, die allesamt wunderschön waren. Ich kniff die Augen zusammen und sah mir die Mädels genauer an. Eine davon war Vicki, die ich mit Conny auf dem Pausenhof gesehen hatte und die mich hier tatsächlich an Schneewittchen erinnerte. Ihre Lippen glänzten dunkelrot, ihre Beine waren endlos lang und ihre Moves supersexy. Während sie tanzte, betrachtete sie Finn unter halb geschlossenen Lidern und ich erkannte das Begehren in ihrem Blick. Sie wollte ihn eindeutig für sich, aber Finn schien ganz in der Musik aufzugehen und kein Interesse an einem Flirt zu haben.

Neugierig wanderte ich weiter und entdeckte Conny ganz allein in einer Ecke stehend. Sie trug ein glitzerndes silberfarbenes Kleid, das sich eng um ihren Bauch spannte, und hatte einen riesigen Pappbecher in der Hand, aus dem sie mit gierigen Schlucken trank. Ich bewegte mich in Connys Richtung und je näher ich ihr kam, desto mehr Details nahm ich rund um mich wahr. Ich roch den Zigarettenrauch genauso, wie die Rum-Cola in Connys Becher … und ich hörte das Getuschel, während ich mir über die Arme rieb, weil es nicht wärmer geworden war.

Das Getuschel übertönte inzwischen die Musik und als ich mich neben Conny stellte und ihre Perspektive einnahm, sah ich auch, woher es kam.

Es kam von überall.

Jeder einzelne Partygast starrte Conny an. Manche lachten, andere hielten sich verschwörerisch die Hand vor den Mund und flüsterten einander Gemeinheiten über sie zu. Conny blickte an sich selbst herunter. Ich stand neben ihr und zog irritiert die Luft ein. Das Kleid war noch enger geworden und schnürte sie ein wie eine Presswurst, während der ganze Raum von höhnischem Gezischel erfüllt war.

»Conny«, flüsterte ich bestürzt und wollte nach ihr greifen, doch in dem Moment wurde ich weggezogen.

Die Schwerkraft zerrte an mir und drückte mich in meinen Stuhl. Ich war froh, zu sitzen, weil ich sonst womöglich das Gleichgewicht verloren hätte.

Meine Hände klammerten sich an dem ersten Ding fest, das sie fanden, und das war der Tisch vor mir. Verwirrt blickte ich mich um.

Ich war wieder in der Klasse.

»Was hast du?«, fragte Conny irritiert.

»Nichts«, murmelte ich schwach, weil ich mich plötzlich ziemlich erschöpft fühlte. In diesem Augenblick ging der junge Mathelehrer mit dem roten Bart an mir vorbei und ich war extrem dankbar dafür, dass die Stunde anfing und sich die allgemeine Aufmerksamkeit auf ihn richtete.

Außerdem verstand ich nicht, was gerade passiert war. Konnte es sein, dass ich soeben Connys Gedanken gesehen hatte? Die Vorstellung hatte etwas verdammt Beängstigendes und ich starrte ausschließlich auf meine Tischplatte, während ich mein Erlebnis – oder besser gesagt: meine beiden Erlebnisse – zu verstehen versuchte.

Waren diese Dinge real? Oder war schon die Frage an sich einfach lächerlich?

»Guten Morgen allerseits. Bitte schlagen Sie Ihre Bücher auf Seite dreiundneunzig auf. Wir befassen uns heute mit Wahrscheinlichkeitsrechnungen«, sagte der Mathelehrer gut gelaunt.

Ich griff mit zitternden Fingern nach meinem Mathebuch. Wie wahrscheinlich war es denn, dass ich in die Köpfe meiner Mitmenschen blicken konnte?

»Alles okay mit dir?«, fragte Conny leise. »Du bist weiß wie die Wand.«

Ich schluckte. »Danke, alles gut.« Das war zwar gelogen, aber was hätte ich sagen sollen? Ich hätte mir die Wahrheit ja selbst nicht geglaubt.

Finn hatte sich in der Zwischenzeit widerwillig auf seinen Stuhl fallen lassen und verschränkte die Arme vor der Brust, während er mich weiterhin mit bösen Blicken durchbohrte.

Der Mathelehrer fuhr sich über seinen roten Bart. »Herr Meinherz, wenn Sie Ihre Aufmerksamkeit von Frau Lindner, so bezaubernd sie auch sein mag, auf Seite dreiundneunzig lenken würden, wäre ich Ihnen äußerst verbunden.«

Finn wandte sich missmutig von mir ab und schlug das Mathebuch auf. Erst, als er seinen Kopf über die Zahlen senkte, gelang es auch mir, mich ein wenig zu entspannen.

In diesem Moment ging die Klassentür auf und Adrian betrat den Raum. Unsere Blicke trafen sich und ich erwartete halb, dass er den Kontakt unterbrechen würde, doch stattdessen sah er mich weiter an. Sein Gesichtsausdruck war undurchdringlich und gab nicht den kleinsten Hinweis darauf, was in ihm vorging. Ich bemerkte lediglich, dass sich seine geraden schwarzen Augenbrauen bei meinem Anblick ein Stück zusammenzogen. In dem Moment wurde mir bewusst, dass ich ihn schon wieder anstarrte, aber wenigstens war ich nicht die Einzige. So gut wie jedes Mädchen in der Klasse starrte ihn an.

»Entschuldigen Sie die Verspätung«, sagte er nun zu dem Mathelehrer und der Klang seiner dunklen Stimme zupfte an meinen Nervenenden. Ich hatte ihn noch nie zuvor sprechen gehört und er klang mindestens genauso sexy, wie er aussah.

»Kein Problem, kommen Sie rein«, sagte der Mathelehrer und winkte Adrian herein, der ohne Eile die Tür hinter sich schloss und quer durch den Raum zu seinem Platz ging. Als er bei mir vorbeikam, klopfte mein Herz so laut, dass ich mir sicher war, er müsste es hören. Unauffällig schielte ich aus dem Augenwinkel zu ihm hinauf und sah, wie er tief einatmete. Gleichzeitig strich er sich schon wieder über seinen linken Unterarm und drehte den Kopf zu mir herum. Ich fühlte seinen intensiven Blick auf mir und registrierte, wie sich mein ganzer Körper unwillkürlich anspannte. Das Adrenalin schoss durch mich hindurch und meine Verwirrtheit von eben wich einer gespannten Wachsamkeit.

Trotzig hob ich den Kopf und begegnete dem Blick seiner dunkelgrünen Augen. Es war fast, als würden Funken zwischen uns hin- und herspringen und ich war mir nicht sicher, ob sich das gut oder schlecht anfühlte.

»Frau Lindner scheint heute eine ganz besondere Anziehungskraft zu besitzen«, bemerkte der Mathelehrer amüsiert. »Dennoch fände ich es schön, wenn Sie jetzt Ihren Platz einnehmen würden.«

Adrian starrte mich noch immer an und sein Blick wurde von Sekunde zu Sekunde unangenehmer. Dann schien er sich einen Ruck zu geben und ging zu seinem Platz. Ich atmete erleichtert aus und merkte erst jetzt, dass ich die Luft angehalten hatte.

»Wunderbar. Danke schön«, kommentierte der Mathelehrer ironisch und ich senkte den Blick wieder auf mein Buch.

Es fiel mir jedoch schwer, mich zu konzentrieren. Zu verwirrend waren die letzten Ereignisse gewesen. Was war da eben zwischen mir und Adrian passiert? Warum reagierte ich immer so stark auf ihn, selbst wenn ich es gar nicht wollte? Außerdem musste ich dringend mit Conny reden und sie fragen, ob es diese Party, die ich nun irgendwie miterlebt hatte, wirklich gegeben hatte. Nachdenklich betrachtete ich Finn. Er war auch dort gewesen und einige weitere Leute aus meiner neuen Klasse ebenfalls.

Konnte es sein, dass ich in Connys Erinnerungen eingetaucht war? Oder nur in ihr Kopfkino? Der Gedanke war so absurd, dass ich ihn kaum glauben konnte.

Noch während ich das alles zu verarbeiten versuchte, sah ich, wie Conny sich unauffällig zu meinem Rucksack hinunterbeugte und mein Handy aus der Tasche nahm, das sie mir verstohlen zusteckte.

»Tu es«, flüsterte sie mir zu und ich sah den aufgeregten Glanz in ihren Augen. »Jetzt ist der perfekte Zeitpunkt.«

Finn sandte mir in diesem Moment einen tödlichen Blick und ich sah in seinen Augen, dass er mich für meinen Diebstahl bezahlen lassen wollte. Sein linkes Knie wippte unaufhörlich auf und ab, fast, als wäre er auf Entzug. Ich wusste, dass er der Meinung war, ich hätte sein Handy noch immer in meiner Gewalt, und beschloss, meine ganzen offenen Fragen für den Moment zur Seite zu schieben und Finn nicht länger auf die Folter zu spannen. Außerdem würde ich es wahrscheinlich bis an mein Lebensende bereuen, wenn ich mir diese einmalige Chance entgehen ließ. Rasch scrollte ich zum letzten Anruf und drückte die Rückruftaste.

Für eine lange Sekunde passierte gar nichts. Dann durchschnitt

Justin Bieber die Stille und sang lautstark »*Sorry*«. Doch im Gegensatz zu Justin Bieber bereute ich nichts.

Der Mathelehrer kratzte sich an seinem roten Bart. »Welche junge Dame sich auch immer soeben als Justin-Bieber-Fan geoutet hat, es wäre sehr nett, wenn Sie jetzt bitte ihr Handy ausschalten könnten.«

Die Mädchen sahen einander erwartungsvoll an. Ich blickte ausschließlich zu Finn, der inzwischen gecheckt hatte, dass der schmalzige Gesang aus seinem Tischfach kam. Hastig schnappte er sich sein Handy und schaltete es stumm.

»Interessanter Musikgeschmack, Herr Meinherz.« Der Mathelehrer zog eine Augenbraue hoch und grinste. »Ideal, um auszurechnen, wie hoch die Wahrscheinlichkeit ist, dass auch noch weitere junge Männer an dieser Schule den gleichen Klingelton haben wie Sie.«

Ein unterdrücktes Kichern rollte durch die Klasse und ich musste ebenfalls schmunzeln.

Finn erwiderte nichts und durchbohrte mich stattdessen mit einem tödlichen Blick. Dann formte er mit seinen Lippen die Worte: »Das wirst du noch bereuen.«

KAPITEL 4

»Hey, Jo«, hörte ich eine Stimme hinter mir, als ich mich gerade von Conny verabschiedet hatte. Ich drehte mich um und sah Louis, der die Schultreppe heruntergerannt kam.

»Hey«, sagte ich.

Er blieb vor mir stehen und sah mich mit seinen braunen Augen auffordernd an. »Ich schulde dir noch einen Kaffee. Und ich hab's nicht so mit Schulden«, erklärte er und rieb sich den Nacken. »Also …?«

»Also …?«, wiederholte ich und hob abwartend die Augenbrauen. Ein paar Mädchen, die an uns vorbeigingen, warfen Louis begehrliche Blicke zu.

Er grinste und Grübchen bildeten sich auf seinen Wangen, die mir bei unserem ersten Treffen gar nicht aufgefallen waren. »Gehst du jetzt mit mir was trinken?«

»Du wolltest doch mit mir in die Cafeteria gehen«, sagte ich.

»Genau«, erwiderte er. »Du hast ein gutes Gedächtnis.«

»Die Cafeteria hat bereits geschlossen.« Ich schob mir eine blonde Haarsträhne hinters Ohr.

»Okay«, seufzte er. »Zu schade, dass man sonst nirgendwo in Hamburg einen Kaffee trinken kann. Was für eine bescheuerte Stadt.«

Ich lächelte. »Ich trinke eigentlich gar keinen Kaffee.«

»Das wird ja immer schlimmer«, bemerkte er amüsiert, während die anderen Schüler an uns vorbeizogen. »Und auch keinen Tee? Keine Cola? Kein Wasser?« Er hielt kurz inne. »Moment, trinkst du überhaupt nichts? Schade, dann wird das wohl nichts mit uns.« Er drehte sich um und ging einfach.

Ich schmunzelte. »Einen Chai trinke ich ab und zu«, rief ich ihm hinterher.

Louis blieb stehen und wandte sich mir wieder zu.

»Könnten wir aus *ab und zu* vielleicht *jetzt* machen?«, fragte er.

»Klar«, sagte ich und dann grinste er noch breiter und ich stellte fest, dass ich seine Grübchen echt süß fand.

Wenig später befanden wir uns in einem Café und ich saß auf einem der weichen braunen Fauteuils, während Louis sich gerade in der Schlange für die Getränke anstellte. Das Café schien sehr beliebt zu sein und vielleicht war Hamburg doch nicht ganz so schlecht, wie ich gedacht hatte. Immerhin hatte der Idiot Finn heute mal etwas Gegenwind bekommen, was ihm ganz guttat. Seine Drohung war mir egal und ich glaubte auch nicht, dass ich den Handystreich später noch bereuen würde. Was mich viel mehr beschäftigte, war die Frage, warum mich Adrian so seltsam angesehen hatte – und weshalb ich schon wieder auf so einem silbernen Feld gelandet war.

Entweder halluzinierte ich neuerdings täglich oder ich konnte tatsächlich in den Gedanken oder Erinnerungen von fremden Menschen herumspazieren. Ich warf Louis einen Blick zu, der sich in der Schlange langsam weiterbewegte, und fragte mich, ob das, was bei Conny und Frau Engel passiert war, auch bei ihm passieren würde, wenn ich ihn berührte. Ein Teil von mir wollte es nachher einfach ausprobieren, doch meine Zweifel hielten mich zurück. Ich wusste schließlich so gut wie nichts über diese ganze Sache. Außerdem war ich mir noch nicht mal sicher, ob diese Dinge wirklich real waren. Schon allein die Vorstellung war erschreckend und faszinierend zugleich. Würde jede Berührung in Zukunft dazu führen, dass ich in die Köpfe der Menschen um mich herum gezogen wurde? Und klappte das überall oder musste ich die Leute an einer bestimmten Stelle anfassen? Bei Frau Engel und Conny war es jeweils das Handgelenk gewesen … Hieß das, dass es nur so funktionierte? Oder waren das reine Zufälle gewesen?

Ich setzte mich etwas aufrechter hin. Vielleicht sollte ich später mit Papa über die Sache reden. Andererseits würde er wahrscheinlich denken, dass ich diese Sache nur vorschob, um dem Date mit seiner neuen Freundin zu entkommen.

Nein, ich musste zuerst selbst herausfinden, worum es hier ging. Vielleicht hatte mir dieser arrogante Arsch Finn irgendwelche halluzinogenen Tropfen in meinen Chai Latte geschüttet. Oder es war eine psychische Abwehrreaktion auf unseren Umzug hierher. Oder vielleicht wirklich darauf, dass ich bald die neue Freundin meines Vaters kennenlernen musste. Wie auch immer, ich konnte mit niemandem darüber reden, da es ja selbst für mich zu verrückt klang. Pippa und Franzi würden mich für irre halten und ihnen konnte ich ja nicht einmal beweisen, dass es funktionierte – wenn es überhaupt funktionierte.

»Voilà, es hat lange gedauert, aber das war es wert«, unterbrach Louis meine Gedanken und stellte eine Tasse Chai auf den kleinen, runden Tisch vor mir. Dann ließ er sich mit seinem Kaffee in dem weichen braunen Ohrensessel neben mir nieder.

»Danke«, sagte ich und griff nach der Tasse.

»Du musst dich nicht bedanken, das ist immerhin ein Tausch.«

»Ein Tausch?«, fragte ich.

Er nickte. »Du wolltest mir doch die ultimativen Schulwechsel-Tipps verraten.« Er sah mich an und schmunzelte. »Mann, dein Gedächtnis ist doch nicht so gut, wie ich dachte.«

Ich schlug ihm spielerisch auf die Schulter. »Okay, was willst du von mir wissen? Du siehst nicht aus wie jemand, der mit einem Schulwechsel Probleme hätte.«

»Tue ich nicht?«, fragte Louis belustigt. »Wie sehe ich denn aus?«

»Wie jemand, der schnell Bekanntschaften schließt«, erklärte ich und nippte an meinem Chai.

»Und wie ist er?«, fragte Louis.

»Heiß, aber sehr lecker«, antwortete ich.

»Ich meinte den Tee«, bemerkte er. »Nicht mich.«

Ich schüttelte nur den Kopf. »Du hast ein ziemlich großes Selbstvertrauen, nicht wahr?«

Anstatt zu antworten, grinste er und trank von seinem Kaffee. »Und wie sind deine ersten zwei Tage so gewesen?«, fragte er.

»Ganz okay«, erwiderte ich und dann unterhielten wir uns zum Glück nicht über meine ersten zwei Tage hier, sondern über die Städte, die wir beide schon bereist hatten.

Es war ein wirklich nettes Gespräch. Irgendwann hatten wir unsere Getränke jedoch geleert und Louis fiel ein, dass er noch zum Fußballtraining musste.

»Das müssen wir unbedingt mal wiederholen«, meinte er, als er sich verabschiedete.

»Klar«, sagte ich und er lächelte mich noch einmal an, als wir auf die Straße traten und die Sonne durch die Wolkendecke blinzelte.

»Bis dann, Louis«, sagte ich.

»Aber sicher«, erwiderte er selbstsicher und ging.

Als ich später unser Gartentor erreichte und gerade den Schlüssel aus der Hosentasche kramte, bemerkte ich unsere neue Nachbarin. Sie war sicherlich schon über sechzig, klein, mager und mit einer riesigen Heckenschere bewaffnet. Ihr faltiges Gesicht wirkte verkniffen und die kurzen schwarzen Haare, die ihr wild vom Kopf abstanden, sahen so aus, als ob sie diese ebenfalls mit der Heckenschere schnitt.

Ich fragte mich, was sie am meisten bereute, wenn sie in den Spiegel sah, und grüßte sie mit einem kurzen Nicken.

Sie musterte mich streng und nickte über die akkurat geschnittene Hecke hinweg zurück. »Ich bin Frau Biederbeck«, informierte sie mich nüchtern.

»Hallo«, murmelte ich. »Ich heiße Jo.«

»Joe?« Frau Biederbeck runzelte die Stirn und maß mich mit einem genaueren Blick. »Ist das nicht ein Jungenname?«

»Eine Abkürzung für Johanna«, erklärte ich unwillig und hatte es endlich geschafft, das Tor aufzukriegen. Rasch trat ich hindurch in unseren neuen Vorgarten, der im Vergleich zu dem sorgfältig gepflegten Nachbarsgrundstück armselig und heruntergekommen aussah.

»Die Jugend mit ihren Abkürzungen«, meckerte sie. »Alles muss immer kürzer, schneller und hektischer werden. Meine Enkel schreiben mir auch nur noch diese unausstehlichen SMS, statt mich anzurufen.«

Ich blieb mit dem Schlüssel in der Hand stehen und befürchtete, dass sich dies zu einer längeren Unterhaltung auswachsen würde.

»Man muss sich ja nur mal die Natur ansehen, um zu begreifen, dass das nicht richtig sein kann«, fuhr meine Nachbarin energisch fort und fuchtelte mit ihrer Gartenschere in Richtung der großen Kastanie, die in unserem Vorgarten stand. »So ein Baum braucht schließlich auch Jahre, um zu wachsen, und lässt sich dabei nicht aus der Ruhe bringen.«

Obwohl wir durch die Hecke getrennt waren, wich ich bei ihrer Scherenschwingerei einen Schritt zurück und nickte schnell.

»Sie haben absolut recht«, pflichtete ich ihr bei. Wenn ich das Gespräch nicht an dieser Stelle beendete, würde ich es später noch bereuen, das wusste ich.

»Also, ich muss dann rein. Hausaufgaben«, fügte ich entschuldigend hinzu.

»Diese Kastanie«, machte die Biederbeck unbeeindruckt weiter, »gehört übrigens radikal zurückgeschnitten.« Sie wies auf einen dicken Ast hoch über unseren Köpfen, der etwa einen halben Meter in ihr Grundstück hineinragte.

»Ich dachte, Sie finden natürliches Wachstum gut«, bemerkte ich trocken.

»Nicht, wenn ich Gefahr laufe, beim nächsten Sturm von einem morschen Ast erschlagen zu werden«, gab sie bissig zurück. »Richten Sie Ihrem Vater aus, dass er sich darum kümmern soll.« Mit diesen Worten packte sie ihre Heckenschere fester und fuhr fort, an ihren Sträuchern herumzuschnippeln.

Ich betrachtete ihren verkniffenen Gesichtsausdruck. Wenn Pflanzen dazu in der Lage wären, Reue zu empfinden, dann würde ihnen spätestens jetzt jeder Zentimeter, den sie in Frau Biederbecks Garten zu viel gewachsen waren, leidtun.

In meinem Zimmer ließ ich meinen Rucksack auf den Boden fallen und legte mich mit meinem Handy aufs Bett. Zuerst öffnete ich Instagram und abonnierte Connys Account *Conny Carrot*, wo mir jede Menge Fotos mit angebissenen Karotten ins Auge sprangen. Auf einem war Conny auch in einem glitzernden silberfarbenen Party-Outfit zu sehen und mir stockte kurz der Atem, als ich das Kleid aus meiner Vision wiedererkannte.

Es war nicht so eng wie in meiner Erinnerung, aber es war eindeutig das Kleid, das ich gesehen hatte. Conny hatte es tatsächlich getragen. Hieß das, dass die Party wirklich stattgefunden hatte?

Gedankenverloren scrollte ich weiter durch Instagram und gab Pippa ein Herz, die ein Bild von ihrem neuen T-Shirt gepostet hatte, bevor ich zu Papas WhatsApp zurückkehrte.

Ich las sie gerade ein zweites Mal, als mein Handy vibrierte. Es war schon wieder mein Vater und ich war einerseits genervt, weil er der Einzige war, der mir schrieb, und fühlte mich andererseits irgendwie ertappt, weil ich nur gelesen, aber noch nicht geantwortet hatte.

»Lea freut sich schon auf das gemeinsame Abendessen. Italienisch, was meinst du?«

Obwohl es superkindisch war, rollte ich mit den Augen.

»Muss das sein???«, antwortete ich mit drei Fragezeichen.

»Jo, es bringt nichts, das aufzuschieben. Früher oder später wirst du sie kennenlernen. Wieso also nicht heute Abend?«

Ich schnaufte. »Wieso fragst du mich überhaupt, wenn es ohnehin schon entschieden ist?«, textete ich zurück, drückte auf *Senden* und schaltete das Handy aus.

Ich hatte keine Lust, seine Antwort zu lesen. Außerdem beschäftigten mich im Moment wesentlich wichtigere Dinge als diese neue Freundin, mit der er mich nach dem obligatorischen Abendessen hoffentlich in Ruhe lassen würde.

Ich schloss die Augen und erinnerte mich an diesen intensiven Ruck, der mich aus dem Hier und Jetzt gerissen und in die weite Wiesenlandschaft gezogen hatte. Der unendlich scheinende Himmel, die silbernen Gräser – das alles hatte so real auf mich gewirkt. Und dann erst der kühle, beruhigende Wind auf meiner Haut.

Ich sah vor meinem inneren Auge noch immer das goldene Leuchten der Grashalme. An meine Träume erinnerte ich mich prinzipiell nie so detailliert. Sie verschwanden wie Nebelfetzen in den Tiefen meines Unterbewusstseins.

Doch diese Erlebnisse waren anders gewesen. Ich konnte mich

noch genau an den dunklen Partyraum erinnern, sah Connys glitzerndes Kleid vor mir und hörte das Wummern der Musik.

War es tatsächlich eine Erinnerung gewesen, in die ich eingetaucht war? Oder handelte es sich bei der Szene um eine Art Wunschtraum?

Aber wieso sollte Conny sich eine Situation vorstellen, in der sie alle auslachten? Und wenn es eine von ihren Erinnerungen war, warum konnte ich sie mir dann ansehen? Und wozu war ich sonst noch fähig? Plötzlich war ich ganz aufgekratzt und die Vorstellung, in die Erinnerungen anderer Menschen eintauchen zu können, zu sehen, was sie erlebt hatten und Dinge zu erfahren, die ich sonst vielleicht nie erfahren hätte, war faszinierend und verlockend zugleich.

Ohne es zu wollen, schob sich Adrians Gesicht vor mein inneres Auge. Was würde ich in seinen Erinnerungen sehen können? Und würde ich diese Erinnerungen überhaupt sehen wollen?

Irgendetwas war seltsam an diesem Adrian. Und es gefiel mir überhaupt nicht, was er mit mir machte. Normalerweise gehörte ich nicht zu den hormongebeutelten Mädchen, die schon weiche Knie bekamen, wenn irgendein heißer Kerl sie nur ansah.

Was zum Teufel war also mit mir los?

»Was ist los, Jo? Bist du etwa noch immer wütend auf mich?«, fragte mein Vater mit ruhiger Stimme. Das Taxi rumpelte über eine Bodenwelle und ich stützte mich am Vordersitz ab, während ich ihm den Kopf zuwandte. Meine Haare hatte ich heute zu einem Pferdeschwanz zusammengebunden und konnte es jetzt nicht leiden, dass ich damit jünger wirkte, als ich es wollte.

»Wieso um alles in der Welt sollte ich denn wütend auf dich sein?«, fragte ich kalt und zog eine Augenbraue hoch.

Ruhig hielt er meinem Blick stand und obwohl ich wirklich danach suchte, entdeckte ich nicht das geringste bisschen Reue in seinem Gesicht.

»Jetzt rück schon raus damit.«

»Nein, ich bin nicht wütend«, antwortete ich ehrlich. »Ich bin genervt.« Mit diesen Worten blickte ich wieder aus dem Fenster. Die beleuchteten Häuser der Stadt flogen an mir vorbei, ich sah Bäume, Menschen, Autos, Fahrräder. Nichts von meiner Umgebung kam mir bekannt vor. Was sich absolut normal anfühlte. Wir waren selten irgendwo lange genug geblieben, als dass es anders gewesen wäre.

»Du weißt, ich halte nichts davon, Dinge übermäßig lange aufzuschieben«, sagte er ruhig.

Ich atmete kontrolliert aus.

»*Sieben Stunden*«, antwortete ich schließlich und betonte jedes Wort überdeutlich. »Vor sieben Stunden hast du mir geschrieben, dass du mir deine neue Flamme vorstellen möchtest. Jetzt, in diesem Moment, sind wir auf dem Weg zu ihr. Das nennst du übermäßig lange aufschieben?« Ich stieß ein humorloses Lachen aus.

»Lea ist die nächsten beiden Tage auf einer Fortbildung. Danach bin ich zu einem Abendessen mit den neuen Kollegen eingeladen. Daher dachte ich, es wäre besser, wir nutzen die Gunst der Stunde.«

»Klar«, erwiderte ich kopfschüttelnd.

Das Taxi hielt vor einem kleinen italienischen Restaurant.

»Da sind wir«, sagte der bullige Fahrer und warf mir durch den Rückspiegel einen knappen Blick zu. »Das macht 23 Euro.«

Mein Vater zog einen 50-Euro-Schein aus seiner Brieftasche und ich erwiderte den Blick des Fremden.

Er sah etwas müde aus und ich fragte mich, ob es etwas gab, das er in diesem Moment bereute. Gleichzeitig merkte ich, dass das Reuespiel ohne Pippa und Franzi einfach keinen Spaß machte. In Wahrheit kam es mir im Moment sogar ziemlich sinnlos vor.

Wie der ganze Abend.

Ich stieg aus dem Taxi. Draußen empfing mich ein kalter Nieselregen und ich setzte die Kapuze meines Parkas auf, während mein Vater noch mit dem Bezahlen beschäftigt war. Eigentlich hätten wir auch mit unserem Auto fahren können, aber offenbar hatte Papa vor, sich an diesem Abend zu betrinken.

Ich dachte an meine Halluzinationen und wünschte, ich könnte es ihm gleichtun und einfach alle belastenden Gedanken wegtrinken. Aber das würde mein Vater niemals erlauben. Missmutig ging ich die paar Schritte bis zum Eingang der kleinen Pizzeria und wartete dort auf ihn. Nach exakt sieben Sekunden stieg er aus dem Taxi und warf mir einen aufmunternden Blick zu. Da ich die nächsten zwei Stunden einfach nur so schnell wie möglich hinter mich bringen wollte, drückte ich die schmale Tür zu dem italienischen Restaurant auf und schlüpfte schnell in das Innere des Lokals.

Dunstige Wärme und Stimmengewirr empfingen mich. Ich schlug die Kapuze meiner Jacke wieder zurück und sah mich um. Die Einrichtung bestand aus dunklem Holz, auf den Tischen lagen cremefarbene Tischdecken und darauf standen rote Kerzen. Für meinen Geschmack war es etwas zu eng und zu voll, aber zumindest sahen die Pizzen lecker aus.

Mein Vater kam hinter mir durch die Tür und legte mir sanft die Hand auf den Rücken. Dann blickte er sich suchend um. Ich tat es ihm gleich und entdeckte eine zierliche Frau mit blondem Pixie-Cut, die allein an einem Tisch in der Nähe des WCs saß und nervös ihren silbernen Fingerring drehte.

Als sie meinen Vater sah, legte sich ein kleines Lächeln auf ihr Gesicht und sie stand auf. Sie trug eine schmale schwarze Hose mit einer grauen Seidenbluse und kam um den Tisch herum, wobei ihr Blick zwischen meinem Vater und mir hin und her schweifte. Offenbar wusste sie nicht, wen sie ansehen sollte.

»Entschuldige unsere Verspätung«, begrüßte mein Vater sie und gab ihr einen Kuss auf die Wange.

»Hallo, Jo. Ich bin Lea«, sagte sie dann und streckte mir lächelnd die Hand entgegen. Sie hatte feingliedrige, schlanke Finger und ich starrte einen Moment auf ihre ausgestreckte Hand, während jede Menge Gedanken durch meinen Kopf rasten.

Würde ich bei der ersten Berührung mit ihrer Haut tatsächlich in Leas Erinnerungen gezogen werden? Und gingen wir einmal davon aus, dass ich nicht völlig neben der Spur war und tatsächlich in den Köpfen fremder Menschen herumspazieren konnte: Wer konnte mir garantieren, dass ich nicht in einer Erinnerung landete, in der Lea gerade Sex mit meinem Vater hatte?

Der Gedanke war so widerlich, dass ich zögerte.

Ich merkte, wie das Lächeln auf Leas Gesicht ins Wanken geriet und die Sekunden immer länger wurden. Neben mir räusperte sich mein Vater leise und ich wusste, dass ich hier superbockige Signale aussandte, auch wenn das gerade nicht meine Absicht war.

Rasch griff ich nach der angebotenen Hand und stellte mich darauf ein, einen festen Ruck zu fühlen und auf die Wiesenlandschaft gezogen zu werden.

Doch nichts davon passierte.

»Freut mich, dich kennenzulernen«, sagte Lea und sah erleichtert aus, weil ich ihr doch noch die Hand gegeben hatte.

»Danke«, murmelte ich, was absoluter Schwachsinn war, aber ich war so durch den Wind, dass mir keine andere Antwort einfiel. Dann zog ich rasch meine Finger zurück.

Auch wenn es absurd klingt, war ich beinahe etwas enttäuscht darüber, dass bei dem Körperkontakt mit Lea nichts passiert war. Ich war natürlich froh, in keine abartige Erinnerung gestolpert zu sein, die mich wahrscheinlich für mein Leben traumatisiert hätte – aber die Befürchtung, tatsächlich den Verstand zu verlieren, war auch nicht wahnsinnig prickelnd.

»Ich freue mich, dass es so kurzfristig geklappt hat«, sagte Lea und setzte sich wieder an den Tisch. Sie trug lange silberne Ohrringe, die bei jeder Bewegung im Kerzenlicht funkelten, und lächelte.

Ich erwiderte nichts, da ich den Abend weder mit einer Lüge noch mit einer Beleidigung beginnen wollte, und zog meinen Parka aus. Darunter trug ich einen schwarzen Pullover, den ich kreativ mit einer schwarzen Jeans kombiniert hatte – irgendwie war schwarz die richtige Farbe für den heutigen Abend. Dann setzte ich mich an den Tisch, zupfte noch ein blondes Haar von meinem Pullover und beschäftigte mich so lange wie möglich mit der Speisekarte. (Was gar nicht so leicht war, da mein Vater genau wusste, dass ich sowieso wieder eine Pizza Margherita bestellen würde – wie immer.)

Nachdem der italienische Kellner unsere Bestellungen aufgenommen hatte und wieder verschwunden war, sah mich Lea freundlich an.

»Du bist wirklich ein sehr hübsches Mädchen«, sagte sie. Wollte sie mich tatsächlich mit einem Kompliment um den Finger wickeln? Und was kam als Nächstes? Würde sie mir ein Pony schenken?

»Danke«, sagte ich erneut, um nicht total unhöflich zu wirken.

»Und was sagst du zu deiner neuen Schule?«, fragte sie.

Sofort brach ein Schwall von Bildern über mich herein und ich hatte erneut Adrians attraktives Gesicht vor mir, der mich so seltsam, fast schon feindselig angesehen hatte.

»Was soll ich dazu sagen? Wieder eine neue Schule«, erwiderte ich und nahm einen Schluck von meiner Cola.

»Ich bin sicher, du wirst dich dort bald sehr wohlfühlen. Es ist eine wirklich gute Schule«, sagte Lea.

Ich fragte mich, woher sie das so genau wissen wollte, während mein Vater seine Hand auf ihre legte und sie ihre Finger miteinander verflochten. Es war seltsam, zu sehen, wie er das tat. Ich hatte nur noch einige wenige Erinnerungen daran, wie meine Eltern als Paar gewesen waren. Die letzte stammte von der Party zu meinem siebten Geburtstag, und es wurde mir immer irgendwie schwer ums Herz, wenn ich daran dachte. Damals hatte meine Mutter eine riesige Schokoladentorte für mich gebacken und ich sah ihr strahlendes Lächeln noch vor mir, weil ich alle sieben Kerzen auf einmal ausgeblasen hatte. Und ich weiß noch, dass mein Vater zärtlich seine Arme um ihren Körper gelegt und sie auf die Schläfe geküsst hatte. Vielleicht erinnerte ich mich auch deshalb daran, weil es das letzte Mal gewesen war, dass ich meine Eltern zusammen erlebt hatte.

Nun blickte ich auf die verschlungenen Finger von meinem Vater und dieser fremden Frau und schluckte.

Das alles war so lange her. Beinahe zehn Jahre. Meine Mutter war länger tot, als ich sie lebend gekannt hatte. Und meine Erinnerungen an sie verblassten von Jahr zu Jahr mehr. Plötzlich hatte ich Angst, mich irgendwann gar nicht mehr an sie erinnern zu können.

In diesem Moment zog Lea ihre Finger unter denen meines Vaters hervor. »Jo, ich kann mir vorstellen, dass die ganze Situation nicht gerade … einfach für dich ist«, erklärte sie. Ihre Stimme nahm dabei einen sanften Tonfall an.

Ich betrachtete Lea stirnrunzelnd.

»Was genau meinen Sie mit: *die ganze Situation?*«, wiederholte ich ihren letzten Satz.

»Du kannst mich gerne duzen, Jo«, sagte sie und lächelte, ohne auf meine Frage einzugehen.

»Gut, was meinst du dann mit: die ganze Situation?«, fragte ich und schob mir eine blonde Haarsträhne aus dem Gesicht. Ich wusste, dass mein Nachfragen dickköpfig wirkte, aber ich wollte wirklich wissen, was genau sie meinte und wie sie die *Situation* einschätzte.

Sie errötete leicht. »Nun ja, alles eben«, bemerkte sie. Mein Vater warf ihr einen warnenden Blick zu und ich kniff die Augen zusammen. Es war beinahe so, als wolle er sie davon abhalten, noch mehr zu sagen.

»Könntest du da noch genauer werden?«, hakte ich nach und fixierte Lea mit neu erwachtem Interesse.

Worum ging es hier? In diesem Moment hätte ich viel dafür getan, einen Blick in ihren Kopf werfen zu können.

Lea sah von meinem Vater zu mir und wieder zurück.

»Lea meint damit den viel zu frühen Tod deiner Mutter«, sagte mein Vater ruhig.

Die zierliche blonde Frau, die mir gegenüber am Tisch saß, nickte. »Was mit Sara passiert ist, war so schrecklich«, flüsterte sie. Kaum hatte sie das gesagt, wurde unser Essen gebracht. Ich wartete, bis der Kellner die Teller mit den Pizzen vor uns abgestellt hatte, aber Lea hatte meine volle Aufmerksamkeit.

»Du kanntest meine Mutter?«, fragte ich.

Lea biss sich auf die Lippen und sah so aus, als ob sie es zutiefst bereute, ein Gespräch mit mir begonnen zu haben. Beziehungsweise, überhaupt jemals einen Fuß in dieses Restaurant gesetzt zu haben.

»Flüchtig«, erwiderte sie und schnitt sich ein Stück Pizza ab.

»Und woher genau?«

»Von der Uni«, erklärte mein Vater kurz angebunden, bevor Lea antworten konnte. »Lea und ich haben zusammen Informatik studiert und aus der Zeit kennt Lea deine Mutter. Aber jetzt sollten wir essen, bevor die Pizzen kalt werden.«

»Und da warst du zuerst mit Lea und danach mit Mama zusammen?«, bohrte ich weiter und griff instinktiv an mein silbernes Medaillon. Ob das Essen kalt wurde oder nicht, hätte mir in diesem Moment nicht gleichgültiger sein können. Nach all den Jahren, in denen der Tod meiner Mutter wie ein gigantischer, dunkler

Schatten über uns gehangen hatte, erfuhr ich endlich etwas Neues über sie.

»Ja. So ungefähr war das«, antwortete mein Vater.

»Und Mama war der Trennungsgrund für eure Beziehung?«, riet ich einfach wild drauflos und konnte richtiggehend sehen, dass ich damit ins Schwarze getroffen hatte.

»Menschliche Beziehungen sind kompliziert«, erklärte mein Vater und strich sich mit dem Daumen über seine linke Augenbraue. »Aber wir sollten jetzt essen«, erklärte er nachdrücklich. Sein kantiges Gesicht war angespannt und ich spürte, dass ich heute nichts mehr aus ihm herausbekommen würde. Enttäuscht steckte ich mir ein Stück Pizza in den Mund. Ich hatte das Gefühl, ganz knapp vor einer wichtigen Information gestanden zu haben. Aus dem Augenwinkel betrachtete ich meinen Vater, der schweigend seine Pizza aß und dessen Blick sich nach innen wandte.

Was war es nur, das er mir nicht sagen wollte?

Als wir zurück nach Hause kamen, hielt unser drückendes Schweigen an. Die Unterhaltung mit Lea war nach dem Essen nur schleppend wieder in Gang gekommen und ich hatte mich durch eine Stunde belangloser Höflichkeiten gequält, bis wir endlich nach Hause gefahren waren.

»Ich gehe in mein Zimmer«, sagte ich, kaum dass ich mir Jacke und Schuhe ausgezogen hatte.

Mein Vater wirkte ebenso frustriert, wie ich mich fühlte, und nickte müde.

»Gute Nacht, Jo.«

»Gute Nacht«, erwiderte ich leise und lief die Treppe hinauf. Ich schloss meine Zimmertür hinter mir, drehte den Schlüssel herum und lehnte mich mit dem Rücken gegen das Holz, ohne Licht zu machen. Eine Weile blieb ich einfach so stehen und lauschte. Lauschte den sparsamen Bewegungen meines Vaters, der in der aufgeräumten Küche hantierte und sein Abendritual vollzog. Lauschte, wie er den Küchenschrank öffnete und wieder schloss, bevor er Wasser laufen ließ. Ich wusste, dass er üblicherweise mit einem Glas Wasser in der Hand zur Terrassentür trat und in den Garten blickte.

Was in Momenten wie diesen wohl in ihm vorging?

Welche Erinnerungen ihn wohl gerade bewegten?

Langsam ging ich im Dunkeln zu meinem Fenster. In solchen Augenblicken beneidete ich meinen Vater einfach nur um seine erwachsenen, klaren Erinnerungen, während meine so verschwommen und diffus wie Nebelfetzen durch meinen Geist trieben. Dabei wünschte ich mir so sehr zu wissen, was er wusste. Schließlich hatte ich sie genauso geliebt.

Es war einfach nicht fair.

Erschöpft lehnte ich meine Stirn an das kühle Fensterglas – und erstarrte, als ich auf der gegenüberliegenden Straßenseite eine schwarze Gestalt stehen sah. Eine Gestalt, die in meine Richtung schaute, bevor sie sich abwandte und mit den Schatten ringsum verschmolz.

KAPITEL 5

»Wo bist du gerade mit deinen Gedanken?«, fragte mich Conny am nächsten Tag in der Schule.

Es war die erste Pause. Sie saß neben mir auf ihrem Platz, eine halb aufgegessene Karotte in der linken Hand, und tippte auf ihrem Handy herum.

»In der Vergangenheit«, gab ich gedankenverloren zurück und rieb mir gähnend die Augen. Ich hatte in der Nacht nur wenig Schlaf abbekommen. Die dunkle Gestalt auf der anderen Straßenseite hatte mich noch lange wach gehalten, ebenso wie die Erinnerung an den Abend mit Lea und meinem Vater. Und als ich endlich eingeschlafen war, musste ich wieder einen Albtraum gehabt haben, denn mein Pyjama war in der Früh komplett durchgeschwitzt gewesen.

Es war absurd: In den ganzen letzten Jahren war, abgesehen von unseren wechselnden Wohnorten, überhaupt nichts Außergewöhnliches in meinem Leben passiert – und nun überschlugen sich die Ereignisse regelrecht. Ich wusste nicht, was ich davon halten sollte.

»Du musst im Jetzt leben«, erwiderte Conny weise und biss von ihrer Karotte ab.

»Das sagt sich so einfach«, murmelte ich und stützte meinen Kopf mit der Hand ab, während ich gegen das Eindösen ankämpfte.

»Es sagt sich nicht nur so einfach, es *ist* so einfach«, beharrte sie und drapierte ihre Karotte liebevoll auf einem scheußlichen karierten Wollschal, mit dem sie heute in die Schule gekommen war. Dann schoss sie ein Foto davon und postete es auf Instagram.

»Kennst du nicht das Gefühl, dass manchmal Dinge passieren, die so bedeutend erscheinen, dass deine Gedanken immer wieder dorthin zurückkehren … auch wenn du dir noch so oft vorsagst, dass es keinen Sinn hat, ständig darüber nachzugrübeln?«

Conny legte den Kopf leicht schief und ihre Augen nahmen einen abwesenden Ausdruck an. »Doch, ich kenne das Gefühl«, sagte sie dann. »Aber ich mag es nicht.«

»Und was tust du dagegen?«, fragte ich und strich mir meine Haare hinters Ohr.

Conny zuckte mit den Schultern. »Ich versuche mich abzulenken. Mache ein paar neue Fotos. Und lösche die alten, die nicht genug Likes haben. Man darf einfach nicht zu sehr an dem ganzen alten Scheiß hängen.«

»Wäre cool, wenn es so eine App auch für Gedanken gäbe«, murmelte ich. »Dann könnte ich alles, was mich nervt und ich nicht mehr in meinem Kopf haben will, mit einem einfachen Tastendruck eliminieren.« *Zum Beispiel meine unerklärliche Faszination für Adrian*, fügte ich innerlich hinzu.

»Apropos alles, was nervt«, flüsterte Conny und verdrehte die Augen in Richtung Klassentür. Ich folgte ihrem Blick und glaubte einen atemlosen Moment lang, dass sie meine Gedanken erraten hätte und tatsächlich Adrian meinte, den ich heute noch gar nicht gesehen hatte. Aber statt Adrian entdeckte ich Finn in einem dunkelblauen Hockeytrikot, der soeben die Klasse betrat. Er fuhr sich wütend durch die kurzen blonden Haare und sah unglaublich angepisst aus. Ich runzelte die Stirn.

»Weißt du, was er hat?«, fragte ich mit mäßigem Interesse.

Conny schüttelte den Kopf. »Das lässt sich aber herausfinden«, murmelte sie und zückte ihr Handy erneut. »Für irgendwas müssen die ganzen WhatsApp-Gruppen, in denen ich bin, doch gut sein.«

Ich stützte das Kinn auf meinem Handrücken ab und betrachtete in der Zwischenzeit Finn. Er hämmerte immer wieder wütend Textnachrichten in sein Handy und schon allein die Tatsache, dass es ihm schlecht ging, half mir dabei, mich besser zu fühlen.

»Schimmelpilz«, erklärte Conny in diesem Moment trocken und legte ihr Smartphone auf den Tisch.

»Was?«, fragte ich und gähnte. Einen Preis für Eloquenz würde ich heute wohl nicht mehr gewinnen.

»Bei Finn«, führte Conny etwas leiser fort und wirkte plötzlich richtig happy.

»Kannst du das genauer erklären?«, fragte ich. »Ich habe das Gefühl, mein Hirn arbeitet heute nur mit halber Kraft.«

Conny beugte sich etwas näher zu mir und ich roch den Duft ihres Kokosshampoos in ihren dunklen Locken.

»In Finns Wohnung ist Schimmel«, flüsterte sie mir ins Ohr.

»Angeblich einer von der krank machenden Sorte. Deshalb muss er auch sofort ausziehen.«

Ich schielte zu Finn hinüber und konnte ein Schmunzeln nicht unterdrücken. Nachdem ich fast ein Jahrzehnt lang ständig ausziehen und umziehen musste, würde es nun endlich jemand anderen treffen. Jemanden, der das nicht gewohnt war und den die Tatsache ziemlich in Rage brachte.

Den Rest der Pause beobachteten Conny und ich Finn beim Wütendsein, teilten einen Schokoriegel miteinander und genossen die unerwartete Fügung des Schicksals. Ich für meinen Teil konnte nicht leugnen, dass sich die Ablenkung von meinem eigenen Kram überraschend gut anfühlte – und im Gegensatz zu heute Morgen bereute ich auch nicht mehr, in die Schule gekommen zu sein.

Als Finn sein Smartphone schließlich fluchend in seinen Rucksack pfefferte, beugte ich mich zu Conny.

»*Jetzt gerade* bin ich total im Jetzt«, flüsterte ich ihr zu und sie grinste mich verschwörerisch an.

Auf dem Weg nach Hause hatte ich erstaunlich gute Laune. Das hatte mit mehreren Faktoren zu tun:

1. Meine seltsame »Gabe«, beziehungsweise meine schizophrene Störung oder mein Halluzinieren schien weg zu sein. Ich hatte Conny heute mehrmals unauffällig berührt – sowohl am Handgelenk als auch am Handrücken – und wie gestern Abend im Restaurant mit Lea war nichts passiert. Kein Ruck, kein Sog, keine silbernen Gräser, keine Erinnerungsblitze. Anscheinend hatte mich der Umzug nach Ham-

burg doch mehr gestresst, als ich ursprünglich angenommen hatte.

2. Je länger ich über die Ereignisse der letzten Nacht nachdachte, desto unwirklicher erschien mir die Bedrohung, die ich beim Anblick der einsamen Gestalt empfunden hatte. Es war so dunkel gewesen, inzwischen war ich mir nicht einmal mehr sicher, ob ich mir das Ganze nicht generell eingebildet hatte. Es war wohl am besten, einfach mal abzuwarten, ob wieder irgendwelche Typen am Abend vor meinem Fenster stehen würden.
3. Adrian war auch den restlichen Tag über nicht mehr aufgetaucht. Bedeutete: kein Kribbeln, kein Herzklopfen und keine finsteren Blicke von diesem seltsamen, wenn auch verdammt gut aussehenden Typen.
4. Diesen arroganten Arsch Finn wegen des Schimmelpilzes die ganze Zeit über vor Wut kochen zu sehen, hatte mir den Tag einfach total versüßt.

Zu Hause angekommen, ging ich in die Küche, stellte meinen iPod an und klapperte mit den Töpfen, während ich Wasser aufsetzte. Dabei entschied ich, dass heute der richtige Tag war, um Mamas Fotos aufzuhängen. Vielleicht war es seltsam, aber ich hatte das Gefühl, ihr durch den gestrigen Abend wieder nähergekommen zu sein. Dadurch, dass Papa jetzt mit dieser Lea ausging, hatte er unabsichtlich eine Tür zu seiner Vergangenheit geöffnet. Und obwohl ich noch keine Ahnung hatte, wie ich es machen würde, war ich fest entschlossen, diese verdammte Tür zu nutzen. Ich wusste bis heute so gut wie nichts über Mamas Tod. Nur, dass sie am Tag nach meinem siebten Geburtstag einen tödlichen Autounfall gehabt hatte.

Es war absurd. Erst gestern hatte ich im Internet von einem siebzehnjährigen Mädchen gelesen, das auf seinem Schulweg von einem Wagen erfasst und getötet worden war. Der Fahrer war einfach vom Unfallort geflüchtet. Und obwohl es sich bei diesem Mädchen um eine Fremde handelte, wusste ich über die Umstände ihres Todes mehr als über die meiner eigenen Mutter.

Als das Wasser dann kochte, schüttete ich fast die ganze Packung Spaghetti hinein und versuchte, nicht weiter über den Tod nachzudenken, während die Nudeln langsam untergingen.

Nach dem Essen und einer Riesenschüssel Schokoeis ging ich in mein Zimmer, machte die Mathehausaufgaben, schrieb für Englisch einen Geschäftsbrief und widmete mich dann Mamas Fotos. Ich kniete gerade mit einem davon (Ziege vor griechischer Taverne) in der Hand neben einem geöffneten Schuhkarton, als ich hörte, wie mein Vater nach Hause kam. Zärtlich betrachtete ich die alten Erinnerungen.

Es waren Bilder, die Mama in ihrer Zeit als Reiseleiterin aufgenommen hatte, und es war alles, was ich noch von ihr hatte. Wegen eines Feuers in unserem alten Haus knapp nach ihrem Tod gab es leider kein einziges Bild, auf dem ich gemeinsam mit meiner Mutter zu sehen war. Ich konnte mich an den Brand, von dem mein Vater mir erzählt hatte, zwar nicht erinnern, aber das änderte nichts an der Tatsache, dass das Feuer jegliche Erinnerungsstücke an sie und mich zerstört hatte. Ein paar Tage darauf waren wir zum ersten Mal umgezogen und hatten dann – bis jetzt – nicht mehr damit aufgehört.

»Jo? Wo bist du? Ich muss mit dir reden«, hörte ich die Stimme meines Vaters.

»Ich bin in meinem zweiten Zimmer«, rief ich. Das war wenigstens ein Vorteil des Umziehens: dass Papa nicht lange Zeit blieb, um ein geeignetes Haus für uns zu finden – eines, das auf zwei Personen zugeschnitten war. Auch dieses hier war eigentlich zu groß für uns, sodass ich mir ein gemütliches eigenes Wohnzimmer einrichten könnte (wenn ich wollte, und ich wusste noch gar nicht, ob ich wirklich wollte).

Im nächsten Moment steckte mein Vater schon den Kopf zur Tür herein.

»Was gibt's?«, fragte ich und nahm ein misslungenes Sonnenuntergangsfoto zur Hand. »Du siehst irgendwie fertig aus.«

Ein gequälter Ausdruck glitt über sein Gesicht. Er verharrte noch einen Moment an der Türschwelle, trat dann ins Zimmer und räusperte sich. »Es gibt Neuigkeiten.«

Ich legte den Kopf leicht schief und runzelte die Stirn.

»Scheinen keine guten Neuigkeiten zu sein.«

Er nahm seine Brille ab und massierte sich die Nasenwurzel. »Das kann man so nicht sagen.« Er seufzte und rang sichtlich nach den richtigen Worten. »Es hat sich etwas ergeben, das sich im ersten Moment wahrscheinlich etwas seltsam anfühlen wird. Ehrlich gesagt, kommt es auch für mich ziemlich überraschend ...«

In diesem Moment klingelte es an der Tür. Er zuckte zusammen und wirkte eine Sekunde lang mit der Situation vollkommen überfordert.

»Geht es um Lea?«, fragte ich.

»Ich erkläre es dir später in Ruhe. Wir kriegen das schon irgendwie hin, vertrau mir«, murmelte er und wandte sich ab, um die Treppe hinunterzugehen.

Ich folgte ihm. »Hat sie sich etwa selbst zum Essen eingeladen?«, fragte ich weiter und spürte einen leisen Widerwillen in mir hochkommen. »Und sagtest du nicht, sie wäre auf einer Fortbildung?«

»Leas Fortbildung wurde verschoben«, antwortete mein Vater abgelenkt. »Hör zu, Jo, ich verspreche dir, wir werden über alles reden.« Mit diesen Worten öffnete er die Tür. Ich verschränkte die Arme vor der Brust und erwartete, die zierliche neue Freundin mit dem blonden Pixie-Cut draußen vorzufinden, doch das, was ich tatsächlich sah, war viel, viel schlimmer.

Ungläubig schnappte ich nach Luft.

Vor mir stand Schimmelpilz-Finn. Er hatte eine prall gefüllte Sporttasche dabei und starrte mich säuerlich an. Fassungslos glotzte ich zurück. »Was machst du denn hier?! Stalkst du mich etwa?«, entfuhr es mir.

»Ertappt«, erwiderte er bissig.

»Du musst Finn sein«, sagte mein Vater und streckte ihm die Hand hin.

Ich sah Papa perplex an.

Was passierte hier?

Erst, als Finn die Sporttasche in unser Haus gewuchtet hatte, fiel mir der Koffer auf, der hinter ihm stand und den er nun ebenfalls über die Schwelle hob.

Ich konnte zwar sehen, was hier passierte, aber ich war nicht in der Lage, die daraus resultierenden Konsequenzen zu ziehen.

»Hast du etwa vor bei uns einzuziehen?!«, fragte ich fassungslos.

»Frag doch meine Mutter«, knurrte er.

Im selben Augenblick schob sich eine zierliche blonde Frau mit Pixie-Cut in mein Blickfeld. Und auch sie hatte einen Koffer dabei.

»Hallo, Jo«, sagte Lea und sah dabei so nervös aus, wie ein Mensch nur aussehen konnte, ohne dir im nächsten Moment vor die Füße zu kotzen. Ich drehte mich zu meinem Vater um und spießte ihn mit einem ungläubigen Blick auf.

»Ich weiß, das ist jetzt für uns alle ein wenig ungewohnt«, sagte er und schleppte Leas Koffer ein paar Schritte in das Haus hinein, bevor er die Tür hinter ihr und Finn schloss, »aber wir werden das hier schon irgendwie hinbekommen.« Seine Stimme hörte sich irgendwie fern an, denn ich versuchte noch immer zu kapieren, dass Finn Leas Sohn war. Obwohl die Ähnlichkeit, wenn sie nebeneinanderstanden, nicht zu übersehen war. Sie hatten beide die gleichen hellblonden Haare und blauen Augen, sie waren beide schlank und sie waren beide unerwünscht.

»Es ist nur eine Übergangslösung«, versicherte Lea in meine Richtung, ohne mich dabei anzusehen.

Finns Lippen formten lautlos das Wort »Sieben«, während er sich im engen Vorraum umsah.

»Sie sollen also wirklich hier einziehen?!«, fragte ich meinen Vater fassungslos, während der Schock wie eine Riesenspinne über meinen Körper kroch.

»Wir sind alle alt genug, um zu begreifen, dass das Leben manchmal unvorhergesehene Wendungen nimmt. Leas und Finns Wohnung ist von einem Schimmelpilz kontaminiert, der mitunter zu schweren Infektionen führen kann. Und da die beiden auch noch Allergiker sind, war es wichtig, sie so schnell wie möglich dort herauszuholen«, erklärte mein Vater uns allen oder ausschließlich mir oder vielleicht auch nur sich selbst. Ich hatte keine Ahnung.

»Es ist nur eine Übergangslösung«, ergänzte Lea und Finns Lippen formten »Acht«.

»Eine Übergangslösung? Ist das dein Ernst?!«, fuhr ich meinen Vater an.

»Ja, Jo, es ist mein voller Ernst«, sagte mein Vater bestimmt. »Lea und Finn brauchen vorübergehend eine neue Unterkunft und wir haben hier Platz genug. Ich würde sagen, ich zeige ihnen erst mal das Haus und danach können wir alles Weitere bei einem gemeinsamen Essen besprechen.« Mein Vater schnappte sich die Koffer, um sie ins Wohnzimmer zu schleppen. Lea folgte ihm nach einer Sekunde des Zögerns, den Blick auf den Boden gerichtet. Finn wandte sich ebenfalls zum Gehen, blieb jedoch noch einmal stehen und sah mich an, während ich noch immer nicht kapieren wollte, was hier vor sich ging.

»Ich hatte dir doch gesagt, du würdest es noch bereuen«, flüsterte er, bevor er seiner Mutter folgte.

»Sehr gemütlich habt ihr es hier.« Lea stand in der Mitte des offenen Wohnbereichs und strich mit den Fingerspitzen über das schwarze Ledersofa. Als sie meinen Blick auffing, zog sie die Hand zurück, als hätte sie etwas Verbotenes getan.

Finn ließ seine prall gefüllte Sporttasche, die ziemlich schwer aussah, auf den Boden fallen und blickte sich arrogant in dem halb leeren Haus um.

»Ja, wirklich. Supergemütlich«, bemerkte er sarkastisch.

»Es ist nur eine Übergangslösung«, flüsterte Lea.

»Neun«, knurrte Finn und ich verstand endlich, was er zählte. Selbst wenn man Lea mitten in der Nacht aus dem Tiefschlaf reißen würde, könnte sie wahrscheinlich noch immer »Es ist nur eine Übergangslösung« stammeln, weil sie den Satz so oft wiederholt hatte.

»Es ist die vernünftigste Lösung«, betonte mein Vater und zeigte zur Treppe. »Wir haben ein leer stehendes Zimmer, das Finn nehmen kann. Heute Nacht könnte er auf einer Matratze schlafen und morgen kümmern wir uns um eure Möbel. Außerdem hat das Haus einen Keller, den wir bei Bedarf in einen Wohnkeller umgestalten können. Es ist genug Platz für alle da.«

»Okay, dann zeig mir mal mein Zimmer, *Schwesterchen*«, wandte sich Finn an mich und warf mir einen überheblichen Blick zu. Ich hätte dem Idioten dafür am liebsten gegen das Schienbein getreten.

Mein Vater legte mir die Hand auf die Schulter. »Ich mach das schon. Die Koffer könnt ihr hierlassen, die holen wir später«, fügte er dann an Finn und Lea gewandt hinzu.

Ungläubig sah ich zu, wie er, Lea und Finn gemeinsam die Treppe hochstiegen und mein Vater einen auf Touristenführer machte. »Das ist Jos Zimmer, hier ist das Bad und daneben das Schlafzimmer. Und das hier …«, mein Vater öffnete die Tür, »… würde dann dein Zimmer sein.«

Obwohl ich mich noch immer total geschockt fühlte, hastete ich hinter ihnen die Treppe hinauf. Immerhin waren Mamas Fotos noch da drin. Lea warf einen kurzen Blick hinein, traute sich aber anscheinend nicht über die Schwelle. Finn spazierte mit gelangweilter Miene in den Raum, blieb neben dem Schuhkarton stehen und tippte etwas in sein Handy. »Kleiner als mein Zimmer zu Hause«, bemerkte er, ohne aufzusehen.

»Finn!«, zischte Lea und warf mir einen nervösen Blick zu.

»Was sind das für Fotos?«, fragte Finn und stieß die Schuhschachtel auf dem Boden mit dem Fuß an.

»Sag mal, geht's dir noch gut?«, fuhr ich ihn an. »Die sind von meiner Mutter.«

»Aha«, erwiderte Finn unbeeindruckt und ließ sein Smartphone von einer Hand in die andere gleiten, als wäre es ein Ball. »Die müssen weg.«

»Sicher, dass nicht eher du wegmusst?«, fauchte ich ihn an und hätte ihm für seine unfassbare Arroganz verdammt gern eine verpasst. Ich bereute in diesem Moment nichts heftiger, als dass ich nie gelernt hatte, wie man einen ordentlichen Kinnhaken ausführte.

Finn drehte sich betont langsam in Richtung meines Vaters.

»Ich dachte, das ist jetzt mein Zimmer. Es ist doch mein Zimmer, oder, Jens?«

Mein Vater warf mir einen Blick zu, mit dem er mich bat, noch etwas mehr Geduld aufzubringen, und nickte dann widerstrebend.

»Gut.« Finn bückte sich und griff nach dem offenen Schuhkarton. »Dann hätte ich jetzt gern das Zeug von der toten Frau hier rausgeschafft.«

Das war zu viel.

»Finn«, mahnte Lea.

»Du fasst das nicht an«, stieß ich hervor und riss Finn die Schachtel mit Mamas Fotos – das Einzige, was mir von ihr geblieben war –

aus der Hand. Dabei streiften meine Fingerspitzen sein nacktes Handgelenk und ich keuchte auf.

Ich spürte den Ruck, der mich fortzog. Ein schwarzer Himmel spannte sich über mir und ich fand mich auf der weiten silbernen Grasebene wieder. Mein Herz raste in meiner Brust, als ich mich umblickte.

Es passierte gerade wieder.

Ich war anscheinend doch nicht verrückt.

In diesem Moment leuchteten ein paar hüfthohe Gräser neben mir golden auf und als ich eines davon berührte, verschwand das wogende Feld und ich stand gemeinsam mit Finn auf dem Schulhof.

Er trug seine Trainingsjacke und wurde umringt von seinen Kumpels, während er gelangweilt auf seinem Handy herumtippte. Die Szene kam mir bekannt vor und dann wusste ich auch, warum: Es war ein Stück seiner Vergangenheit, in dem ich auch vorkam.

Ich sah mich neben Conny stehen und mit der blauen Kappe sprechen. Connys orangefarbene Jeans sahen viel fürchterlicher aus, als ich sie in Erinnerung hatte, und ich runzelte die Stirn. Anscheinend wurde mir die Situation durch den Filter von Finns Empfindungen gezeigt.

Ich blickte mich weiter um und merkte, wie sich mein Herzschlag beschleunigte, als ich Adrian entdeckte. Er lehnte an einer Mauer und starrte zu meinem Erinnerungs-Ich hinüber. Seine Haltung wirkte auf den ersten Blick entspannt, aber irgendetwas in seinen Augen ließ mich daran zweifeln, dass er wirklich so fühlte. Fröstelnd strich ich mir über die Arme. Wie auch beim letzten Mal war die Erinnerung kühl und die Farben blass, ins Bläuliche gehend. Allerdings fanden sich in dieser Szenerie viel mehr Details als in Connys Erinnerung. Ich betrachtete die rot lackierten Fingernägel von Vicki. An ihrem Daumennagel war zu sehen, dass die Farbe bereits abblätterte. Zeigte diese Genauigkeit, dass Finns Erinnerung frischer war? Oder war er einfach der bessere Beobachter?

In diesem Moment rempelte mein Erinnerungs-Ich Finn an und fragte ihn, ob er einen Arzt brauchte. Dann verschwanden Conny und ich in einer Art Nebel und Finn fuhr sich kopfschüttelnd durch die kurzen hellblonden Haare.

»So eine Bitch«, knurrte er. »Verdammter Psychofreak. Ich habe gehört, ihr Vater zieht jedes halbe Jahr mit ihr um. Jetzt ist mir auch klar, warum.«

Die blaue Kappe mit dem Schlafzimmerblick und ein paar andere aus seiner Truppe lachten und ließen noch ein paar Beleidigungen vom Stapel, die Finn zu einem seltenen Lächeln bewegten.

»Du Arsch«, flüsterte ich und dann katapultierte es mich aus seiner Erinnerung wieder heraus ins Jetzt.

Die Gegenwart hatte mich wieder, die kräftigen Farben waren zurück und ich atmete zitternd ein. Finn und ich standen noch immer voreinander und ich zerrte noch immer an der Schuhschachtel mit Mamas Fotos. Anscheinend war in der realen Welt wieder keine Zeit vergangen, denn ich befand mich in derselben Situation wie zuvor. Ich riss Finn den Schuhkarton mit meiner ganzen Kraft aus der Hand, dabei rutschte ihm sein iPhone zwischen den Fingern hindurch und knallte mit einem hässlichen Laut – Display voran – auf den Holzboden.

»SAG MAL, BIST DU JETZT KOMPLETT BESCHEUERT?«, schrie Finn und hob sein heiß geliebtes Handy auf. Ein dicker Riss zog sich von oben bis unten über das Display, was wirklich scheiße aussah.

Lea und mein Vater standen wie erstarrt auf dem Flur und glotzten.

»Was hast du denn erwartet von einem Psychofreak, der so irre ist, dass sein Vater jedes halbe Jahr wegen ihm die Stadt wechseln muss?«, erwiderte ich so kalt, wie ich nur konnte. Dabei drückte ich den Schuhkarton mit Mamas Fotos eng an meine Brust und dann ließ ich sie alle stehen und verschwand in meinem Zimmer.

Kaum hatte ich die Tür hinter mir geschlossen, drehte ich den Schlüssel herum und ließ mich mit der Schuhschachtel im Arm langsam an der Tür hinunterrutschen.

Ich konnte nicht glauben, dass nur zehn Minuten ausreichen konnten, um meine gesamte Welt auf den Kopf zu stellen.

»So eine Scheiße«, flüsterte ich.

Finn und Lea wohnten nun hier. Das war der Worst Case aller Worst-Case-Szenarien. Das war so worst, dass ich mir bis zum jetzigen Zeitpunkt nicht mal hatte vorstellen können, dass so etwas jemals passieren würde.

Der unsympathischste Junge der ganzen Schule … mein neuer *Stiefbruder*. Das Wort hörte sich selbst in meinen Gedanken einfach nur hässlich an. Ich zog die Beine eng an meine Brust und begann zu zittern. Vielleicht stand ich unter Schock, vielleicht war das alles zu viel. Vielleicht würde es mir jetzt guttun, Finns verdammtes Handy laut schreiend aus dem Fenster zu werfen und meinen Vater gleich hinterher. Allerdings war das keine richtige Option und daher hatte ich keine Ahnung, was ich jetzt tun sollte.

Und dann noch diese Kleinigkeit: Ich konnte tatsächlich in fremde Erinnerungen blicken. Obwohl es sich absolut verrückt anhörte, blieb mir nach dem letzten Erlebnis nichts mehr übrig, als es einfach zu akzeptieren. Es war ein seltsames Gefühl, etwas als Tatsache anzunehmen, von dem ich sicher war, dass es mir kein Mensch auf der Welt glauben würde. Und im Moment hatte ich auch keine Lust, mit jemandem darüber zu reden. Ich musste erst für mich selbst herausfinden, was das alles bedeutete. Warum hatte ich diese Fähigkeit? Und was konnte ich damit alles tun, welche Möglichkeiten standen mir offen?

Während sich die Fragen in meinem Kopf drehten und alles irgendwie keinen Sinn ergab, lauschte ich müde den Stimmen im Haus. Unten hörte ich sie reden und mit Geschirr klappern, während sie anscheinend das Abendessen vorbereiteten.

Wie eine verdammte Familie.

Ich legte das Kinn auf meine angezogenen Knie und schnaubte leise. Das war nicht richtig, es fühlte sich so unfassbar falsch an. *Ich* fühlte mich falsch an, als würde ich gar nicht hierhergehören, und ich bereute, nicht einfach bei Pippa und Franzi in Wien geblieben zu sein. Ich könnte dort noch auf meine alte Schule gehen und müsste mich weder um irgendwelche Finns noch irgendwelche Leas und auch um keine egozentrischen Väter kümmern, die ständig über meinen Kopf hinweg Dinge entschieden, obwohl ich schon beinahe erwachsen war.

Nach einer Zeitspanne, die ich nicht einschätzen konnte, vielleicht waren es fünfzehn Minuten, vielleicht fünfzig, hörte ich Schritte auf der Treppe, die vor meiner Tür haltmachten.

»Jo?« Mein Vater klopfte. »Kann ich mit dir reden?«

Ich starrte in die Dunkelheit und antwortete ihm nicht. Ich hatte keine Lust zum Reden. Und ihm jetzt *nicht* zu antworten, war das einzige bisschen Freiheit und Selbstbestimmung, das mir noch geblieben war.

Er drückte die Klinke herunter und seufzte, weil ich abgeschlossen hatte.

»Jo, es tut mir leid, wie das heute gelaufen ist. Das war nicht so geplant.« Er atmete tief durch. »Es ging alles zu schnell und ich wünschte, wir hätten die Zeit gehabt, um vorher in Ruhe alles zu klären«, murmelte er und ich stellte mir vor, wie er die Stirn gegen das Holz lehnte. »Ich habe das wirklich nicht so geplant, aber ich bin sicher, wir finden eine Lösung.«

Ich zog eine Augenbraue hoch. Die einzige Lösung, die mir im Moment einfiel, war jene, dass die beiden wieder auszogen.

»Hör zu, wir wissen beide, dass ich dich zu nichts zwingen kann«, sagte mein Vater in diesem Moment. »Komm einfach runter, wenn du so weit bist.«

Mit diesen Worten ging er und ließ mich zurück, mit einem Schuhkarton voller alter Fotos und dem starken Gefühl, dass ich vielleicht niemals so weit sein würde.

KAPITEL 6

Am nächsten Morgen wurde ich ziemlich früh wach. Draußen war es noch dunkel und für eine Weile blieb ich einfach still liegen und lauschte dem Gesang der Vögel.

Ob es wohl möglich war, auch in die Erinnerung von Tieren einzutauchen? Ich dachte an mein gestriges Erlebnis zurück und runzelte die Stirn. Dazu müsste ich wahrscheinlich erst mal klären, wie ich in Finns Erinnerung gerutscht war. Wie auch bei Frau Engel und Conny hatte ich unabsichtlich sein Handgelenk berührt ... Es schien also nur über den direkten Kontakt damit zu funktionieren. Was mich zu meiner nächsten Überlegung brachte: Musste die Berührung ungewollt erfolgen? Hatte es bei meinem letzten Versuch mit Conny deshalb nicht geklappt, weil ich sie mit voller Absicht berührt hatte? Oder war meine Fähigkeit einfach genauso unzuverlässig wie mein verdammter Vater?

Der Gedanke an ihn ließ mich auch automatisch an die beiden neuen Invasoren denken und ich schielte auf mein Handy. Es war sieben Minuten nach fünf, früh genug also, um keinem von ihnen im Badezimmer über den Weg zu laufen. Rasch stand ich auf, putzte mir leise die Zähne, widerstand dem Drang, die fremden Zahnbürsten ins Klo zu tauchen und ging wieder zurück in mein Zimmer. Dort zog ich mir eine schwarze Jeans und einen schwarzen Pullover an und holte meine Anti-Reue-Liste hervor.

Dann schraubte ich langsam meinen Füller auf und schrieb: *Finn und Lea aus dem Haus ekeln* auf. Und obwohl der Satz nicht völlig ernst gemeint war, fühlte er sich einfach nur gut an.

Kurz nach sieben Uhr hörte ich, wie mein Vater das Haus verließ. Ich trat ans Fenster und sah ihm nach, wie er den schmalen gepflasterten Weg entlangging. Als er durch das Gartentor trat, fragte ich mich, was er in diesem Moment wohl am meisten bereute, und hoffte, es hatte etwas mit gestern Abend zu tun.

Lea stand mit einem angestrengten Gesichtsausdruck in der Küche und rührte in einer Pfanne, als ich hinunterging. Sie trug eine hellgraue Jeans und einen weißen Pulli und unterschied sich von mir dadurch wie der Tag von der Nacht.

»Dann nimmst du eben noch einen Kredit auf«, zischte Finn und fuhr sich durch die kurzen hellblonden Haare. »Für deine heiß geliebte Consultingfirma war das ja auch kein Problem.«

»Finn, darüber haben wir schon gesprochen«, erwiderte Lea müde, während sie unablässig das Rührei rührte.

»Dann reden wir eben noch einmal darüber«, setzte Finn an, verstummte jedoch abrupt, als er mich sah. Wortlos griff er nach seinem lädierten Handy und verließ die Küche.

Lea sah mich an. »Es tut mir leid, Jo«, sagte sie. »Wir sind hier so reingeplatzt, aber für ihn ist es auch nicht leicht.« Sie unterbrach sich. »Hast du Hunger?«

Ungläubig verfolgte ich diesen schnellen Themenwechsel. Lea hatte Brötchen aufgebacken, Obst geschnitten und Pfannkuchen gebacken. Sie machte den Herd aus und wischte sich die Hände an einem Geschirrtuch ab.

»Ich wusste nicht, was du gern isst«, murmelte sie. »Deshalb habe ich einfach alles gemacht.«

»Ich habe morgens so gut wie nie Hunger«, antwortete ich, knotete meine Haare mit einem Gummiband zusammen und nahm mir einen Apfel. Sie legte das Geschirrtuch beiseite und machte einen Schritt auf mich zu.

»Jo, bitte warte. Hör mal, ich weiß, dass die Situation für uns alle etwas … gewöhnungsbedürftig ist.« Sie ging zum Esstisch und nahm ein Blatt Papier von der Holzplatte. »Aber sieh mal, ich habe hier ein paar Dinge herausgesucht, die wir gemeinsam unternehmen könnten, um uns besser kennenzulernen. Wir könnten zum Beispiel zum Hafen fahren. Oder wir könnten gemeinsam ins Hamam gehen. Meine Assistentin sagt, es ist wirklich schön dort.« Sie hielt mir den Zettel hin.

Ich starrte sie an. Ich wollte wirklich nicht zickig sein, aber ein gemeinsamer Hamambesuch fühlte sich gerade wie das Letzte an, was ich mit Lea und Finn unternehmen wollte. Als ob wir nicht schon genug Intimität gewonnen hätten.

»Okay«, sagte ich trotzdem. »Danke.« Ich nahm den Zettel entgegen und faltete ihn so klein zusammen, dass er in jeden Abfalleimer auf dem Weg von hier bis zur Schule passen würde. Gleichzeitig bereute ich es, mir keine gute Ausrede ausgedacht zu haben, um an den geplanten Freizeitaktivitäten garantiert nicht teilnehmen zu müssen. Aber wer hätte ahnen können, dass Lea innerhalb von vierundzwanzig Stunden einen auf Hardcore-Patchwork machen würde?

Mit meinem Apfel in der Hand verließ ich das Haus. Draußen stand unsere magere Nachbarin in ihrem akkuraten Garten und werkelte mit einer Heckenschere an ihren perfekten Pflanzen herum.

»Morgen«, sagte sie.

Ich murmelte »Guten Morgen«, obwohl ich ihr den nicht wirklich wünschte, und strebte zum Gartentor. Mein Morgen würde wahrscheinlich nur dann besser werden, wenn Finn und Lea spontan beschließen würden, bei der Biederbeck einzuziehen.

»Haben Sie mit Ihrem Vater über den Kastanienbaum gesprochen?«, fragte die Biederbeck in diesem Moment über den Zaun. Ihre kurzen, schwarz gefärbten Haare standen in alle Richtungen ab und sahen aus, als ob sie sie kürzlich wieder mit der Blumenschere geschnitten hätte.

Ich nickte automatisch, obwohl das gar nicht stimmte. Wahrscheinlich war es so etwas wie ein Reflex, um einer unangenehmen Situation aus dem Weg zu gehen, und ich bereute diesen dämlichen Reflex sofort aufrichtig.

»Und? Was hat er gesagt?«, bohrte die Biederbeck nach.

Ich rang mir ein Lächeln ab. »Er wird sich darum kümmern.«

»Was heißt das?«

»Dass er sich darum kümmern wird.«

»Hat er die Behörde angerufen?«

Ich zuckte ratlos mit den Schultern. »Das weiß ich nicht.«

»Was hat er denn dann gemacht?« Sie verschränkte abwartend die Arme vor der Brust.

Ich zuckte abermals mit den Schultern und fragte mich, ob ich wohl in der Lage wäre, in ihre Erinnerung einzutauchen und den Verlauf dieses Gesprächs zu ändern.

»Ist das Ihr Bruder?«, fragte sie weiter und ich drehte mich um. Finn hatte in diesem Moment hinter mir das Haus verlassen, wie immer voll und ganz mit seinem iPhone beschäftigt. Es ging also noch.

Lea war jetzt auch in der Tür zu sehen und winkte zaghaft.

»Und Ihre Mutter«, bemerkte die Biederbeck und musterte Lea von oben bis unten. »Arbeitet sie gar nicht?«

»Ich muss jetzt leider los. Schule«, sagte ich und ließ sie stehen. Das hier war eindeutig zu viel. Hinter mir hörte ich die Nachbarin noch Finn anquatschen und gönnte diesem Idioten jedes einzelne Wort, das er mit der Biederbeck wechseln musste.

Auf dem Weg zur Schule schlug ich ein extrem flottes Tempo an. Ich hatte keine Lust, von Finn eingeholt zu werden, ich wollte den Typen weder hören noch sehen.

Noch immer klangen mir die Worte der Biederbeck im Ohr, ob er *mein Bruder* sei, und ich schnaubte unwillkürlich, was mir den befremdeten Blick einer älteren Frau einbrachte. Wahrscheinlich hielt sie mich für ein wenig irre und der Gedanke hatte etwas Absurdes. Für wie irre würde sie mich erst halten, wenn ich ihr erzählen würde, dass ich der Meinung war, in fremden Köpfen spazieren gehen zu können?

Ich blieb an einer roten Ampel stehen und schlang fröstelnd die Arme um meinen Körper. Die Kälte erinnerte mich an die Erinnerungen, die ich besucht hatte und in denen es immer kühl gewesen war. Spontan beschloss ich, eine Liste der Dinge zu erstellen, die ich über meine Fähigkeit zu wissen glaubte:

1. Ich musste einen anderen Menschen berühren.
2. Es war vermutlich nicht egal, wo ich ihn berührte. Bisher hatte es nur funktioniert, wenn ich das Handgelenk der betreffenden Person angefasst hatte.
3. Sobald ich mich auf dem silbernen Feld befand, leuchteten die Gräser dort in unterschiedlichen Abständen golden auf. Ich vermutete, dass es Erinnerungen waren, die irgendwie miteinander in Zusammenhang standen und mit den aktuellen Gedanken verbunden waren.
4. Ich musste einen leuchtenden Grashalm anfassen, um die dazugehörige Erinnerung ansehen zu können.
5. Ich hatte noch nicht herausgefunden, wie ich aus der Erinnerung wieder herauskam – bisher war ich immer zufällig hinauskatapultiert worden.

Die Ampel schaltete auf Grün und ich ging los. Es gab so viele Fragen, die mich beschäftigten, dass ich gar nicht wusste, wo ich anfangen sollte. War ich die Einzige, die so etwas konnte, oder gab es noch andere Menschen wie mich? Konnte ich die Erinnerungen nur betrachten oder eventuell auch verändern? Würde ich lernen können, die Dauer des Aufenthalts in einer Erinnerung aktiv selbst zu bestimmen? Und wie fühlte es sich für die Menschen an, deren Erinnerungen ich besuchte? War ihnen meine Anwesenheit bewusst? Konnten sie mich sehen? Oder war die Erinnerung quasi tot, weil sie einen abgeschlossenen Teil der Vergangenheit darstellte?

»Vielleicht ist es dort ja deshalb so kalt«, murmelte ich den Gedanken laut vor mich hin, während mir der kalte Wind entgegenblies. »Weil die Vergangenheit tot ist.«

Bei dem Satz musste ich an meine Mutter denken und ein unerwarteter Schmerz durchfuhr mich. Ich sah ihr Gesicht wieder vor mir, über das sich die Züge dieser Lea schoben, die irgendetwas über meine Mutter wusste.

Es war furchtbar. Ich hatte das Gefühl, vor tausend Rätseln zu stehen, und mein Kopf war so voll mit verwirrendem Zeug, dass ich am liebsten geschrien hätte.

Als ich das Klassenzimmer betrat, schlug mein Herz schneller als zuvor und mir wurde bewusst, dass es noch eine Person gab, die ich in den letzten Stunden erfolgreich aus meiner ohnehin schon überlasteten Gedankenwelt verdrängt hatte. Doch nun zeigte mir meine erhöhte Herzfrequenz, dass all das Chaos in meinem Leben noch nicht reichte, um meine Faszination für Adrian zu durchbrechen. In diesem Moment traf mich der Blick aus seinen dunkelgrünen Augen und ein warmes Kribbeln jagte durch meinen ganzen Körper.

Verdammt. Er war also wieder da. Und offenbar hatte er noch dieselbe Macht über mich wie bisher.

Genervt presste ich die Lippen aufeinander und fühlte eine beunruhigende Hitze in meine Wangen steigen. Hoffentlich wurde ich jetzt nicht knallrot. Immerhin war ich – um Finn nicht zu begegnen – fast schon zur Schule gerannt und hatte deshalb ohnehin etwas Farbe im Gesicht. Rasch konzentrierte ich mich auf Conny und bahnte mir meinen Weg zwischen den Tischen und Stühlen zu meinem Platz.

»Hey«, sagte sie und blickte von ihrem Handy auf, als ich mich neben sie fallen ließ. »Alles okay?«

Ich atmete tief durch und schüttelte dann den Kopf.

Connys Augen huschten blitzschnell zu Adrian rüber und dann wieder zu mir. »Geht es um ihn? Ich schwöre, du bist das erste Mädchen, das er so oft anstarrt«, wisperte sie.

Mein Herz machte bei ihren Worten einen Satz und ich versuchte, meine heftig aufflackernden Gefühle unter Kontrolle zu bekommen. Es war absurd, mich darüber zu freuen. Schließlich waren Adrians Blicke alles andere als freundlich. Eher … wachsam.

»Es geht nicht um ihn«, presste ich deshalb schnell hervor.

»Was ist dann los?« Conny schaltete das Handy aus und sah mich forschend an. Ich überlegte, wo ich beginnen sollte, und versuchte gleichzeitig, mich nicht von ihrem Outfit ablenken zu lassen. Sie trug heute eine schwarz-weiß karierte Bluse mit grünen Hosenträgern. Es war so eine Kombi, die an einem Supermodel eventuell extravagant gewirkt hätte, an Conny aber leider scheußlich aussah. Da ich sie auf keinen Fall verletzen wollte, wandte ich rasch den Blick ab und begann meinen Rucksack auszuräumen.

»Finn ist bei mir eingezogen«, erklärte ich knapp und brachte damit die eine Misere auf den Punkt.

»Welcher Finn?« Sie machte eine kurze Pause, in der ihr der Mund aufklappte. »*Unser* Finn?«, hakte sie dann völlig fassungslos nach.

Ich nickte. »Genau der.«

»Nein.«

»Doch.«

»Ach du Scheiße.«

»Yep.« Ich knallte mein Englischbuch auf den Tisch.

»Aber … aber *wieso?*«, fragte Conny und rückte ein Stück näher.

Ich senkte die Stimme. »Mein Vater ist mit seiner Mutter zusammen.«

»Nein!«

»Doch«, wiederholte ich seufzend. »Und dank des Schimmelpilzes haben er und Lea beschlossen, dass es das Beste wäre, wenn sie bei uns einziehen würden.«

Conny starrte mich mit offenem Mund an und ich sah ihr an, dass es ihr schwerfiel, nicht noch einmal »Nein!« zu rufen.

»Tja«, sagte ich nun in ihr Schweigen hinein. »Das Gute an der Sache ist: Es handelt sich dabei nur um eine *Übergangslösung*.« Ich malte Gänsefüßchen in die Luft.

»Du tust mir so leid«, sagte Conny und legte unerwartet ihre Hand auf meine. Ich zuckte kurz zusammen, aber es passierte nichts. Kein Ruck, kein plötzlicher Erinnerungstauchgang. Mein Handrücken war offenbar erinnerungstechnisch uninteressant und ich hoffte, dass sie meine Reaktion nicht bemerkt hatte.

»Es könnte schlimmer sein«, sagte ich, einfach um irgendetwas zu sagen.

Conny nahm ihre Hand weg, öffnete ihre Brotdose und steckte sich eine Karotte in den Mund. »Ach ja?«, fragte sie beiläufig und biss mit einem krachenden Geräusch ab. »Und wie?«

Ohne es zu wollen, huschten meine Augen erneut hinüber zu Adrian. Er sah mich quer durch das Klassenzimmer noch immer an und ich spürte wieder diese lästige Befangenheit, die ich ständig spürte, wenn er in der Nähe war. Was hatte dieser Typ nur an sich? Okay, er sah echt gut aus – unwillkürlich glitt mein Blick zu den straffen Muskeln seiner Unterarme, die auf dem Tisch auflagen –, aber das erklärte doch nicht, warum ich mich so liebeskrank aufführte.

»Hey, ich hab dich was gefragt«, schob sich Conny in meine Gedanken.

Ich wandte ihr abgelenkt den Blick zu. »Tut mir leid«, sagte ich dann. »Ich habe heute Nacht nicht viel geschlafen.«

Conny nickte verständnisvoll und ihre schwarzen Locken wippten auf und ab. »Das glaube ich dir gern.«

Im selben Moment läutete es zur ersten Stunde und die Englischlehrerin kam gemeinsam mit Finn herein. Mein neuer Stiefbruder ignorierte mich völlig und auch ich streifte ihn nur mit einem kurzen, verächtlichen Blick. Innerlich dachte ich noch immer über Connys letzte Frage nach. Noch schlimmer, als mit Finn zusammenzuwohnen, wäre wahrscheinlich nur eine Sache: mit ihm und Adrian zusammenzuwohnen.

Fünf Stunden später, in denen ich permanent das Gefühl gehabt hatte, von allen möglichen Leuten aus meiner Klasse angestarrt zu werden, machte ich mich mit Conny auf den Weg in die Cafeteria. Während ich mich mit ihr durch die vollgestopften Gänge schob, wanderten meine Gedanken zurück zum Unterricht.

In der vorletzten Stunde hatten wir Biologie gehabt und es war um die Vererbungslehre gegangen. Frau Engel hatte uns mit einem Überraschungstest konfrontiert und danach eine Diskussion zum Thema Genetik angestoßen, bei der wir uns damit beschäftigen sollten, inwieweit kriminelle Neigungen schon vor der Geburt im Erbmaterial angelegt sein könnten. Die Diskussion war wirklich interessant gewesen und brachte mich zu folgender These: Wenn bestimmte Charaktermerkmale genauso vererbt werden konnten wie besondere Talente, dann war es nur naheliegend, dass ich meine Fähigkeit auch von einem Elternteil erhalten hatte. Wobei ich intuitiv ausschloss, dass mein Vater dazu in der Lage war, in die Erinnerungen anderer Menschen einzutauchen.

Konnte ich es also von meiner Mutter haben?

Der Gedanke fühlte sich zugleich aufregend und deprimierend an. Einerseits fand ich die Vorstellung, meine Fähigkeit von ihr zu haben, wunderschön – doch auf der anderen Seite machte es mir ihren Verlust umso schmerzlicher bewusst.

Conny kämpfte sich vor mir durch die Cafeteria und setzte dabei hemmungslos ihre schwarz-weiß karierten Ellbogen ein, was ihr einige genervte Blicke und verärgerte Kommentare einbrachte, die sie stoisch ignorierte. Ich trottete hinter ihr her und war mit meinen Gedanken noch immer bei meiner Mutter. Vielleicht hätte sie mir sagen können, was hier gerade mit mir passierte – vielleicht hätte ich ihr aber auch Angst gemacht, weil ich an irgendeinem Gendefekt litt wie die Mutanten in den *X-Men*-Filmen.

»Ach, Mist«, murmelte Conny, als wir die lange Schlange zur Essensausgabe erreichten. »Hier geht es ja zu, als wäre die große Hungersnot ausgebrochen.«

Ich blieb schulterzuckend stehen. »Ist doch egal.«

Conny kniff die Augen zusammen und musterte mich besorgt.

»So schlimm?«, fragte sie.

»Was?«

»Die Finn-Invasion. Du siehst aus, als würdest du dich gleich umbringen.«

Ich schüttelte den Kopf. »Mir geht's gut.«

Conny zog eine frische Karotte aus ihrer Brotdose und drückte sie mir in die Hand. »Beiß einmal ab und guck weiterhin so traurig«, wies sie mich an.

»Nein«, wehrte ich ab.

»Aber du könntest Teil von etwas Großem sein«, wisperte sie. »Überleg doch mal: Achttausend Abonnenten würden dein trauriges Gesicht sehen. Ich könnte eine Fotostrecke daraus machen: *Die zehn depressiven Stadien der Finn'schen Invasion*. Wir schießen jeden Tag ein Bild und zeigen deinen Verfall, weil der Idiot dein Haus besetzt.«

Ich kräuselte die Stirn. »Und wieso soll ich dabei an einer Karotte mümmeln?«

Conny seufzte tief, als wäre ich ein Kleinkind, dem sie zum hundertsten Mal erklären müsste, warum es keine Schokolade nach dem Zähneputzen essen dürfte.

»Weil mein Account nun mal *Conny Carrot* heißt«, erläuterte sie mir mit Engelsgeduld. »Ohne Karotte geht bei mir gar nichts. Die Leute müssen auf den ersten Blick erkennen, dass ich es bin, die sie mit deinem gequälten Gesichtsausdruck unterhält.«

Ich schmunzelte. »Das ist eine der absurdesten Unterhaltungen, die ich je geführt habe.«

Conny grinste und ich war froh, heute kein Karottenstückchen zwischen ihren Zähnen zu entdecken. Im nächsten Moment wurde sie jedoch ernst.

»Oh, oh. Finn'scher Invasionsalarm auf elf Uhr«, flüsterte sie mir mit einem Blick über meine Schulter zu. Ich drehte mich kurz um. Finn hatte sich hinter uns in der Schlange angestellt, hielt den Blick jedoch ausschließlich auf das gesprungene Display seines Handys gerichtet. Wahrscheinlich zockte er irgendwelche Onlinegames.

»Hey, Finn«, ertönte im nächsten Moment eine atemlose weibliche Stimme und ein hübsches Mädchen mit langen blonden Haaren, deren Pflege garantiert einen Großteil ihrer Lebenszeit in Anspruch nahm, stellte sich neben ihn. »Ich hab das mit dem Schimmel gehört. So ein Mist«, hauchte sie mitfühlend. »Wie geht es dir denn jetzt?«

»Super«, antwortete Finn knapp und spielte weiter, ohne sie anzusehen.

»Habt ihr denn schon eine neue Bleibe?«

Finn presste die Lippen aufeinander und schwieg.

»Also …«, sie warf ihm einen unsicheren Seitenblick zu, »was ich sagen wollte: Gib doch Bescheid, wenn du ein bisschen Abwechslung von dem ganzen Kram brauchst. Ein paar aus meiner Klasse wollen am Wochenende gemeinsam weggehen, vielleicht treffen wir uns auch im Kino. Also wenn du mitkommen willst, dann musst du es nur …«

»Verstanden«, murrte Finn.

»Super.« Sie lächelte angestrengt und warf mir einen kurzen, unbehaglichen Blick zu. Etwas leiser fügte sie hinzu: »Ich kann dich auch gern zu unserer WhatsApp-Gruppe hinzufügen, wenn du mir deine Nummer gibst …«

»Ne, ich bin schon in genug Gruppen«, erwiderte Finn, während er eine Nachricht tippte. »Am besten schreibst du mir direkt, wo und wann ihr euch trefft. Wenn ich Bock habe, komme ich auch vorbei. Du kannst den Neuen aus deiner Klasse nach meiner Nummer fragen, ich hab sie ihm vorhin gegeben.«

Sie wirkte kurz irritiert. »Du meinst Louis?«

»Yep«, antwortete Finn, ohne sie anzusehen.

»Okay. Super«, erwiderte sie mit einem angestrengten Lächeln und nickte.

»Okay«, brummte Finn genervt.

Sie nickte noch einmal und flüchtete dann mit hochgezogenen Schultern zurück zu ihren Freundinnen.

»Was für ein Charmebolzen«, flüsterte mir Conny kaum hörbar ins Ohr und ich nickte nachdrücklich, ohne mich noch einmal zu ihm umzudrehen.

Zehn Minuten später balancierten wir unsere vollbeladenen Essenstabletts durch die Cafeteria und hielten Ausschau nach einem freien Tisch.

»Da drüben«, meinte Conny schließlich und ich seufzte erleichtert, als ich mich neben ihr auf einen warm gesessenen Platz fallen ließ.

»Wer es schafft, sich hier eine Mahlzeit inklusive Sitzplatz zu ergattern, hat sich sein Mittagessen wirklich verdient«, schnaufte ich und schob mir einen Bissen Lasagne in den Mund.

Conny biss herzhaft von ihrem Apfelkuchen ab und nickte ernst. Dabei ließ sie ihren Blick durch den gut gefüllten Raum schweifen und wischte sich eine schwarze Locke von der Wange.

»Was geht zwischen dir und Adrian eigentlich ab?«, fragte sie dann kauend.

Ich hatte gerade nach meinem Glas gegriffen und verschluckte mich beinahe an dem Wasser. »Wie meinst du das?«, fragte ich vielleicht einen Tick zu schnell.

»Adrian«, wiederholte Conny ruhig. »Er ist mit dem Tablett in der Hand auf uns zugekommen, dann hat er dich gesehen und die Richtung gewechselt. Ziemlich seltsam dafür, dass er dich in der Klasse ständig anstarrt. Oder du ihn. Oder ihr euch beide. Manchmal habe ich das Gefühl, ihr seid wie zwei so Magnete, die sich gleichzeitig anziehen und abstoßen.«

Ich schnappte nach Luft und wusste nicht, was ich darauf erwidern sollte. Gleichzeitig ertappte ich mich dabei, wie ich unwillkürlich Ausschau nach ihm hielt. Schließlich entdeckte ich seine dunkel gekleidete Gestalt zwischen den anderen. Adrian trug wieder die abgewetzte Jeans, die ihm so gut stand, und bewegte sich mit einer geschmeidigen Selbstverständlichkeit durch den Raum, dass jeder automatisch vor ihm zurückwich. Es sah beinahe so aus, als würde ihn eine Art Kraftfeld umgeben, das die anderen davon abhielt, ihm zu nahe zu kommen. Er setzte sich an einen Tisch nicht weit von uns entfernt und ignorierte mich.

»War Adrian eigentlich auch auf dieser Party, bei der sich Vicki an Finn rangemacht hat?«, fragte ich abgelenkt.

Conny starrte mich von der Seite an. »Woher weißt du von der Party?«

Ich schaufelte mir schnell eine Gabel Lasagne in den Mund und spürte, wie ich rot wurde.

»Das hast du mir doch erzählt«, erwiderte ich dann lahm.

»Nein … das habe ich dir nicht erzählt«, beharrte Conny.

Ich wich ihrem Blick aus.

»Dann muss ich das woanders aufgeschnappt haben«, murmelte ich und wünschte, ich hätte wenigstens kurz nachgedacht, bevor ich redete.

Conny kniff misstrauisch die Augen zusammen, sagte aber nichts mehr. Für einen Moment überlegte ich, ob es mir möglich wäre, in ihre Erinnerung einzudringen und sie glauben zu machen, dass wir über die Party gesprochen hatten. Aber abgesehen davon, dass ich nicht wusste, ob ich das konnte und wie man das überhaupt machte, fühlte sich der Gedanke irgendwie falsch an.

»Adrian geht auf keine Partys«, stellte Conny klar, die meine Ausrede offenbar geschluckt hatte. »Ich meine, es ist ja nicht so, dass ich auf wahnsinnig viele Partys eingeladen werde, aber ich kenne zumindest die Fotos auf Instagram und Snapchat. Adrian war auf keinem einzigen zu sehen. Und sie hätten ihn ganz sicher fotografiert, wenn er dort gewesen wäre, dazu musst du dich nur einmal hier umgucken. Den meisten Mädchen läuft ja schon der Sabber, wenn er sie nur zufällig ansieht.«

Ich senkte den Blick und aß mechanisch weiter, obwohl die Lasagne für mich ihren Geschmack verloren hatte.

»Du stehst auf ihn«, stellte Conny nun fest.

»Das ist nicht wahr«, zischte ich und drosselte automatisch meine Lautstärke.

Sie zog ihre schwarzen Augenbrauen hoch und die Sommersprossen leuchteten auf ihrer Nase. »Ach ja? Und wieso starrst du ihn dann immer wieder an und willst wissen, ob er auf irgendwelchen Partys gewesen ist, die lange vor deiner Zeit stattgefunden haben?«

Ich öffnete den Mund. Das war tatsächlich eine berechtigte Frage.

»Ich habe vor Kurzem jemanden vor unserem Haus stehen sehen«, erwiderte ich leise, um das Thema zu wechseln.

Conny grinste. »Euren Umzugswagen?«, fragte sie dann spöttisch und schob sich den letzten Rest Apfelkuchen in den Mund.

»Nein. Einen Typen«, gab ich leicht verärgert zurück. »Also, ich weiß nicht, wer es war. Auf alle Fälle war es eine große Gestalt. Ich glaube, dass es ein Mann war, aber es war auch ziemlich dunkel.«

Conny spülte den Kuchen mit einer Cola hinunter und der spöttische Ausdruck verschwand von ihrem Gesicht.

»Du sagst, irgendein Typ hat nachts vor eurem Haus herumgelungert? Wie lange hat er das gemacht? Und hast du es deinem Vater gesagt?«

Ich schüttelte den Kopf und kam mir irgendwie dämlich vor, das Thema überhaupt angeschnitten zu haben.

»Es war nicht besonders lange«, gab ich zu. »Ich hab aus dem Fenster gesehen, da stand dieser Typ und hat zu mir hochgestarrt. Ich hab mich erschrocken und dann hat er sich schon abgewandt und ist verschwunden. Ich fand es blöd, damit zu meinem Vater zu gehen. Außerdem war ich an dem Abend nicht besonders gut auf ihn zu sprechen.«

Conny nickte. »Und du glaubst, dass es Adrian war?«

Ich legte die Gabel auf den Teller und schob ihn weg. Für den Moment war mir der Appetit vergangen.

»Keine Ahnung«, murmelte ich ausweichend. »Er sieht nicht wie ein Psycho aus. Oder doch?«

»Du siehst wie ein Psycho aus, wenn du so zu ihm hinüberstarrst. Da hilft es auch nichts, dass du hübsch bist«, sagte Conny ernst.

Ich stieß ihr leicht den Ellbogen in die Seite und musste grinsen. Erleichtert registrierte ich dann, dass Adrian nicht mehr auf seinem Platz saß und meinen Hormonhaushalt nicht weiter durcheinanderbrachte. Entweder war er ein unglaublich schneller Esser oder er hatte noch weniger Hunger gehabt als ich. Ich stand auf und griff nach meinem Tablett mit der halb aufgegessenen Lasagne.

»Ich bring das mal zurück«, sagte ich zu Conny und sie nickte.

Ich hatte kaum einen Schritt vom Tisch weggemacht, als ich von hinten hart angerempelt wurde.

»Ups«, sagte eine Stimme hinter mir, die mir irgendwie bekannt vorkam, und dann stolperte ich auch schon auf einen breitschultrigen Typen mit dunklen Haaren zu. Ich sah in ein Paar funkelnde dunkelgrüne Augen und checkte in der kurzen Schrecksekunde vor dem Aufprall, dass ich drauf und dran war, in Adrian zu krachen. Doch statt mit dem Tablett in der Hand gegen seine Brust zu knallen, taumelte ich ins Leere, da er behände einen Schritt zurückwich und zusah, wie ich gemeinsam mit den Resten meiner Lasagne zu Boden ging.

Mein Tablett schlug scheppernd auf dem Linoleum auf und mein Wasserglas zersprang in tausend Scherben. Mit einem Mal war es mucksmäuschenstill in der Cafeteria und ich fühlte, wie mir die Hitze ins Gesicht schoss.

Wütend hob ich den Blick und sah Adrian an, der keine Anstalten machte, mir zu helfen. Stattdessen betrachtete er jemanden hinter mir und als ich mich umdrehte, stand da die blaue Kappe mit dem Schlafzimmerblick und grinste höhnisch.

»Sorry«, sagte der Idiot, der mich angerempelt hatte, und nahm einen großen Schluck Eistee. Dabei zwinkerte er Finn zu, der ein paar Tische weiter saß und meinen unrühmlichen Fall mit gezückter Handykamera und einem zufriedenen Lächeln beobachtet hatte. Offenbar hatte der Arsch ein Video gedreht und ich sah in seinen stechend blauen Augen, dass das alles nicht zufällig passiert war.

Dies war die Rache für den Justin-Bieber-Klingelton und das zersprungene Display. Oder vielleicht war es auch nur der Beginn seiner Rache, denn der Ausdruck in seinem Gesicht schien zu sagen, dass er noch nicht mit mir fertig war.

»Hey, alles in Ordnung?«, hörte ich in dem Moment eine angenehme Stimme sagen und erkannte im nächsten Moment Louis. Er war neben mir in die Hocke gegangen und seine warmen braunen Augen glitten besorgt über mein Gesicht.

»Alles gut«, sagte ich leise, weil mir mein Sturz ziemlich peinlich war, obwohl ich genau genommen nichts dafür konnte, von der blauen Kappe gestoßen worden zu sein. Oder vielleicht doch. Keine Ahnung.

»So eine Scheiße«, hörte ich Conny sagen und dann stand sie mit ihrem Tablett in der Hand auf und knallte es ungerührt der blauen Kappe gegen die Brust. »Das hast du doch mit Absicht gemacht. Wie fies ist das denn?!«

»Komm, ich helfe dir«, erklärte Louis und begann die Scherben vom Boden aufzusammeln. Ich war ihm wirklich dankbar, denn meine Hände zitterten leicht und ich konnte mir gut vorstellen, mir jetzt auch noch in die Finger zu schneiden. Es reichte, die gedemütigte Neue zu sein, ich musste nicht auch noch die blutende gedemütigte Neue sein.

KAPITEL 7

Zu Hause verkroch ich mich in meinem Zimmer. Es war möglicherweise eine etwas kindische Reaktion, aber ich hatte es einfach nötig, mich in meinem Bett zusammenzurollen und meinen negativen Gefühlen gegenüber Finn freien Lauf zu lassen. Er war der Drahtzieher gewesen. Dieser blonde Sport-Superstar hatte das alles initiiert. Er hatte die blaue Kappe auf mich angesetzt und dann wie der Pate von seinem Platz aus zugesehen, wie mich sein Lakai absichtlich angerempelt hatte. Ich hatte schon viele Idioten in meinem Leben kennengelernt, aber Finn war definitiv der verabscheuungswürdigste von allen.

Und Adrian. Ich spürte, dass ich automatisch wütend wurde, wenn ich nur an ihn dachte. Er war einfach einen Schritt zurückgewichen und hatte zugesehen, wie ich hinfiel.

Was war das denn bitte schön für eine Reaktion? Welcher Mensch machte denn so etwas?

Louis hingegen war da gewesen. Er hatte mir geholfen, das

schlimmste Chaos zu beseitigen, und es hatte echt gutgetan, in seine freundlichen braunen Augen zu sehen. Und auch Conny war einfach nur großartig gewesen.

Ich drehte mich auf den Rücken und bemerkte erst jetzt, dass zwei meiner Schreibtischschubladen halb offen standen. Ich konnte mich nicht erinnern, sie nicht geschlossen zu haben.

War jemand in meinem Zimmer gewesen? Hatte Finn die Frechheit besessen, in meinen Sachen rumzuwühlen?

Rasch stand ich auf und kontrollierte meine Schubladen. Es fehlte zwar nichts, dennoch kam es mir seltsam vor. In dem Moment ertönte das Eingangssignal einer neuen WhatsApp-Nachricht. Ich griff nach meinem Handy und sah nach, wer mir geschrieben hatte.

Es war Pippa. Wir schrieben uns ab und zu, aber die Nachrichten wurden immer seltener.

»Na, bereust du es noch immer, nach Hamburg gezogen zu sein?«, schrieb sie.

»Du hast keine Vorstellung, wie sehr«, antwortete ich. »Ich bin von Idioten umzingelt und der arschigste ist mein neuer Stiefbruder. Und der wühlt anscheinend auch in meinen Sachen rum.«

Keine zwei Sekunden später klingelte mein Telefon.

Es tat gut, mit Pippa zu reden, ihre vertraute Stimme zu hören und einen Schlachtplan gegen die Hausbesetzer zu entwerfen. Allerdings war dieser ohne Substanz, denn mein Vater würde Lea und ihren dämonischen Spross nicht auf die Straße setzen, wenn ihre Wohnung von giftigem Schimmelpilz verseucht war.

»Und dieser Typ hat einfach einen Schritt zurückgemacht und zugesehen, wie du auf den Boden geknallt bist?«, fragte Pippa nun schon zum zweiten Mal und konnte es offenbar nicht fassen, dass Adrian meiner Beschreibung zufolge verdammt heiß und dennoch so ein Arschloch war.

»Ich hätte nicht gedacht, das mal zu sagen, aber die Jungs auf unserer Schule waren wirklich netter«, gab ich zurück.

»Nett ist noch immer der kleine Bruder von scheiße«, erklärte mir Pippa wie aus der Pistole geschossen und ich musste lachen.

»Ich vermisse Wien«, sagte ich dann.

»Du meinst, du vermisst *Franzi und mich*«, präzisierte sie mit einem Schmunzeln in der Stimme.

»Ja«, erwiderte ich schlicht und eine Pause entstand. Ich überlegte, ob ich ihr etwas von meinen Spaziergängen in den Köpfen fremder Menschen erzählen sollte, aber es fühlte sich nicht richtig an. Pippa würde mir wahrscheinlich nicht glauben – ich hätte es umgekehrt auch nicht getan – und ich hatte keine Möglichkeit, es ihr zu beweisen.

»Machst du das Reuespiel noch?«, fragte sie in dem Moment und ich versuchte, die Schwermut loszuwerden, die sich bei mir eingeschlichen hatte. Es gab niemanden, der mein Geheimnis kannte, und dadurch erlebte ich eine neue Art von Einsamkeit, die ich gerade nicht vertreiben konnte.

»Manchmal«, erwiderte ich gedankenverloren. »Vor allem wünsche ich mir, etwas zu finden, das Finn dazu bringt, den heutigen Tag zu bereuen.«

»Pass auf, dass daraus nicht eine Never-ending-Story wird«, sagte sie warnend. »Wenn du dich jetzt wieder an ihm rächst, hat er einen Grund, sich noch mal an dir zu rächen, und so weiter … dann hört das nie auf.«

In dem Moment klopfte es an meiner Tür.

»Ja?«, rief ich nach draußen.

»Ich bin's«, erklang die Stimme meines Vaters.

Ich seufzte. »Hör zu, Pippa, ich muss jetzt Schluss machen. Grüß Franzi von mir.«

»Alles klar«, sagte sie. »War schön, dich zu hören, Jo. Und ruf mich an, bevor du irgendeinen Wahnsinn planst, der die Beziehung zu deinem neuen Bruder nachhaltig schädigen könnte.«

»Hör auf, ihn so zu nennen.«

»Ich hätte auch so gern einen Bruder«, sagte Pippa und ich konnte ihr Grinsen förmlich durch das Telefon hindurch hören.

»Lass das«, erwiderte ich schmunzelnd.

»Wieso? Geschwister sind doch toll. Vielleicht bekommst du bald noch mehr?«

»Kann ich mit dir reden?«, fragte mein Vater durch die Tür.

»Bis bald, Pippa«, verabschiedete ich mich und stand auf. Dann legte ich das Handy beiseite und öffnete ihm. Mein Vater hatte die eckige Brille abgenommen und massierte sich gerade mit Daumen und Zeigefinger die Nasenwurzel. Als er mich erblickte, setzte er die Brille wieder auf und sah sehr ernst aus.

»Darf ich reinkommen?«

»Bist du denn allein?«, fragte ich zurück, um ihn zu ärgern.

Doch er seufzte nur resigniert. »Ja, Jo.«

Ich trat einen Schritt zurück und machte eine einladende Handbewegung. Er kam rein und blieb dann in der Mitte meines Zimmers stehen. Er trug schon wieder ein kariertes Hemd und an seiner gerunzelten Stirn sah ich, dass ihm der extrem nüchterne Zustand des Raumes zum ersten Mal so richtig auffiel. Tisch, Bett,

Stuhl, Kommode. Kein Firlefanz, kein Teppich, keine Vorhänge, Zierkissen oder Stofftiere. Da gab es nur mich und die wenigen Möbelstücke, eines davon eckiger als das andere.

»Ich wollte dir sagen, Jo … es tut mir leid.« Er fuhr sich über seine Glatze. »Die Situation ist für keinen von uns einfach, aber ich kann verstehen, dass es für dich und Finn am Schwersten ist, weil es für euch so überraschend kam.«

»Du sorgst dich um Finn?«, hakte ich nach und konnte nicht verhindern, dass sich ein ziemlich bissiger Ton in meine Stimme schlich. Ich hätte ihm natürlich erzählen können, was Finn für ein Arsch gewesen war, aber erstens war ich keine Petze und zweitens würde ich diesen Kampf allein ausfechten. Was ich aber nicht auf mir sitzen lassen wollte, war die totale Gleichsetzung von Finn und mir, die mein Vater gerade vornahm.

»Ich bin deine Tochter«, sagte ich langsam. »Finn hat seine Mutter. Es wäre schön, wenn ich an erster Stelle deiner Prioritätenliste stehen würde.«

»Aber das tust du doch«, sagte er und ließ sich auf meinem Schreibtischstuhl nieder. »Du standest immer an erster Stelle, Jo, und das tust du auch jetzt.« Sein Blick war aufrichtig und so, wie er das sagte, schien er wirklich selbst daran zu glauben.

Ich sah ihn an und wusste nicht, ob ich lachen oder weinen sollte. Kopfschüttelnd stieß ich einen humorlosen Laut aus.

»Ich stand immer an erster Stelle?«, wiederholte ich ungläubig. »Ist das dein Ernst? Seit zehn Jahren hasten wir durch Europa und du hast nie«, ich wurde etwas lauter, »*nie* nach meinen Wünschen gefragt. Du hast meine Tränen ignoriert, hast regelmäßig meine Freundschaften zerstört, du hast dafür gesorgt, dass ich mich die ganze Zeit über gefühlt habe, als ob wir auf der Flucht wären! Und jetzt hast du diese Frau wiedergetroffen und zack, machst du mit ihr einen auf Familie. Ich kriege einen arroganten Arschlochbruder und dann erklärst du mir, dass *ich* immer an erster Stelle gestanden habe?!«

Mein Vater sah mich an. Die Art, wie er meinen Ausbruch vollkommen ruhig zur Kenntnis nahm, machte mich wahnsinnig. Alles an der ganzen Situation machte mich wahnsinnig.

»Weißt du eigentlich, was für einen Scheißtag ich hatte?«, machte ich weiter, einfach weil es irgendwie rausmusste und weil er sowieso gerade so tat, als wäre er die verdammte Klagemauer, der man alles an den Kopf werfen konnte und die ja doch nicht reagierte.

»Ich verstehe deine Frustration, Jo«, erwiderte er ruhig. »Glaub mir, ich hatte das alles nicht so geplant.«

»Wie hattest du es denn geplant?«

»Kontrollierter. Behutsam. Langsam«, erwiderte er. »Lea und ich wollten, dass wir uns alle in Ruhe kennenlernen. Dass sie jetzt hier einziehen, das war ...«, er suchte nach den richtigen Worten, »... auch für mich ein unvorhergesehenes Ereignis.«

»Ein unvorhergesehenes Ereignis«, wiederholte ich starr.

Er rieb sich mit dem Daumen über seine linke Augenbraue. »Keine Frage, es ist unglücklich gelaufen. Aber früher oder später ...«

»Was früher oder später?«

»Früher oder später wäre es doch sowieso zu diesem Punkt gekommen. Vorausgesetzt ... dass unser Leben hier funktioniert«, vollendete er seinen Satz und blickte mir direkt in die Augen. »Jo, gib dem Ganzen eine Chance.«

Ich schüttelte den Kopf. »Und wer bestimmt, ob unser Leben hier funktioniert? Wieso bist das eigentlich immer nur du?« Ich machte eine bittere Pause. »Und wieso hast du mir noch nicht früher von ihr erzählt?«

»Da hast du recht, das hätte ich tun müssen. Gerade ich, der dir immer gepredigt hat, Dinge nicht aufzuschieben, habe nichts anderes getan.« Er machte eine kurze Pause. »Als das mit Lea ernster wurde, musste ich mir selbst erst über einiges klar werden. Auch darüber, wie unser Leben in Zukunft aussehen soll. Ich möchte dir einfach ein gewisses Maß an Stabilität bieten, und das hier fühlt sich irgendwie richtig an.«

»Für mich nicht«, sagte ich, weil es die Wahrheit war, auch wenn er sie nicht hören wollte.

Er seufzte. »Ich habe die Hoffnung – und diese Hoffnung ist sehr stark –, dass sich das im Laufe der nächsten Monate ändern wird, Jo.«

»Sag mir, wie Mama gestorben ist«, verlangte ich auf einmal nachdrücklich. Ich hatte nicht darüber nachgedacht, es war einfach so aus mir rausgekommen, und für einen Moment war es absolut still im Zimmer.

»Du weißt, wie deine Mutter gestorben ist«, erwiderte er schließlich abwehrend.

»Ich weiß, dass du mir erzählt hast, es wäre ein Autounfall gewesen. Aber ich habe Lea an dem Abend beim Italiener angesehen, dass das nicht die ganze Wahrheit ist. Wenn es überhaupt die Wahrheit ist.« Unwillkürlich fasste ich mir an mein silbernes Medaillon.

Er stand auf und schüttelte den Kopf. »Tut mir leid, Jo. Aber das Thema ist sehr schmerzhaft für mich, nach wie vor. Ich kann dir nicht mehr sagen, als du schon weißt. Sie ist über die Straße gegangen und ein Betrunkener hat sie überfahren. Er hat Fahrerflucht begangen, sie wurde notoperiert und ist ihren Verletzungen dennoch erlegen. Ich habe es erst erfahren, als es schon zu spät war.«

Ich blickte meinen Vater an. Der Schmerz auf seinen Zügen war echt und plötzlich hatte ich ein schlechtes Gewissen, ihn aus reinem Egoismus mit Mamas Tod konfrontiert zu haben. Aber irgendetwas sagte mir, dass es hier mehr zu erfahren gab, als er preisgeben wollte.

Ich machte einen Schritt auf ihn zu. Vielleicht sollte ich versuchen, in seine Erinnerungen einzudringen. Der Gedanke hatte etwas Verlockendes und zugleich stieß er mich ab. Einen Blick in Papas Erinnerungen zu werfen, würde mir eventuell meine Fragen beantworten. Vielleicht würde es mich aber auch vor einen Haufen neuer Fragen stellen – und in jedem Fall wäre es ein absoluter Vertrauensbruch und ein unverzeihliches Eindringen in seine Intimsphäre.

Meine Beine machten dennoch einen weiteren Schritt auf ihn zu.

Die Ungewissheit in Bezug auf die Umstände ihres Todes quälte mich nun schon seit so vielen Jahren. Ich hatte das Recht auf die Wahrheit, sie war schließlich meine Mutter gewesen. Doch hatte ich auch das Recht, mich in den Erinnerungen meines Vaters umzusehen?

Szenen aus meiner Kindheit kamen mir wieder in den Sinn. Der Kirmesbesuch. Der Urlaub an der Nordsee. Die Schlittenfahrt in den Tiroler Alpen. Unser letztes Weihnachten mit ihr. Mein letzter

Geburtstag mit ihr. Mein Vater, der mit mir ins *Disneyland Paris* flog und sagte, dass Mama bald nachkommen würde.

Wir beide im Hotel, ohne Mama.

Wir beide im Disneyland, ohne Mama.

Wir beide in der Abflughalle irgendeines französischen Flughafens.

Der Ausdruck auf seinem Gesicht.

Der Moment, als er mir sagte, dass Mama nicht mehr kommen würde. Dass sie nie wieder kommen würde.

Ich machte noch einen Schritt auf ihn zu und streckte die Finger nach seinem Handgelenk aus. Ich musste die Wahrheit erfahren, auch, wenn es vielleicht nicht richtig war.

»Essen ist fertig!«, rief Lea von unten.

Mein Vater erwachte aus seiner Versunkenheit und verschränkte die Hände hinter dem Rücken. »Komm Jo. Lass uns versuchen, das Beste aus der Situation zu machen.«

Lea hatte einen Gemüse-Wok gekocht und den Tisch mit Serviettenblumen dekoriert. Es sah komisch und falsch aus und ich bereute in dem Moment, als ich das Wohnzimmer betrat, dass ich heruntergekommen war.

Finn lümmelte mit dem lädierten iPhone in der Hand auf einem Stuhl und tat so, als wären wir alle Luft. Ich setzte mich so weit wie möglich von ihm entfernt hin und dachte, dass das gar keine so schlechte Strategie war. Auf unsere eigene Art benahmen wir uns alle wie Leute, die gemeinsam im Fahrstuhl fahren und so schnell wie möglich wieder rauswollen, nur dass es sich hier um keinen Fahrstuhl, sondern um unser verdammtes Wohnzimmer handelte.

»Mmmh, das riecht fantastisch«, sagte mein Vater irgendwann in das unangenehme Nichts zwischen uns und richtete seinen Blick auf Lea, die ihn schüchtern anlächelte.

»Dann möchtest du sicher als Erster probieren, oder, Jens?«, fragte Finn, ohne von seinem Handy aufzusehen.

Mein Vater rollte ein paar Nudeln auf, steckte sie sich in den Mund und kaute. »Klar doch. Und es schmeckt sogar noch besser, als ich erwartet habe.«

Lea blickte ihn dankbar an, entfaltete ihre weiße Blumenserviette und legte sie in den Schoß.

»Gibt's jetzt nur noch vegetarisch?«, erkundigte sich Finn bei seiner Mutter, während er gleichzeitig auf dem Display seines Handys herumtippte.

»Da Jens Vegetarier ist«, erklärte sie, »werden wir in Zukunft einfach ein paar Dinge ausprobieren.«

»Haben wir in letzter Zeit nicht genug ausprobiert?«, fragte Finn und sah sich bezeichnend in unserem Haus um.

Lea räusperte sich. »Finn, bitte benimm dich.«

»Ich benehme mich doch.«

»Ja, wie ein Arsch«, sagte ich, weil mich das Gespräch mit meinem Vater so sehr aufgewühlt hatte, dass es mir nicht gelang, ruhig zu bleiben.

»Sagt die Richtige«, erwiderte Finn und saugte geräuschvoll ein paar Nudeln in den Mund. »Schon eine Idee, was du heute noch zerstörst? Mein Handy hast du ja schon auf dem Gewissen.«

»Ja, und soweit ich es mitbekommen habe, ist das Ding ja auch das Einzige, das dir etwas bedeutet. Das muss also ganz schön wehtun«, gab ich kalt zurück.

»Kommt, Leute, wenn wir hier am Tisch sitzen, dann friedlich«, ergriff mein Vater das Wort. »Es ist für keinen leicht, aber Veränderungen gehören nun einmal zum Leben«, fuhr er fort und nahm einen Schluck Wein. »Wir werden lernen, uns mit der Situation zu arrangieren. Das Einzige, was wir dafür brauchen, ist ein bisschen Zeit.«

Finn katapultierte ein Stück Tofu an den Rand seines Tellers. »Zum Glück ist es nur eine Übergangslösung«, bemerkte er sarkastisch.

»Was haltet ihr davon, wenn jeder einmal kurz erzählt, wie sein Tag so war?«, schlug mein Vater vor. »Jo, möchtest du anfangen?«

»Ja, unbedingt«, erwiderte ich beißend. »Nicht.«

Lea tupfte mit der Serviette ihre Lippen ab. »Ich finde es gut, dass ihr jetzt einen gemeinsamen Schulweg habt«, sagte sie dann. »In letzter Zeit passiert so viel. In der Zeitung habe ich gelesen, dass sich vor Kurzem ein tödlicher Verkehrsunfall ereignet hat, bei dem eine Jugendliche ums Leben gekommen ist.«

Finn hob die Augenbrauen und blickte mich vielsagend an.

»Das kommt vor«, sagte er.

Dem Arsch war auch kein Niveau zu tief.

»Danke, aber ich gehe lieber allein zur Schule«, erklärte ich eisig.

Finn grinste arrogant. »Gratuliere, das ist das erste Mal, dass ich mit dir einer Meinung bin.«

»Finn, sei bitte nicht so unhöflich«, sagte Lea bestimmt.

Er lachte hart auf. »Ich und unhöflich?«, wiederholte er. »Sie kann mich also einen Arsch nennen, aber in dem Moment, in dem ich ihr zustimme, dass jeder von uns allein in die Schule findet, bin ich unhöflich? Ist das dein Ernst?«

»Wie wär's, wenn wir uns alle wieder beruhigen?«, meinte mein Vater.

»Vielleicht willst du deiner Mutter ja auch erzählen, warum ich dich einen Arsch genannt habe«, warf ich herausfordernd ein und ein Teil von mir genoss es, die Beschwichtigungsversuche meines Vaters zu sabotieren.

Finn fuhr sich durch die kurzen blonden Haare und zuckte mit den Schultern. »Weil du eine verdammte Bitch bist?«

»Finn!«, sagte Lea streng.

»Lass stecken«, knurrte Finn und stand auf. »Ich geh jetzt Sport machen und danach was Ordentliches essen. Den Fraß hier kriegt doch sowieso keiner runter.«

Mein Vater wollte etwas sagen, hielt sich dann aber zurück. Wahrscheinlich, weil er Finn noch etwas Zeit geben wollte.

Stumm wartete ich, bis Finn verschwunden war, und stand dann ebenfalls auf, da ich keine Lust hatte, mit den beiden einen auf heile Familie zu machen. »Ich dreh noch eine Runde um den Block, frische Luft schnappen«, erklärte ich ruhig und verließ das Wohnzimmer, ohne ihre Zustimmung abzuwarten.

Es tat gut, auf der Straße unterwegs zu sein und die frische Abendluft tief in meine Lungen zu ziehen. Es tat generell gut, nicht in Finns und Leas Nähe zu sein, weil es unglaublich anstrengend war, ständig mit ihnen zusammen zu sein.

Vor knapp zwei Jahren hatten Papa und ich unseren Sommerurlaub mit einer befreundeten Familie verbracht. Es waren nette Leute, die ich eigentlich mochte und mit deren mittlerer Tochter ich in dieselbe Klasse gegangen war. Dennoch war ich erleichtert gewesen, als die zwei Wochen in Italien vorbei waren. Wir hatten uns zu siebt einen großen Bungalow gemietet und ich hatte es einfach als anstrengend empfunden, mich an den Lebensrhythmus einer anderen Familie anzupassen. Besonders schwierig war dabei gewesen, mir das Badezimmer mit so vielen fremden Menschen zu teilen.

Doch die Situation jetzt war viel schlimmer.

Denn abgesehen davon, dass ich Lea und Finn nicht leiden konnte, waren sie gekommen, um zu bleiben, und würden nicht so bald wieder ausziehen (ganz egal, wie oft das Wort »Übergangslösung« noch fiel).

Ich seufzte leise und wechselte die Straßenseite, bevor ich meine Schritte in einen kleinen Park mit mächtigen Kastanien und verschlungenen Wegen lenkte. Die Sonne war schon vor einer Weile untergegangen und es waren kaum Menschen unterwegs. Ein ganzes Stück vor mir sah ich eine Frau mit hochgezogenen Schultern, die mich von der Statur her an meine Biolehrerin erinnerte. Aber es war zu dunkel, um zu erkennen, ob sie es wirklich war. Und selbst wenn, hätte ich keine Lust gehabt, ihr hinterherzurennen, um mit ihr zu plaudern.

Die Straßenlaternen sandten ihr schummriges Licht auf den Boden, wo es lange, unruhige Schatten warf, und ich folgte für eine Weile dem Pfad, der mich in einen verlassenen Teil des Parks führte. Dabei versuchte ich ganz bewusst, mein Denken auszuschalten. Ich wollte nicht grübeln, weder über Finn und Lea noch über meinen

Vater und die Frage, ob es gut oder schlecht gewesen war, dass ich keine Gelegenheit bekommen hatte, in seine Erinnerung einzutauchen.

Ich wollte mich nicht in der Vergangenheit aufhalten. Ich wollte einfach nur im Jetzt sein und diese Lea- und Finn-freien Augenblicke genießen.

Ein ängstlicher Schrei katapultierte meine Aufmerksamkeit komplett in die Gegenwart. Es klang nach einem jungen Mädchen und mein Herz setzte einen Schlag aus, um dann umso heftiger weiterzupochen. Angespannt blieb ich stehen und lauschte in die Dunkelheit. Ich befand mich auf einem schmalen Pfad, der von hohen Kastanienbäumen gesäumt wurde. Links davon lag ein kleiner Ententeich in einer leichten Senke und rechts sah ich eine Wiese zwischen den Bäumen hindurchglitzern. Bisher hatte ich mich in dem Park ziemlich sicher gefühlt, doch dieser Eindruck war nun wie weggeblasen. Ich griff in meine Jackentasche, aber ich hatte mein Handy zu Hause in meinem Zimmer vergessen und nur die Schlüssel mitgenommen.

Bewegungslos lauschte ich weiter. Vielleicht hatte ich mir das Geräusch ja auch nur eingebildet.

In diesem Moment hörte ich es erneut. Ein Mädchen wimmerte und kurz darauf folgte ein spöttisches Lachen.

Mir wurde eiskalt. Trotz meiner Angst setzten sich meine Beine automatisch in Bewegung und ich schlich zwischen den dunklen Bäumen hindurch in Richtung der kleinen Wiese. Da die nächsten Laternen in etwa zweihundert Metern Entfernung neben den eingefassten Wegen standen, war dieser Teil des Parks unbeleuchtet und dementsprechend dunkel.

»Bitte … ich habe kein Geld«, hörte ich das Mädchen flehen und folgte der Stimme bis zu einigen Sträuchern, hinter denen sich die Umrisse von zwei Typen abzeichneten. Der eine war lang und hager, der zweite etwas kleiner und stämmiger.

»Bist du sicher?«, zischte eine männliche Stimme, die ich dem Stämmigeren zuordnete. »Dann müssen wir deinen Wegzoll eben auf andere Art und Weise einfordern.«

Ich blieb stehen und versuchte, trotz meines rasenden Herzschlags logisch nachzudenken, welche Optionen mir zur Verfügung standen. Der Park lag wie ausgestorben da, weshalb ich die Chance, einem Passanten zu begegnen und um Hilfe zu bitten, als relativ gering einstufte. Da ich kein Handy dabeihatte, konnte ich auch nicht die Polizei alarmieren. Und da die beiden Typen jetzt anscheinend Ernst machten, konnte ich das Mädchen auch nicht einfach seinem Schicksal überlassen, um Hilfe zu holen.

»Hey!«, rief ich also, so laut ich konnte. »Ich habe die Polizei gerufen. Also verschwindet von hier und lasst sie in Ruhe!«

Einen Moment lang herrschte Stille, dann kam ein schmierig aussehender Kerl hinter den Büschen hervor. Es war der dünnere von den beiden und etwa vier oder fünf Jahre älter als ich. Seine fettigen dunklen Haare hingen ihm wie ein Vorhang ins Gesicht und er stank nach ungewaschenen Kleidern und kaltem Zigarettenrauch.

»Mann«, meinte er mit einem harten Funkeln in den Augen. »Heute ist ja anscheinend mein Glückstag. Gleich noch so eine Hübsche. Dir ist klar, dass du Wegzoll bezahlen musst, wenn du die Abkürzung über unsere Wiese nimmst, oder?«

»Haben Sie nicht gehört, was ich gesagt habe?«, fragte ich laut.

»Ich habe die Polizei informiert. Sie sollten besser verschwinden, solange Sie noch können.«

Nun kam auch der zweite Typ zum Vorschein und schubste ein etwa vierzehnjähriges Mädchen vor sich her. Sie hatte lange blonde Haare und sah total verängstigt aus.

»Red keinen Stuss«, knurrte der stämmigere von den beiden, der eben aufgetaucht war. »Wenn du die Polizei gerufen hättest, dann würden wir schon längst Sirenen hören. Du bluffst doch nur.«

Ich blickte ihm direkt in die Augen und betete, dass gerade jetzt, in diesem Moment, rein zufällig eine Polizeisirene zu hören sein würde. Leider ging mein Wunsch nicht in Erfüllung.

»Lasst sie gehen«, verlangte ich ein zweites Mal und hoffte, dass meine Stimme nicht zitterte. Dabei verfluchte ich mich dafür, dass ich ohne Handy aus dem Haus gegangen war.

»Hast du Geld?«, fragte der dünne Typ mit den fettigen Haaren und kam auf mich zu. Ich widerstand dem Drang zurückzuweichen und versuchte, mich an die Grundlagen des Verteidigungskurses zu erinnern, in den mein Vater mich vor zwei Jahren geschickt hatte.

»Check sie mal ab, ob sie was dabeihat«, murmelte der Stämmige, der das Mädchen noch immer festhielt. Sein Kumpel machte einen Schritt auf mich zu und ich fühlte seine ekelhaften Berührungen auf meinem Körper, als er mich abtastete. Er griff in meine Jackentaschen und strich dann mit beiden Händen meine Hüfte entlang nach unten. Als er bei den Gesäßtaschen meiner Jeans angelangt war und sich grinsend ein wenig nach vorn beugte, nutzte ich den Moment und rammte ihm mein Knie mit aller Kraft ins Gesicht.

Er schrie auf und taumelte stöhnend von mir weg, während der andere das Mädchen freigab und sich mit einem wütenden Grunzen auf mich zubewegte.

»Lauf!«, schrie ich dem Mädchen zu und schlug eine andere Richtung ein, um ebenfalls davonzulaufen, doch der stämmige Kerl war überraschend schnell. Ich war nur wenige Schritte weit gekommen, da spürte ich, wie sich seine harten Arme von hinten um meinen Brustkorb legten und erbarmungslos zudrückten. Ich schnappte verzweifelt nach Luft und versuchte zu schreien, doch außer einem Krächzen kam kein Laut aus meinem Mund.

Er hielt mich keuchend fest und ich sah das Mädchen über die Wiese davonrennen und hoffte, dass sie Hilfe holen würde, während sich mein Sichtfeld bedrohlich verengte.

»Du kleine Schlampe«, zischte mir der Typ von hinten ins Ohr. »Siehst du, was du angerichtet hast? Mein Kumpel blutet seine verdammte Jacke voll und die Kleine ist schon über alle Berge.« Ich wimmerte, als er seinen Klammergriff um meinen Brustkorb plötzlich lockerte und meinen Kopf an den Haaren zurückriss. »Glaubst wohl, du kannst Spielchen mit uns spielen.« Er gab mir einen kräftigen Stoß, der mich in das kalte, feuchte Gras beförderte, drehte mich auf den Rücken und setzte sich rittlings auf mich. »Dann wollen wir mal sehen, auf welche Weise du bezahlen kannst«, keuchte er und sein stinkender Atem jagte eine Welle der Übelkeit durch meinen Körper.

Ich versuchte den Kopf wegzudrehen, doch er hielt mein Kinn mit einer Hand fest und zwang mich, ihn anzusehen, während er die zweite Hand unter meine Jacke schob. Ich bäumte mich auf und biss ihn, so fest ich konnte, in die Hand, woraufhin er mit einem Brüllen zurückfuhr und in die Höhe sprang.

»Du kleine Nutte«, fauchte der mit den fettigen Haaren, dem ich mein Knie ins Gesicht gerammt hatte. Er war inzwischen ebenfalls wieder auf die Beine gekommen und holte mit dem Stiefel aus, um mir einen Tritt in den Bauch zu versetzen.

Ich krümmte mich instinktiv zusammen, um meinen Körper zu schützen, doch der Tritt kam nicht. Stattdessen hörte ich einen dumpfen Aufprall, gefolgt von einem Stöhnen. Danach folgten weitere Kampfgeräusche, die von den Schmerzensschreien der beiden Männer begleitet wurden. Mit hämmerndem Herzen gab ich meine Deckung auf und sah eine schwarz gekleidete Gestalt, die gleichzeitig gegen beide Typen kämpfte. Mein Retter bewegte sich mit einer unglaublichen Kraft und Präzision und es sah so aus, als würden seine Schläge von allen Seiten gleichzeitig kommen. Außerdem schienen sie verdammt wehzutun, denn meine Angreifer brüllten vor Schmerz, bevor sie humpelnd und keuchend das Weite suchten.

Der dunkel gekleidete Typ zögerte, als würde er überlegen, ob es sich lohnte, sie zu verfolgen. Dann drehte er sich zu mir um und obwohl mir mein Verstand sagte, dass er mich gerade vor diesen Arschlöchern beschützt hatte, war mein Körper noch immer im Fluchtmodus.

Er kam mit geschmeidigen Schritten auf mich zu und ich rutschte unwillkürlich ein Stück zurück. Sein Gesicht lag im Schatten, aber irgendetwas an seinen Bewegungen kam mir bekannt vor.

»Alles in Ordnung?«, fragte er schließlich und der Klang seiner tiefen Stimme jagte eine Gänsehaut über meinen Körper. Fassungslos starrte ich ihn an und konnte nicht glauben, dass er es war.

»Was … was machst du hier«, krächzte ich und musste dabei an heute Mittag denken, als er mir dabei zugesehen hatte, wie ich mit dem Tablett auf den Boden geknallt war – und nichts getan hatte.

»Das wollte ich dich auch gerade fragen«, erwiderte er kühl und ging neben mir in die Hocke. Obwohl es zu dunkel war, um seinen Gesichtsausdruck richtig erkennen zu können, hatte ich doch das Gefühl, so etwas wie Ärger in seinem Blick wahrzunehmen.

»Bist du verletzt?«, fragte Adrian jetzt und das tiefe Timbre seiner Stimme brachte meinen ganzen Körper zum Vibrieren.

Ich schüttelte den Kopf, obwohl mir von dem Klammergriff und der unsanften Behandlung des stämmigen Kerls noch immer alles wehtat.

»Okay. Kannst du aufstehen?«

Ich nickte und versuchte das weiche Gefühl in meinen Knien einfach zu ignorieren, als ich mich in die Höhe stemmte. Erst jetzt fiel mir auf, dass ich zitterte, was wahrscheinlich an dem Schock und dem vielen Adrenalin lag. Adrian griff nach meinen Ellbogen und half mir hoch. Sobald ich stand, ließ er mich sofort los und trat einen Schritt zurück. Ich schlang fröstelnd die Arme um mich und sah ihn an. Er befand sich einen guten Meter von mir entfernt und scannte jede meiner Bewegungen.

»Was hast du hier draußen gemacht?«, fragte ich, obwohl er darauf schon einmal mit einer Gegenfrage reagiert hatte.

»Ich war spazieren«, erwiderte er und ließ mich nicht aus den Augen. »Dabei habe ich mitbekommen, dass du dich mit zwei üblen Typen angelegt hast.« Der Klang seiner Stimme veränderte sich und ich konnte ihn nicht richtig einordnen. War das Verwunderung? Oder doch eher Verärgerung?

»Wieso machst du so was?«

Ich zuckte mit den Schultern. »Jeder Mensch braucht ein Hobby.«

»Ich mein's ernst. Die waren beide größer und schwerer als du. Was hast du dir dabei gedacht?« Seine Stimme klang so, als wäre er nicht im Mindesten zum Scherzen aufgelegt.

Ich wusste nicht, was ich sagen sollte, und zuckte erneut mit den Schultern. »Sie haben ein Mädchen belästigt.«

Adrian schüttelte den Kopf. »Aber du hättest nicht gegen sie gewinnen können.«

Ich sah zu ihm hoch. »Aber sie hatten das Mädchen«, wiederholte ich. »Was hätte ich denn tun sollen?«

Er starrte mich an und es war mir in der Dunkelheit unmöglich, seinen Gesichtsausdruck zu deuten. Allerdings war mir das tagsüber bisher ja auch nicht wirklich gut gelungen.

Einen Moment lang herrschte Stille zwischen uns, dann wirbelte der Wind meine langen Haare in die Höhe und ich fühlte die Kälte wie Nadelstiche auf der Haut.

»Ich bring dich nach Hause«, sagte Adrian. Seine Stimme klang seltsam, irgendwie gepresst, und alles in mir sträubte sich dagegen, dass er jetzt vielleicht annahm, mich weiterhin beschützen zu müssen.

»Nicht nötig«, wehrte ich deshalb ab. »Danke fürs Miese-Typen-Vermöbeln, aber ich finde auch allein nach Hause.«

»Das war keine Frage«, erwiderte er und setzte sich in Bewegung. Da mir unglaublich kalt war und ich auch nicht kindisch wirken wollte, folgte ich ihm nach kurzem Zögern. Er ging neben mir über die Wiese und nahm dann den Pfad, der zum Parkausgang führte. Eine Weile gingen wir schweigend nebeneinander her.

»Woher weißt du, wo ich wohne?«, fragte ich, als wir den Park schließlich verließen und er ganz selbstverständlich die Straßenseite wechselte, um in die Gasse einzubiegen, aus der ich gekommen war.

Er warf mir einen kurzen Blick von der Seite zu.

»Vielleicht kann ich deine Gedanken lesen.«

Ich spürte, wie mein Herzschlag ins Stocken geriet, und starrte ihn an. Er vergrub im Gehen die Hände in seinen dunklen Jeans und kniff die Augen zusammen.

»Hey, bist du sicher, dass du keinen Schlag auf den Kopf bekommen hast?«

»Ja. Wieso?«, murmelte ich.

Er blieb stehen und beugte sich etwas näher zu mir. »Weil du aussiehst, als ob du mir das mit dem Gedankenlesen eben abgenommen hättest.« Sein warmer Atem strich dabei über meinen Hals und ich spürte, wie mein Körper augenblicklich darauf reagierte. Alles in mir zog sich zitternd zusammen und paradoxerweise wünschte ich mir gleichzeitig mehr und weniger von seiner verstörenden Nähe. Mein Kopf ruckte in die Höhe und ich begegnete seinem amüsierten Blick. Dabei entdeckte ich zum ersten Mal die Andeutung eines schiefen Lächelns auf seinem Gesicht. Ohne es zu wollen, starrte ich ihn an.

Er sah einfach hinreißend aus, wenn er lächelte. Er wirkte dadurch so anders als in der Schule. Im nächsten Moment wurde mir bewusst, dass ich nicht besser war als die sabbernden Mädchen aus der Cafeteria, von denen Conny gesprochen hatte. Rasch senkte ich den Blick und betrachtete lieber meine Schuhspitzen als sein attraktives Gesicht.

»Was ist?«, fragte Adrian überraschend sanft.

Verwirrt versuchte ich meine Gedanken zu ordnen.

»Wieso bist du plötzlich nett zu mir?«, platzte es dann aus mir heraus. Er zögerte kurz, bevor er sich umwandte und weiterging.

»Hätte ich dich lieber diesen Typen überlassen sollen?«, fragte er spürbar kälter, als ich ihm folgte.

»Nein, ich ... ich verstehe es nur nicht.«

»Was verstehst du nicht? Dass ich nicht weggesehen habe, als du so dumm warst dich in einen Kampf zu stürzen, den du nicht hättest gewinnen können?«

Ich öffnete den Mund und merkte, wie ich knallrot wurde. Automatisch beschleunigte ich meine Schritte und hoffte inständig, dass er meine Gesichtsfarbe in der Dunkelheit nicht erkennen konnte.

»Ich habe dir meine Gründe schon genannt«, presste ich schließlich hervor. Wir waren inzwischen in der Straße angelangt, in der ich wohnte, und obwohl mich seine Nähe gerade eben noch verrückt gemacht hatte, wünschte ich mir jetzt, er würde mich einfach in Ruhe lassen.

Adrian antwortete nicht und als ich immer schneller wurde, griff er plötzlich nach meinem Arm. Die unerwartete Berührung jagte einen Stromstoß durch meine Nervenenden und ich fuhr herum.

»Was?«, fragte ich herausfordernd.

Adrian stand ganz knapp vor mir und ich musste den Kopf heben, um in sein markantes Gesicht mit den kurzen schwarzen Haaren zu sehen.

»Das, was du gemacht hast, war unglaublich dumm«, sagte er

jetzt ruhig und seine funkelnden Augen bohrten sich in meine. »Aber auch sehr mutig.«

Ich fühlte mein Herz gegen meine Rippen knallen.

Ein Kompliment? Hatte er mir tatsächlich gerade so etwas wie ein Kompliment gemacht?

Ein paar Sekunden lang sah ich ihn im schwachen Licht der Straßenlaterne einfach nur an und wartete darauf, dass sich mein Puls wieder beruhigte. Allerdings war eher das Gegenteil der Fall und ich atmete zitternd ein. Sein Blick rutschte hinunter zu meinen Lippen und obwohl wir schon so nah voreinander standen, wünschte ich, es wäre noch näher. Er streckte den Arm halb nach mir aus und ohne darüber nachzudenken, bewegte sich mein Körper automatisch auf ihn zu.

»Jo?«, fragte in diesem Moment eine angenehme Stimme hinter mir und ich fuhr herum. Adrian ließ auf der Stelle meinen Arm los und brachte einen Meter Abstand zwischen sich und mich. Seine Reaktion verletzte mich, aber ich versuchte mir nichts anmerken zu lassen.

»Sorry, war nicht meine Absicht, dich zu erschrecken.« Louis stand mit dem Schlüssel in der Hand im Vorgarten eines Hauses. Es war dasselbe Haus, vor dem ich an meinem ersten Schultag den Umzugswagen gesehen hatte, was bedeutete, dass wir wahrscheinlich so etwas wie Nachbarn waren. Allerdings brauchte ich ein paar Sekunden, um diesen Schluss zu ziehen, da mein ganzes System noch immer darauf drängte, Adrian zu küssen.

»Oh, hallo, Louis. Du wohnst hier?«, fragte ich nach einer merklichen Pause.

Louis lächelte so breit, dass sich Grübchen in seinen Wangen bildeten, und kam auf uns zugeschlendert. Seine dunkelblonden Haare fielen ihm dabei etwas ins Gesicht und er strich sie lässig zur Seite.

»Ja, was für ein Zufall, dich hier zu sehen – oder wohnst du etwa auch in dieser Gegend? Das hast du mir bisher gar nicht verraten.«

Ich nickte. »Nur ein paar Häuser weiter die Straße runter.«

Nun wandte Louis seine Aufmerksamkeit auch Adrian zu, dessen Gesichtsausdruck deutlich kälter geworden war.

»Hi«, sagte Louis.

»Hi«, erwiderte Adrian frostig und sah mich aus seinen grünen Augen an. »Ich schätze, du schaffst den Rest des Weges allein.«

Irritiert runzelte ich die Stirn. »Klar.«

»Gut«, sagte Adrian und warf Louis einen seltsamen Blick zu, bevor er wortlos verschwand.

KAPITEL 8

Völlig verwirrt kam ich zu Hause an. Lea und mein Vater saßen im Wohnzimmer vor dem Fernseher und ich lief so schnell wie möglich die Treppe hinauf. Zum Glück war das Badezimmer unbesetzt und ich holte einen frischen Pyjama aus meinem Zimmer, bevor ich mich darin einschloss.

Dann stellte ich mich unter die Dusche und drehte das heiße Wasser auf. Ich hatte das dringende Bedürfnis, mir den Dreck vom Körper zu waschen. Am liebsten hätte ich die Erinnerung an die beiden Typen im Park auch gleich mit in den Abfluss gespült, denn mir wurde noch immer schlecht, wenn ich an die Berührungen des einen dachte. Ich atmete ein paar Mal durch und versuchte, nicht mehr daran zu denken.

Dabei half es mir, mich auf Adrian zu konzentrieren. In seiner Nähe hatte ich mich absolut sicher gefühlt und ich ertappte mich bei dem Wunsch, dass Louis später nicht aufgetaucht wäre. Was wäre dann geschehen?

Ein sanftes Kribbeln begleitete diesen Gedanken und ich schloss die Augen, während ich mich einseifte.

Verdammt, was war nur los mit mir? Adrian war schließlich nicht der erste Typ, der mir so nahegekommen war, und ich hatte auch durchaus schon etwas mehr gemacht, als nur zu küssen.

Allerdings hatte ich noch nie erlebt, dass jemand solche Empfindungen in mir ausgelöst hatte, ohne mich überhaupt zu berühren. Umso mehr frustrierte es mich, dass sich Adrian nach Louis' Auftauchen sofort wieder in den abweisenden Typen aus der Schule verwandelt hatte.

Doch wieso hatte er auf Louis so dermaßen unfreundlich reagiert? Kopfschüttelnd wusch ich mir den Schaum aus den Haaren, stieg aus der Dusche und trocknete mich ab.

Was auch immer der Grund dafür sein mochte, es war ein sicheres Indiz dafür, dass Adrian einen schwierigen Charakter hatte und ich einen weiten Bogen um ihn machen sollte.

Am nächsten Morgen verschlief ich. Vielleicht lag es an dem Schock der vergangenen Nacht, dass ich mehr Schlaf brauchte, auf alle Fälle wachte ich eine Viertelstunde später auf als sonst. Schlaftrunken fuhr ich in die Höhe und stolperte zum Bad. Es war abgeschlossen.

»Hallo?! Ich muss Zähne putzen«, rief ich durch die Tür und hämmerte dagegen.

»Kann man hier nicht mal in Ruhe scheißen?«, kam Finns Stimme von drinnen, begleitet von einem plumpsenden Geräusch.

Angewidert wich ich zurück.

Die Klospülung rauschte, kurz danach bewegte sich die Klinke nach unten und Finn öffnete die Tür.

»Oh mein Gott.« Ich hielt mir den Ärmel meines Pyjamas vor die Nase. »Wieso bist du nicht unten aufs Gästeklo gegangen?!«

Er beugte sich zu mir. »Weil du dort unten nichts davon hättest, *Schwesterchen*.«

Arschloch.

Mit angehaltenem Atem schoss ich ins Badezimmer, schnappte mir meine Zahnbürste und die Zahnpastatube und flüchtete damit ins Erdgeschoss. Nachdem ich mir über dem Spülbecken in der Küche die Zähne geputzt hatte, sah ich Finns Handy-Ladekabel in der Wand stecken. Kurz entschlossen riss ich es aus der Dose und packte es in den Tiefkühler unter die Erbsen. Dann zog ich mich an und ging in die Schule.

Conny war heute krank, sie lag mit Fieber im Bett, und so saß ich allein an dem breiten Tisch und versuchte, mich auf den Unterrichtsstoff zu konzentrieren. Was nicht einfach war, da meine Gedanken immer wieder zu dem gestrigen Abend mit Adrian zurückwanderten und mein Magen sich dabei anfühlte, als würde ein Schwarm Schmetterlinge darin herumflattern. Unter Aufbietung meiner gesamten Willenskraft schaffte ich es jedoch, nicht ständig zu ihm hinzusehen.

In den ersten beiden Stunden hatten wir Englisch und Sport, bekamen dann unseren Überraschungstest in Biologie zurück – für den mich Frau Engel vor der ganzen Klasse lobte – und als ich irgendwann während des Unterrichts doch einen flüchtigen Blick in Adrians Richtung warf, sah ich, dass er mich komplett ignorierte.

Seine versteinerte Miene fühlte sich kein bisschen nach einer Weiterentwicklung zu der bisherigen Situation an und tat mir überraschend weh. Während des restlichen Schultages hielt ich den Kopf die meiste Zeit gesenkt, redete mit keinem aus der Klasse und wartete nur darauf, dass die Zeit verging.

Als die Glocke endlich zum Ende der letzten Stunde läutete, packte ich meine Sachen zusammen und floh, so schnell ich konnte, nach Hause. Dort setzte ich mich auf die nackten Steinfliesen der Terrasse, für die wir noch keine Gartenmöbel hatten, und versuchte weder an meine Hausbesetzersituation mit Lea und Finn noch an die seltsame Situation mit Adrian zu denken, während mir die kalte Luft ins Gesicht blies. Leider funktionierte das nicht und ich dachte an praktisch nichts anderes als an diese beiden Dinge.

Knarrend ging die Tür der Gartenhütte nebenan auf und die Biederbeck kam heraus. Sie sah mich allein auf den Steinfliesen sitzen und runzelte leicht die Stirn.

»Windig heute«, sagte sie über den Zaun und begann mal wieder, einen ihrer Büsche mit der Schere zu bearbeiten. Es war ein Wunder, dass von denen überhaupt noch etwas übrig war.

Ich nickte höflich und zog die Knie unters Kinn. Kurz dachte ich daran, wie seltsam es war, den Zustand des Wetters regelmäßig besprechen zu wollen, und wie viel Zeit man eigentlich damit verbrachte, während die Nachbarin hinter der Gartenhütte verschwand und mit einem Eimer dunkler Erde wiederkam.

»Was ist mit dem Kastanienbaum?«, fragte sie und stellte den Eimer ab.

Ich zuckte mit den Schultern und hoffte, meine ablehnende Haltung verdarb ihr die Freude an einer Unterhaltung mit mir.

»Wissen Sie denn, ob Ihr Vater jetzt schon mit der Behörde telefoniert hat?«

Ich schüttelte den Kopf. Ich wusste es nicht und es war mir auch egal. Meine Gedanken kreisten hauptsächlich um Adrian und Finn, was zwar nicht schön war, wogegen ich mich in meiner momentanen Gemütsverfassung jedoch machtlos fühlte.

Die Biederbeck seufzte und begann den Stamm ihres Rosenbusches mit Erde einzupacken. »Es soll wieder Frost kommen.«

Ich nickte und überlegte, ob ich wieder reingehen sollte. Drinnen hörte ich jedoch Finn am Telefon lachen. Vielleicht blieb ich doch lieber hier.

In dem Moment ging die Tür auf und Lea kam heraus. Sie trug ein gestricktes Schultertuch aus dicker Wolle, das sie beim ersten kalten Windstoß vor der Brust zusammenzog.

»Hey, Jo.« Sie sah mich besorgt an. »Ist dir nicht kalt ohne Jacke?«

Ich schüttelte den Kopf.

»Guten Tag, Frau Meinherz«, rief die Nachbarin über den Zaun. »Wissen Sie schon etwas wegen der ...«

»Wir werden mit der Behörde sprechen, versprochen, Frau Biederbeck!«, antwortete Lea nachdrücklich und schob ein rasches Lächeln hinterher. Die Biederbeck nickte und verschwand dann wieder in ihrem Gartenhäuschen.

Lea zeigte auf die kalten Steinfliesen. »Darf ich mich zu dir setzen?«

Ich zuckte mit den Schultern.

Sie ließ sich neben mir nieder und setzte sich dabei auf ihre Hände. »Ich bin anfällig für Blasenentzündungen«, erklärte sie auf meinen Blick hin. »Du solltest vielleicht auch nicht direkt auf den kalten Fliesen sitzen. Soll ich dir ein Kissen holen?«

»Nein danke.«

»Gut. Okay.« Sie nickte ein paarmal und richtete den Blick geradeaus ins Nirgendwo.

»Wie läuft es denn in der Schule?«, fragte sie einen Moment später.

»Fantastisch«, murmelte ich, weil ich echt keine Lust hatte, mit Lea über Adrian oder Finn zu sprechen.

»Ich habe ... einfach das Gefühl, dass dich etwas bedrückt«, sagte Lea leise und das schlechte Gewissen in ihren Augen zeigte deutlich, dass sie in Erwägung zog, dass sie selbst und ihr dämonischer Spross es waren, die mich bedrückten.

Ich hielt ihrem sorgenvollen Blick für einen Moment stand. Dann senkte ich den Kopf. »Nein, alles okay«, murmelte ich, da es mir keine Befriedigung verschafft hätte, Lea die Schuld an meiner schlechten Stimmung zu geben. Im Gegensatz zu ihrem fürchterlichen Sohn bemühte sie sich zumindest. Und die Sache mit Adrian musste ich sowieso allein auf die Reihe kriegen.

»Okay. Fein«, erwiderte Lea und versuchte zu lächeln, was ihr grandios misslang. »Ach ja, ich hab etwas für dich.« Sie sprang auf und verschwand im Haus, um gleich darauf mit ihrer Handtasche wiederzukommen, aus der sie ein kleines Päckchen zog.

»Was ist das?«, fragte ich.

»Ein Geschenk.«

Ich runzelte die Stirn und bereute es, sitzen geblieben zu sein.

»Also, ein Trostgeschenk«, sagte sie.

Aha. Etwa als Trost dafür, dass sie mit Finn hier eingezogen war und die »Übergangslösung« so aussah, dass sie einfach nie wieder auszogen?

»Na, weil Finn doch bald Geburtstag hat. Ich habe eine Schwester und immer wenn eine von uns Geburtstag hatte, hat die andere ein Trostgeschenk bekommen.«

Ich wollte »Aber Finn ist verdammt noch mal nicht mein Bruder und wird es auch nie werden!« schreien, stattdessen fragte ich nur »Wieso?«

»Na, zum Trost, weil die eine Geburtstag hatte und die andere nicht«, meinte Lea. »Ich weiß, dass es noch viel zu früh ist, aber nachdem ich es im Laden entdeckt hatte, wollte ich es dir unbedingt geben.«

»Oh. Okay.« Ich sah, dass sie darauf wartete, dass ich das Geschenk auspackte, also löste ich das blaue Band und hielt eine halbe Minute später einen Lippenstift in der Hand.

»Die Verkäuferin sagte, dass der bei Mädchen deines Alters sehr gefragt ist«, sagte sie leise und setzte sich wieder auf ihre Hände. »Ich weiß, dass du nicht oft Lippenstift trägst, aber der hier ist etwas ganz Besonderes. Wenn du ihn auspackst, wirst du sehen, was ich meine.«

»Danke. Das ist echt nett«, sagte ich schnell und lächelte sie an, da ich nicht undankbar wirken wollte. Ich trug zwar wirklich so gut wie nie Lippenstift, aber Lea schien sich ernsthaft zu bemühen.

Erleichtert lächelte sie zurück. »Weißt du … mir ist bewusst, dass die aktuelle Situation eine Bewährungsprobe für uns alle ist, und ich weiß auch, dass es nicht so einfach ist. Aber ich finde, wir schlagen uns nicht so schlecht. Was meinst du?«

Ich richtete den Blick wieder auf unseren gefährlichen Kastanienbaum und presste die Lippen aufeinander. Die vielzitierte »Übergangslösung« war damit offenkundig Geschichte.

»Sag, was hältst du davon, wenn wir zwei mal shoppen gehen?«, fuhr Lea fort.

Ich holte tief Luft. Irgendwie ging mir das alles zu schnell. »Ich … ich denk darüber nach«, sagte ich, um ihr keine sofortige Absage zu erteilen.

Sie zog ihre Hände unter ihrem Po hervor und zupfte an ihrem hellblonden Pixie-Cut herum. »Super.« Dabei strahlte sie mich an und dann, endlich, wurde es ihr und ihrer Blase zu kalt und sie ging wieder rein.

Am übernächsten Wochenende, als die Biederbeck wieder Büsche schnitt, verbrachte Finn den ganzen Samstagnachmittag mit seinem neuen iPad (einem Geburtstagsgeschenk von Lea und meinem Vater, das ihn vermutlich über den Sprung in seinem Handydisplay hinwegtrösten sollte). Vormittags war er mit Leas altem Golf unterwegs gewesen und lief nun stolz durch die Gegend, weil er endlich seinen Führerschein hatte. Finn war nämlich achtzehn geworden und von meinem Vater hatte ich erfahren, dass Finn nicht nur den Führerschein ab siebzehn gemacht hatte, sondern auch als Kind ein Jahr zurückgestuft worden war, weil er zu wenig gesprochen hatte. Was jetzt leider nicht mehr der Fall war, dachte ich, als ich abends auf der Couch lag und mich durch die Programme zappte.

Leider lief nichts – was scheiße war, weil ich keine Lust oder Energie hatte, irgendwas anderes zu tun, als auf der Couch zu liegen und fernzusehen.

Das lag zum einen an der Finn'schen Invasion, deren Ende noch nicht abzusehen war, und zum anderen daran, dass sich die Situation zwischen Adrian und mir um keinen Deut verbessert hatte. Er ignorierte mich weiterhin und war auf Abstand bedacht, weshalb ich alles daran setzte, den Abend im Park und das danach zu vergessen. Die Stunden in der Schule zogen währenddessen langsam vorüber, so ähnlich wie die Stunden mit Lea und Finn zu Hause. Die Tage vergingen, doch die gemeinsame Zeit endete einfach nicht, genauso wenig wie der Schimmel, der auch noch immer in ihrer Wohnung wütete. Es war seltsam, nach den Jahren des routinierten Umzugs nicht einfach bloß sesshaft zu werden, sondern sich auch gleich noch mit anderen ein Haus zu teilen. Ein wenig fühlte es sich bereits nach Normalität an, Finn morgens und abends im Bad anzutreffen, aber es war keine Normalität, die mir gefiel. Genauso wenig gefiel es mir, dass ich die letzten zwei Wochen allein in der Schule verbracht hatte, da Conny mit Keuchhusten im Bett lag. Alles, was sie auf Instagram postete, waren erschreckende Bilder von durchgeschwitzten Bettdecken und schrumpeligen Karotten. Auf meine Nachfrage hin schrieb sie mir, dass die Karotten ihren Gesundheitszustand widerspiegeln sollten. (Mir kam es so vor, dass sie auch gut zu meinem Seelenzustand passten.)

Und das alles zusammen frustrierte mich dermaßen, dass ich nur noch auf dem Sofa liegen und fernsehen wollte.

Abgesehen davon hatte ich es auch nicht mehr geschafft, in eine Erinnerung zu tauchen, was mir einiges an Kopfzerbrechen bereitete. In der Schule hatte ich es gar nicht erst versucht, da ich mich unter ständiger Beobachtung fühlte, aber zu Hause war es mir ebenfalls nicht gelungen. Finn fasste ich nicht freiwillig an, aber bei

Lea hatte sich zweimal die Gelegenheit ergeben und es hatte beide Male nicht geklappt. Es beunruhigte mich ein wenig und ich fragte mich langsam, ob ich die Fähigkeit, in Erinnerungen zu blicken, wieder verloren hatte.

Ich zappte weiter durch die Kanäle, während Lea und mein Vater in der Küche mit Aufräumen beschäftigt waren, und ich hörte, wie sie die Geschirrspülmaschine ausräumten und sich dabei leise unterhielten. Dann merkte ich, wie sie plötzlich immer leiser wurden, bis sie nur noch flüsterten. Es klang irgendwie gehetzt und ich richtete mich auf dem Sofa auf und warf einen Blick rüber in die Küche, der von meinem Vater aufgefangen wurde.

Sofort hörte das Flüstern auf und Papa stellte sich sehr gerade hin und sah mich auf eine ganz merkwürdige Art an, so, als würde er sich plötzlich große Sorgen um meine Zukunft machen. Ganz plötzlich rumorte ein schwerer Klumpen in meinem Magen.

Was hatte dieser Blick zu bedeuten?

Ich versuchte, entspannt zu bleiben, und dann kam Finn mit seinem neuen iPad die Treppe herunter, natürlich wie immer völlig in eines seiner Onlinespiele vertieft.

»Sagt, wollt ihr heute Abend vielleicht etwas gemeinsam unternehmen?«, fragte Papa und die Frage war so absurd, dass sie sogar Finn aus seiner Welt holte, denn er hob zeitgleich mit mir den Kopf und starrte meinen Vater verblüfft an.

»Ich meine, es ist Samstagabend. Als ich in eurem Alter war, war ich jedes Wochenende mit meinen Freunden auf der Piste.«

»Auf der Piste«, wiederholte Finn vielsagend.

Papa rückte sich die eckige Brille auf der Nase zurecht. »Ach kommt, ihr wisst genau, was ich meine.«

Ja, ich wusste es genau. Und ich hatte keine Lust dazu. Ich wollte mich nicht mit dem Anführer der Finn'schen Invasion verbrüdern, ich wollte zu Hause bleiben und sinnlose Fernsehsendungen gucken.

»Du hast recht«, sagte Finn überraschend und klappte die magnetische Hülle über das Display seines iPads. »Ich hatte sowieso vor, mich mit ein paar Leuten aus der Schule zu treffen.«

»Wunderbar!« Mein Vater legte Lea einen Arm um die Schultern und strahlte. »Und was ist mit dir?« Nun sah er mich an.

»Ich wollte heute ursprünglich ins Kino gehen«, sagte ich gähnend.

»Fantastisch!« Jetzt strahlte auch Lea so komisch.

»Mit wem?«, fragte Finn spöttisch.

»Mit Conny«, antwortete ich. Ich wollte noch hinzufügen, dass Conny jedoch leider krank geworden war, als Lea ihren Sohn fragte: »Und wohin gehst du, Finn?«

»Ebenfalls ins Kino«, murmelte Finn gelangweilt.

»Das ist ja ausgezeichnet!« Jetzt schrie Lea fast. »Da könnt ihr ja zusammen fahren, auf die Art müssen wir uns keine Sorgen machen!«

»Scheint, als ob ihr uns unbedingt loswerden wollt«, bemerkte Finn gedehnt.

Ich rümpfte die Nase. Igitt. Ich wusste sofort, woran er dachte, nämlich an Sex zwischen meinem Vater und seiner Mutter.

»Wie meinst du … aber nein, wie kommst du denn darauf?«, fragte Lea und knetete ihre Finger.

Igitt hoch drei. Langsam gewann ein Besuch im Kino tatsächlich an Attraktivität. Unauffällig holte ich mein Handy hervor und whatsappte Conny, ob sie inzwischen wieder fit genug war, um sich in einen Kinosaal zu schleppen.

»Nein, leider. Hab immer noch total hohes Fieber«, schrieb sie zurück und schickte das Bild einer halb verschimmelten Karotte mit.

Ich verzog das Gesicht. Das war scheiße. Jetzt hatte ich die Wahl, entweder allein ins Kino zu gehen oder zu Hause zu bleiben und dem außerehelichen Sex alter Leute zuhören zu müssen.

»Was ist los, Jo?«, fragte mein Vater, der meine angewiderte Miene bemerkt hatte.

»Ach, nichts. Conny hat mir nur gerade abgesagt. Sie ist krank«, erwiderte ich in der Hoffnung, dass sie ihre unzumutbaren Pläne für den heutigen Abend auf einen anderen Tag verschieben würden. Oder auf ein anderes Jahr.

»Aber Finn könnte dich doch mitnehmen«, sagte Lea und bedachte ihn mit einem geradezu hypnotischen Blick. »Du sagtest doch, du triffst dich mit ein paar Leuten aus der Schule. Da kannst du Jo doch mitnehmen.«

Ich sah, wie es in Finn arbeitete und wie er überlegte, welche Strategie (aufmüpfig versus kooperativ) ihm in der Zukunft am meisten Nutzen bringen würde. Schließlich warf er einen Blick auf sein iPad und zuckte mit den Schultern.

»Klar, warum nicht.«

Auf dem Weg zum Kino sprachen Finn und ich kein Wort.

Ich starrte aus dem Fenster der U-Bahn und versuchte verzweifelt, mir Lea und Papa *nicht* beim Sex vorzustellen (was ein wenig so war wie mit dem rosa Elefanten, an den man nicht denken sollte), und Finn hatte den Blick während der ganzen Fahrt ausnahmslos auf sein Handy gerichtet.

Als wir das Foyer des Kinos betraten, griff ich nach dem Ärmel seiner Jacke und holte tief Luft.

»Hör zu, lass uns das abkürzen«, sagte ich zu ihm. »Nenn mir einfach eine Uhrzeit, zu der wir uns wieder treffen. Lea und mein Vater bekommen nichts mit und wir ersparen uns das alles hier.«

Noch während ich sprach, sah ich Adrian, wie er das Foyer betrat, und sein unerwarteter Anblick warf mich völlig aus der Bahn. Er trug eine schwarze Jeans, ein graues T-Shirt und eine schwarze Lederjacke, die ihm unglaublich gut stand. Ich bemerkte, wie einige Frauen in seine Richtung schauten, und drehte ihm automatisch den Rücken zu, um nicht ebenfalls zur sabbernden Meute zu gehören.

»Was macht *er* denn hier?«, fragte ich dann leise und Finn schenkte mir einen Blick, wie man ihn nur einem geistig minderbemittelten Menschen zuwerfen würde.

»Keine Ahnung … wahrscheinlich hat er vor, ins Kino zu gehen. Oder was meinst du?« Kopfschüttelnd fuhr er sich durch die blonden kurzen Haare und steckte sein Handy in die hintere Hosentasche. »Aber keine Sorge, ich bin nicht mit ihm verabredet, wenn du das denkst. Der Typ hat's nicht so mit sozialen Kontakten.«

»Hey, Finn«, flötete in diesem Moment eine weibliche Stimme und das Mädchen mit den langen blonden Haaren aus der Cafeteria kam auf uns zugestöckelt. Sie trug ein dunkelblaues Kleid, das so kurz war, dass ich mich fragte, ob sie sich damit jemals bücken konnte, und hatte ein fast schon gruseliges Leuchten im Gesicht.

»Hey«, murrte Finn, der sich von ihrem Anblick kein bisschen beeindruckt zeigte. »Hast du was von Kilian gehört? Ich dachte, der wollte heute auch kommen.«

Ich kniff die Augen zusammen. Soviel ich wusste, war Kilian der mit der blauen Kappe und dem Schlafzimmerblick, der mich in der Cafeteria angerempelt hatte.

»Kilian?«, wiederholte sie ein wenig zu schnell. »Nein, keine Ahnung, wo der bleibt.« Sie lächelte tapfer weiter, aber ich sah, dass es sie mehr Mühe kostete als zuvor. Dann warf sie mir einen kurzen Blick zu und ihre Mundwinkel wanderten sichtbar nach unten.

»Ich wusste gar nicht, dass du jemanden mitbringst«, sagte sie und Finn murrte irgendetwas, das ich nicht verstand und das mir auch völlig egal war. Denn mein Blick wurde wie magnetisch von Adrian angezogen, der etwa zehn Meter entfernt auf einer Treppe im Kinofoyer saß und unverwandt zu uns herüberstarrte, bevor er seine Augen auf den Eingangsbereich richtete. Ich versuchte, mich davon ebenso wenig beeindrucken zu lassen wie Finn von der Blonden, scheiterte im Vergleich zu ihm aber kläglich. Adrians Blick hatte eine sengende Intensität und ich fühlte mich, als hätte ich vor Kurzem einen elektrischen Zaun angefasst.

»Hi. Ich bin Larissa«, sagte die Blonde nun zu mir und ich zwang mich, in ihr wenig begeistertes Gesicht zu sehen.

»Jo«, stellte ich mich mit einem Nicken vor.

»Wo sind denn die anderen?«, fragte Finn in dem Moment und richtete den Blick seiner stechend blauen Augen auf die anderen Kinobesucher. »Ich dachte, es wollten noch mehr Leute kommen?«

»Keine Ahnung«, sagte Larissa sofort, beinahe verteidigend. »Anscheinend sind es nur wir beide. Und sie«, fügte sie mit einem Blick auf mich wenig enthusiastisch hinzu.

»Na toll«, murmelte Finn und checkte sein Handy.

»Hört zu, ihr könnt den Abend gern allein verbringen«, sagte ich nun, weil ich echt keinen Bock auf Larissa und Finn im geballten Doppel hatte. »Du musst auch nicht auf mich warten«, fügte ich an Finn gewandt hinzu. »Ich finde schon allein nach Hause.«

Finn sah Larissa zögernd an (offenbar fand er meinen Vorschlag nicht so gut, wie ich gedacht hatte) und eine seltsame Pause entstand. Ich wartete nicht auf sein Einverständnis und drehte mich um.

Dabei prallte ich fast gegen Louis, der wie aus dem Nichts aufgetaucht war.

»Hey«, sagte er und strich sich seine dunkelblonden Locken aus dem Gesicht. »Du bist auch hier?«

»Äh, ja. Also nein. Ich wollte gerade gehen«, sagte ich und ertappte mich dabei, über Louis' Schulter auf die Treppe zu den Kinosälen zu schielen, wo Adrian gesessen hatte. Die Stufen waren leer und ich versuchte, mich erleichtert zu fühlen, was irgendwie nicht klappte.

»Echt? Wieso denn? Hast du was gegen Kinos?«, fragte Louis amüsiert. Dann begrüßte er Finn mit einem Handschlag. »Hey. Cool, dass du an mich gedacht hast. Ich wollte mir den Film sowieso ansehen.« Offenbar hatte ich mit meiner Einschätzung richtig gelegen. Louis gehörte definitiv zu den Menschen, die schnell neue Kontakte knüpften.

Finn nickte. »War doch klar, dir Bescheid zu geben. Danke noch mal für deine Hilfe bei dem Level. Ich hab den Endgegner jetzt endlich geknackt.«

»Recht so«, meinte Louis und lächelte dann mich an. »Und du

willst echt wieder abhauen? Sag bloß, du stehst nicht auf Zombiegemetzel.«

Ich sah von Finn zu Larissa und schüttelte den Kopf, obwohl ich Zombies eigentlich gar nicht so schlecht fand. Manchmal konnte ich ihre sinnlose Zerstörungswut selbst ganz gut nachvollziehen.

»Notfalls können wir uns ja auch etwas anderes ansehen«, meinte Louis und wandte sich an Larissa. »Du fährst wahrscheinlich auch nicht so auf heraushängende Gedärme und herumspritzende Innereien ab, oder?«

Larissa biss sich auf die Lippen und trat von einem Fuß auf den anderen. Ihr Blick irrte für einen Moment zu dem Filmplakat mit den mordlüsternen Untoten und dann zu Finn.

»Nein, also ich finde Zombiefilme eigentlich ziemlich cool«, behauptete sie dann und ich hätte mein Spotify-Jahresabo darauf verwettet, dass sie log. »Aber wenn du lieber mit Jo eine romantische Komödie sehen willst, gehe ich eben mit Finn allein in den Film«, fügte sie rasch hinzu und klang plötzlich wesentlich besser gelaunt als eben noch.

»Eine romantische Komödie?«, wiederholte Louis amüsiert. »Habe ich das gerade richtig gehört?«

»Ne, zu viert ist es doch viel lustiger«, warf auch Finn gedehnt ein, der anscheinend wenig Bock hatte, den Abend ausschließlich mit seinem blonden Groupie zu verbringen. »Ihr Mädchen könnt quatschen oder gemeinsam aufs Klo verschwinden, während Louis und ich eine Runde zocken, bis der Film losgeht.«

Larissa sah aus, als hätte er ihr vorgeschlagen, in ihren hohen Hacken noch eine Runde um den Block zu rennen, presste jedoch die Lippen aufeinander und zuckte bemüht entspannt mit den Schultern.

»Klar, wenn das für Jo kein Problem darstellt«, sagte sie mit falscher Freundlichkeit und ich blickte zu Louis, der mich ehrlich anlächelte, und dachte daran, dass er neben Conny der einzige nette Mensch war, den ich bisher in Hamburg kennengelernt hatte. (Obwohl Lea sich zugegebenermaßen bemühte. Aber die Mutter eines Arschlochs zu sein, färbte nun mal negativ ab, da konnte sie noch so sehr einen auf liebe Stiefmutter machen.)

»Das ist nett, dass du dich so um mich sorgst«, antwortete ich Larissa nun mit der gleichen falschen Freundlichkeit. »Und weißt du, was? Ich fühle mich heute mental stark. Ich denke, ich werde die Gedärme und Innereien doch super aushalten.«

Damit spielte ich Finn zwar in die Hände, konnte dafür aber Larissa ärgern. Und Louis schien mein Sinneswandel zu gefallen. Alles im Leben hatte seine Vor- und Nachteile.

»Perfekt.« Finn lächelte zufrieden. »Wieso holt ihr Mädchen nicht das Popcorn und wir kümmern uns dafür um die Karten?«, schlug er als Nächstes vor, und da es aus seinem Mund kam, tat Larissa so, als wäre das eine ausgezeichnete Idee.

»Bis gleich, Mädels«, sagte Louis noch und dann verschwanden die Jungs in Richtung Kinokasse.

Kaum waren die beiden außer Sichtweite, fiel die mühsam aufrechterhaltene Freundlichkeitsfassade von Larissa ab, als hätte jemand einen Schalter umgelegt. Ihr Gesicht drückte einfach nur noch Verärgerung aus, als sie sich umwandte und zur Popcorntheke stöckelte.

»Und, wie ist das so, mit Finn zusammenzuwohnen?«, fragte sie über die Schulter, während wir uns am Ende der langen Schlange anstellten.

Ich zog eine Augenbraue hoch und suchte einen Moment lang nach den richtigen Worten. Die ersten, die mir einfielen (total scheiße, unerträglich, zum Kotzen, das Letzte), hätte sie wahrscheinlich nicht verstanden.

»Gewöhnungsbedürftig«, sagte ich.

»Bei dir klingt das so, als wäre es etwas Negatives«, bemerkte sie mit einem halb ungläubigen, halb eifersüchtigen Unterton in der Stimme. Dabei fummelte sie an ihrem blonden Haaransatz herum und ich bemerkte einen ausgeprägten Pickel auf ihrer Stirn, den sie bisher unter einer sanft geschwungenen Welle versteckt hatte.

»Du kannst ihn ja fragen, ob er bei dir einziehen möchte«, gab ich trocken zurück und versuchte, nicht allzu offensichtlich auf den Pickel zu starren. Er saß ziemlich mittig und wenn man ihn einmal entdeckt hatte, war es schwer, woanders hinzusehen.

»Leider kommt das nicht infrage, da meine Eltern ziemlich glücklich miteinander sind«, konterte Larissa spitz und wandte ihre Aufmerksamkeit den bunten Bildern mit den verschiedenen Popcornmenüs zu.

»Das tut mir sehr leid für dich«, murmelte ich sarkastisch. »Allerdings kann ich mir nicht vorstellen, dass du Finn noch immer so toll finden würdest, wenn du mal näheren Kontakt mit seinen geschnittenen Zehennägeln auf dem Sofa gemacht hättest.«

»Schon gut. Rede dir nur ein, dass es absolut schrecklich ist, mit einem der heißesten Jungen der Schule unter einem Dach zu wohnen«, erwiderte sie genervt und verdrehte die Augen. »Irgendwie haben immer die Falschen Glück«, murmelte sie dann und rückte auf, weil sich die Schlange ein winziges Stückchen vorwärts bewegt hatte.

Ich atmete tief durch und hatte genug von dieser Unterhaltung. Irgendwie war mir bei dem Gespräch auch der Appetit vergangen.

»Hör zu, ich will eigentlich gar kein Popcorn mehr«, sagte ich. »Bis nachher.«

Mit diesen Worten scherte ich aus der Schlange aus und ließ Larissa stehen. Ohne zurückzublicken, ging ich auf direktem Weg zur Damentoilette und war erleichtert, als ich den Raum leer vorfand.

Die Neonbeleuchtung flackerte kurz bei meinem Eintreten und ich steuerte auf eines der freien Waschbecken zu. Dann drehte ich das kalte Wasser auf und spritzte mir eine Handvoll davon ins Gesicht. In dem künstlichen Licht sah ich noch blasser aus als sonst und ich kramte Leas Lippenstift aus meiner Tasche, um wenigstens ein bisschen Farbe auf die Lippen zu tupfen. Kaum hatte ich den Deckel abgezogen, runzelte ich irritiert die Stirn. Der Lippenstift sah gelb aus. Ich zog damit meine Lippen nach und beobachtete überrascht, wie sich die Farbe beim Auftragen in ein knalliges Erdbeerrot verwandelte.

»Magic Lip Colour« stand auf dem Deckel.

Ich starrte in den Spiegel. Wenn ich so wieder hinausging, würde ich definitiv die falschen Signale aussenden, und darauf hatte ich noch weniger Lust, als mich in ein Häufchen abgeschnittener Zehennägel zu setzen. Mit einer entschiedenen Bewegung wischte ich mir die Farbe ab und packte den Lippenstift wieder ein.

Dann wandte ich mich zur Tür und drückte die Klinke hinunter.

Im Foyer des Kinos war inzwischen einiges los und eine Gruppe von drei Mädchen drängte sich kichernd an mir vorbei in die Damentoilette. Mit leichter Wehmut blickte ich ihnen hinterher. Pippa, Franzi und ich waren bei unserem letzten gemeinsamen Kinobesuch auch so unbeschwert gewesen und plötzlich fühlte es sich nach einem Fehler an, mit Finn und Larissa in den Zombiefilm zu gehen, einfach nur, um die blöde Kuh zu ärgern. Ich überlegte gerade, ob es sich lohnte, die ganze Sache jetzt noch abzublasen, als ich Louis entdeckte, der in der Nähe des Ausgangs stand und anscheinend ein hitziges Wortgefecht führte.

Louis so ernst – fast schon verärgert – zu sehen, war irgendwie komisch. Es passte überhaupt nicht zu ihm und ich runzelte die Stirn. Sein Gesprächspartner wurde von einem verliebten Paar verdeckt und als ich ein paar Schritte machte, um an ihnen vorbeisehen zu können, geriet mein Herzschlag ins Stocken.

Denn der Typ, der Louis gegenüberstand, war kein anderer als Adrian. Sie waren etwa gleich groß, unterschieden sich aber ansonsten wie der Tag von der Nacht. Während Adrian mit seiner schwarzen Lederjacke und den dunklen Haaren eine düstere Ausstrahlung besaß, war Louis hingegen viel weltoffener und umgänglicher. Ich fragte mich, worüber die beiden stritten, während mein Blick von Adrians grauem T-Shirt angezogen wurde, das seinen Sixpack erahnen ließ. Sein kantiges Gesicht wirkte noch härter als sonst und als er sich nun zu Louis vorbeugte und ihm etwas ins Ohr raunte, wirkte seine ganze Haltung so bedrohlich, dass ich unwillkürlich den Atem anhielt. Dann wandte sich Adrian mit einer geschmeidigen Bewegung ab und verschwand mit langen Schritten in Richtung Ausgang.

KAPITEL 9

Ich sah, wie Adrian wegging, und es erinnerte mich an den Moment, als wir Louis nach dem Erlebnis im Park in seinem Vorgarten getroffen hatten und Adrian ebenfalls verschwunden war. Was war nur zwischen den beiden los? Kannten sie sich etwa von früher?

Louis tauchte gerade im Gewusel der Kinobesucher unter und ich spürte, wie sich meine Beine automatisch in Bewegung setzten. Es war keine bewusste Entscheidung, es passierte einfach.

Und ich begann auch erst darüber nachzudenken, was ich da eigentlich tat, als ich schon auf der Straße stand und Adrians Namen rief.

Die Dunkelheit hatte ihn schon beinahe verschluckt. Trotzdem sah ich, wie er mitten in der Bewegung innehielt und sich dann langsam zu mir umdrehte. Ein feiner Nieselregen fiel vom Himmel und ich setzte rasch die Kapuze meines Parkas auf, bevor ich die paar Schritte zu ihm lief.

Als ich näher kam, schlug mein Herz in einer Geschwindigkeit, als wäre es so ein verdammter kleiner Vogel, der aus seinem viel zu engen Käfig ausbrechen wollte. Adrian stand ganz ruhig da und die Regentropfen sammelten sich in seinen kurzen schwarzen Haaren. Ich blieb vor ihm stehen und wusste nicht, was ich sagen sollte. Jetzt kam es mir blöd vor, ihm nachgelaufen zu sein. Es war wie in so einer kitschigen Szene im Film und ich überlegte fieberhaft, wie ich aus der Sache rauskam, ohne mich komplett zum Affen zu machen.

»Was willst du, Jo?«, fragte er und mein Herz machte einen Satz, weil er meinen Namen aussprach.

»Ich habe mich … ich habe mich letztes Mal gar nicht richtig bei dir bedankt«, stotterte ich und kämpfte darum, seinem durchdringenden Blick standzuhalten. »Ich weiß nicht, was passiert wäre, wenn du nicht gekommen wärst.«

In Adrians Gesicht zuckte ein Muskel und er sah mich für einen langen Moment aus seinen dunkelgrünen Augen an. Ich hatte das Gefühl, als wolle er etwas sagen, doch schließlich nickte er nur knapp und presste die Lippen aufeinander.

»Das … war eigentlich alles«, sagte ich, da es mir nicht richtig vorkam, ihn nach seinem Streit mit Louis zu fragen, obwohl es mich brennend interessierte. Meine Augen huschten über seine Hände und ich fragte mich, was ich zu sehen bekommen würde, wenn ich in seine Erinnerung eintauchte, aber nach meinen Fehlversuchen mit Lea war ich nicht einmal sicher, ob ich das überhaupt konnte.

Da es nicht so aussah, als ob er noch etwas sagen würde, wandte ich mich ab und machte einen Schritt von ihm weg. Ich war noch nicht weit gekommen, da spürte ich die Berührung seiner Finger auf meinem rechten Oberarm. Sie zuckte wie ein Stromschlag durch mich hindurch und ich blickte erschrocken zurück.

»Pass auf, mit welchen Leuten du dich abgibst«, sagte Adrian eindringlich und sah mich intensiv an.

Ich verlor mich im Blick seiner Augen und bevor ich nachfragen konnte, was er damit meinte, drehte er sich um und ließ mich schon wieder einfach stehen.

»Hier bist du! Kannst du mal halten?«, fragte Larissa unfreundlich, als ich wieder zurück im Kinofoyer war und sie mich in der Nähe des Eingangs entdeckt hatte. Ohne meine Antwort abzuwarten, drückte sie mir einen riesigen Eimer Popcorn und zwei volle Getränkebecher in die Hand. Dann verschwand sie auf die Toilette. Ich stand mit all dem Popcorn da und fragte mich, was Adrians Worte vorhin auf der Straße zu bedeuten hatten. Wen meinte er damit? Louis? Larissa? Oder Finn? Auf alle Fälle war es eine Warnung gewesen und ich wusste nicht, was ich davon halten sollte.

Wieder musste ich an den Streit zwischen Louis und Adrian denken. So, wie es aussah, kannten sie sich wirklich schon länger. Doch worüber hatten sie gestritten?

Larissa tauchte wieder auf und hatte sich anscheinend nachgeschminkt. Was den Pickel auf ihrer Stirn anbelangte, half das jedoch nicht viel. Er war anscheinend kurz vorm Platzen und man sah ihn noch immer.

»Danke fürs Halten«, sagte Larissa frostig und nahm mir den Popcorneimer wieder aus der Hand. »Ich hoffe, du hast noch nichts davon gegessen.«

»Nein, natürlich nicht. Wo kämen wir denn da hin?«, murmelte ich und hielt ihr die beiden Getränkebecher vor die Nase. Sie nahm umständlich einen davon und griff nach dem zweiten – im selben Moment, als ich ihn ihr entgegenstreckte.

Meine Finger streiften ihr Handgelenk, ich fühlte einen Ruck und dann zog mich etwas in ihre Erinnerungen.

Ich wurde auf die wogende Grasebene gesogen und fand mich direkt zwischen den silbernen Halmen wieder. Über mir spannte sich ein violetter Himmel, an dem sich einige dunkelrote Wolken zusammenballten.

Der Wind pfiff über das Gras und brauste mir ins Gesicht. Befreit atmete ich durch. Es war zwar keine Absicht gewesen, in Larissas Erinnerungen zu tauchen, dennoch fühlte ich so etwas wie einen Kick, weil es jetzt wieder geklappt hatte. Vielleicht war es mit meiner Fähigkeit so ähnlich wie mit dem Skifahren: Manchmal gelang ein wunderschöner Schwung und beim nächsten Mal landete man wieder auf der Nase.

Die wogenden silbernen Gräser leuchteten vereinzelt goldfarben auf, einige davon ganz nah, andere weiter entfernt. Ich lief durch das silberne Feld und strich mit den Fingerspitzen über die Halme. Dann berührte ich einen gold leuchtenden vor mir und blickte mich um.

Wieder war es, als hätte jemand das Programm gewechselt. Die silberfarbene Ebene unter dem violetten Himmel war verschwunden, stattdessen befand ich mich nun in einem Toilettenraum. Ich sah eine Reihe von Waschbecken vor einer verspiegelten Wand und an der Decke flackerte ein Neonlicht. Das war die Damentoilette des Kinofoyers und ich sah Larissa hektisch in ihrer Handtasche kramen. Offenbar war diese Erinnerung erst wenige Minuten alt, denn die Farben in dieser

Umgebung waren nicht so blass wie sonst. Auch die Geräusche waren etwas lauter, alles wirkte lebendiger als sonst und … wärmer.

Vielleicht war es kälter, je tiefer ich in die Vergangenheit eintauchte, überlegte ich und machte einen Schritt auf Larissa zu, um ihr beim Handtaschenkramen zuzusehen.

»Wieso bist du denn so hektisch?«, fragte ich gedankenverloren und meine Stimme wehte wie ein Flüstern durch den Raum.

Ich hatte eigentlich mit keiner Antwort gerechnet, aber in diesem Moment verschwand die Damentoilette und ich wurde in ein verspielt eingerichtetes Mädchenzimmer gebeamt.

Dabei traf »gebeamt« es nicht ganz, denn ich hatte das Gefühl, dass ich an Ort und Stelle blieb, während sich nur Larissas Erinnerung veränderte.

Die Farben hier waren etwas blasser und selbst die rosafarbene Kuscheldecke auf dem weißen Bett hatte einen Blaustich. Ich sah Larissa in Unterwäsche vor einem breiten Schrank stehen und sich durch eine lange Reihe von Kleidern wühlen. Als ich ihr über die Schulter blickte, kam ich mir vor wie in einer Folge Shopping Queen, wo sich die Kandidatinnen auch immer in fremden Schränken zu schaffen machen.

Larissa zog nun das dunkelblaue kurze Kleid heraus und hielt es sich vor den Körper, während sie sich in Richtung des großen Ganzkörperspiegels an der Wand drehte.

»Dieses hier«, murmelte sie leise vor sich hin. »Damit werde ich dich rumkriegen, Finn Meinherz. Du wirst mir das Ding noch vom Leib reißen.«

Ich betrachtete sie skeptisch und stellte mich neben sie.

»Bist du dir sicher?«, fragte ich.

Larissa stutzte kurz, was mich irritierte. Konnte sie mich etwa gehört haben?

Nein, das war nicht möglich. Ich befand mich schließlich in ihrer Vergangenheit.

In diesem Moment klingelte das Handy auf dem Nachttisch und Larissa warf das Kleid achtlos aufs Bett, bevor sie nach dem Telefon griff.

»Hallo, Vicki.«

Ich zuckte zusammen, als sich die Szene plötzlich verschob und Larissa mit dem Handy am Ohr knapp vor dem Spiegel stand. Ich hatte nicht gesehen, wie sie die drei Meter zwischen Bett und Spiegel überwunden hatte, aber dann verstand ich, was passiert war.

Erinnerungen liefen nicht wie ein Film ab. Ich sprang auch schon mal innerlich von einem Moment zum nächsten, und genau das schien gerade passiert zu sein.

»Was hast du heute vor?«, fragte Vicki durch das Handy. Obwohl die Geräusche gedämpft waren, konnte ich sie gut verstehen.

»Nichts Besonderes«, log Larissa, schob ihre langen blonden Haare zur Seite und betrachtete den großen, entzündeten Pickel auf ihrer Stirn. »Wahrscheinlich bleibe ich zu Hause und ziehe mir irgendwelche Serien rein. Und du?«

»Keine Ahnung. Der Neue aus unserer Klasse hat vorhin per WhatsApp geschrieben, dass er heute ins Kino geht. Ich hab gehört, dass er sich gut mit Finn versteht. Vielleicht schau ich da auch mal vorbei.«

Larissa wandte sich abrupt vom Spiegel ab und drückte das Handy fester ans Ohr. »Ich kann mir nicht vorstellen, dass Finn ins Kino kommt«, sagte sie schnell. Offenbar hatte sie es sich in den Kopf ge-

setzt, Finn heute ganz allein zu treffen, und ich konnte mir gut vorstellen, dass sie das von Anfang an schon so geplant hatte.

»Wieso glaubst du, dass Finn nicht kommt?«, fragte Vicki.

Larissa begann, im Zimmer auf und ab zu laufen und ihre Wangen färbten sich rosa. »Feiert der heute nicht Geburtstag mit seiner neuen Family?«

»Echt?«, fragte Vicki verblüfft. »Ich dachte, er versucht so wenig Zeit wie möglich mit der blöden Bitch und ihrem Vater zu verbringen?«

»Vielleicht zwingt ihn seine Mutter dazu«, erwiderte Larissa, wechselte das Handy in die andere Hand und tupfte etwas Abdeckcreme auf den Pickel.

»Muss strange sein, mit Finn unter einem Dach zu leben«, sagte Vicki. »Ich wette, die Tussi hat ihn schon mit nacktem Oberkörper gesehen.«

Larissa grinste. »Da könnte meine Mutter auch gerne abkratzen, wie die von dieser Bitch, wenn er dann bei mir einziehen würde.«

Vicki lachte und ich stand nur daneben und fühlte eine Mischung aus Trauer und Wut, während ich Larissa am liebsten eine geknallt hätte.

In dem Moment veränderte sich die Erinnerung wieder und plötzlich stand Larissa fertig angezogen und geschminkt vor dem großen Spiegel. Ihre Kommode war bevölkert von Haarpflegeprodukten und ihre blonden Haare hatte sie so gestylt, dass sie in sanftem Schwung über ihre Stirn fielen und den Pickel verdeckten.

Sie machte einen Schmollmund und schoss dann mehrere Selfies, eines peinlicher als das andere. »Ich hab dich so was von am Haken, Finn Meinherz«, sagte sie zu ihrem Spiegelbild und lächelte sich an.

Ich trat ganz nah auf sie zu, bis ich direkt hinter ihrer Schulter stand. Larissa hatte nicht nur alles dafür unternommen, mit Finn allein ins Kino zu gehen, sie war mit ihrer Tote-Mutter-Aussage auch eindeutig zu weit gegangen.

»Mit diesem riesigen Pickel auf der Stirn? Bist du wirklich sicher?«, flüsterte ich deshalb langsam in ihr Ohr und dann fühlte ich einen neuerlichen Ruck und wurde zurück ins Foyer des Kinos gerissen.

»Sag mal, hast du einen Abdeckstift?«, fragte Larissa leise, während sie umständlich auch noch das zweite Getränk von mir entgegennahm. Ich brauchte einen Moment, um mich im Foyer wieder zurechtzufinden. Die Luft hier war ungewohnt warm und stickig nach der Kälte in der Erinnerung.

»Hier seid ihr«, hörte ich Finns Stimme und drehte mich um. Er kam gemeinsam mit Louis aus Richtung der Kinokassen auf uns zugeschlendert und hielt vier Tickets in der Hand.

»Ich hab dich was gefragt«, zischte Larissa ein zweites Mal und blickte nervös zu Finn.

»Wieso brauchst du einen Abdeckstift?«, fragte ich zurück und ärgerte mich noch immer über das, was sie am Telefon zu Vicki gesagt hatte.

»Bereit für Zombies, Gemetzel und Innereien?«, fragte Finn, der uns nun erreicht hatte, und Larissa senkte den Kopf, sodass ihr die Haare wie ein Vorhang ins Gesicht fielen.

»Klar doch«, erwiderte sie hinter ihrem Haarvorhang und Louis stellte sich neben mich. Dabei rieb er sich kurz über seine Arme, auf denen sich eine Gänsehaut gebildet hatte.

Am liebsten hätte ich ihn gefragt, worüber er vorhin mit Adrian gestritten hatte, aber das wollte ich nicht vor Finn und Larissa tun.

Finn reckte seinen großen, durchtrainierten Körper und grinste. »Dann, Ladies und Gentlemen, lasst das Gemetzel beginnen!«

Die Jungs hatten Karten in der letzten Reihe besorgt und als wir endlich alle saßen (zuerst Louis, dann ich, daneben Larissa und schließlich Finn), dachte ich darüber nach, ob ich versuchen sollte, in Louis' Erinnerung einzutauchen.

Ich wollte mir nicht überlegen, ob das moralisch okay war und ob meine Neugier nur daher rührte, dass ich irgendwie total besessen von Adrian war, also schob ich diese Gedanken mit Gewalt beiseite. Leider kamen sie immer wieder zurück wie ein verdammter Bumerang und als das Licht gedimmt wurde und der Film begann, hatte ich noch immer keine Entscheidung getroffen.

Unauffällig schielte ich zu Louis hinüber. Er hatte die Hände locker auf seinen Oberschenkeln abgelegt und tippte mit den Fingern im Takt der Musik auf seine Knie. Wenn ich jetzt seine Handgelenke berührte, um in seine Erinnerungen zu tauchen, hatte er sicher das Gefühl, dass ich auf ihn stand. Da mein Leben für den Moment schon kompliziert genug war und ich auch nicht sicher war, ob er es war, vor dem mich Adrian gewarnt hatte, verzichtete ich auf diese Variante und wartete. Außerdem wusste ich schließlich noch nicht, wie ich es anstellen sollte, genau zu der Erinnerung zu kommen, die ich sehen wollte.

Nach etwa zehn Minuten des Films, als das Gemetzel richtig losging, spürte ich Larissas Ellbogen in meiner Seite.

»Hey«, zischte sie mir zu.

Ich konnte nur daran denken, was sie zu Vicki am Telefon über tote Mütter gesagt hatte, und hätte ihr am liebsten vorgeschlagen, dass sie die Klappe halten sollte. Am besten für immer.

»Jo«, flüsterte sie erneut und ich seufzte. Anscheinend half es nicht, sie zu ignorieren.

»Was?«, knurrte ich.

Sie beugte sich zu mir rüber. »Hast du einen Abdeckstift?«

Finn lachte, weil einer der Zombies gerade auf besonders fantasievolle Weise in mehrere Teile zerrissen wurde, und ich sah sie von der Seite an. Konnte es sein, dass meine Bemerkung in ihrer Erinnerung daran schuld war, dass sie jetzt so verzweifelt versuchte, ihren Pickel abzudecken? Konnte ich über ihre Erinnerungen etwa ihre Pickelangst noch verstärken?

»Du meinst für das Ding auf deiner Stirn?«, fragte ich kalt zurück. Es war nicht besonders nett von mir, das zu sagen, aber ihre Bemerkung über den Tod meiner Mutter war auch alles andere als nett gewesen. Ihre Finger fuhren hektisch zu dem Pickel und sie warf mir einen bitterbösen Blick zu.

»Geht's noch lauter?«, flüsterte sie verärgert und stieß mit der Hand den Popcorneimer zwischen uns um, sodass sich ein Großteil des Popcorns auf meinen Schoß ergoss.

»Ups«, setzte sie dann bissig hinzu.

Ich atmete kontrolliert aus und wischte die Krümel von meinen Oberschenkeln.

»Kann ja mal vorkommen«, antwortete ich und tat so, als ob ich es nicht checken würde, dass sie das mit voller Absicht gemacht hatte. Dann öffnete ich meine Tasche und kramte darin herum. »Hier«, sagte ich dann und hielt ihr Leas magischen Lippenstift hin. »Ist ein Geschenk von meiner neuen Stiefmutter. Kannst du behalten.«

Ihre Finger krallten sich blitzschnell um den Lippenstift und sie vermied es, mich anzusehen. »Danke«, presste sie hervor.

Währenddessen gerieten die hysterisch kreischenden Menschen auf dem Dach eines Hochhauses in echte Bedrängnis und genau in dem Moment, als einer von ihnen kopflos in die Tiefe sprang, öffnete Larissa Leas Lippenstift und tupfte damit ebenso kopflos auf der Erhebung auf ihrer Stirn herum.

»Wie fandest du den Film?«, fragte Larissa Finn eineinhalb Stunden später beim Hinausgehen.

»Anfangs ganz cool, aber gegen Ende hin wurde er lahm«, meinte er und senkte den Blick seiner stechend blauen Augen auf das Handy. »Leider haben sie die ganzen guten Ideen am Anfang verpulvert.«

»Ja, und am Ende nur noch literweise Blut ... Das war so was von öde«, stimmte Larissa zu und drückte die schwarze Flügeltür des Kinosaals auf. »Wollen wir noch gemeinsam was trinken gehen? Was meint ihr?«, fragte sie, nachdem sie ein paar Schritte gegangen war, und drehte sich dann lächelnd zu Finn um.

Er holte Luft und starrte sie in der ungewohnten Helligkeit des Foyers an. Wie auch Louis. Und wie jeder andere, der zufällig vorbeikam.

Ich biss mir auf die Lippen und blickte zu Boden. Vielleicht hätte ich vorher im Kino doch nicht meinen niederen Instinkten nachgeben sollen.

»Was ist?«, fragte Larissa, der die seltsamen Reaktionen nicht entgangen waren.

»Äh ...«, meinte Finn und ich erlebte ihn zum ersten Mal

sprachlos. Dann tauschte er einen kurzen Blick mit Louis und prustete los.

»Was ist so komisch?«, fragte Larissa und runzelte die Stirn, wodurch der knallrot angemalte, erhabene Pickel noch mehr zur Geltung kam.

»Nichts. Du siehst nur so aus, als wäre dir im Saal ein Horn gewachsen«, sagte Finn so ernst wie möglich und Louis begann, lauthals zu lachen.

»Was?«, schrie Larissa und lief so rot an, dass der leuchtende Lippenstift auf ihrer Stirn etwas weniger auffiel.

»Hey, ist nicht so schlimm«, beruhigte Finn sie, während Louis sich kurz wieder einkriegte. »Ist das was Religiöses?«, fragte er. »Bist du während des Zombiegemetzels zum Hinduismus konvertiert?«

»Wovon redet ihr? Nein!«, schrie Larissa und tat mir fast schon leid.

Finn grinste. »Okay, dann stehst du einfach auf Einhörner?«

Jetzt lachte Louis erneut laut auf und presste sich die Hand vor den Mund. »Sorry, aber das ist zu geil«, nuschelte er in Richtung Larissa.

»Es hat auch was von Hellboy«, machte Finn weiter, der jetzt offenbar in Fahrt war. »Hey, aber ich sag dir was: Wenn du in dem Zombiefilm mitgespielt hättest, hättest du ihn total aufgewertet.«

Louis schnaufte glucksend und Larissa drehte ihnen beiden den Rücken zu. Dabei kramte sie in ihrer Handtasche hektisch nach einem Schminkspiegel. Als sie ihn gefunden hatte, schrie sie leise auf.

»Das warst du!«, fuhr sie mich mit Tränen in den Augen an. Sofort bekam ich ein schlechtes Gewissen.

»Hier«, ich hielt ihr ein Taschentuch hin, »damit kannst du es dir abwischen …«

Sie schnappte wütend danach und rubbelte damit über ihre Haut. Was die Sache nicht unbedingt verbesserte.

»Wirklich? Das warst du?«, fragte Finn und zog beinahe anerkennend eine Augenbraue hoch. »Respekt.«

»Das gefällt dir auch noch, oder was?«, fauchte ihn Larissa an. »Die blöde Bitch wickelt euch mit ihrer toten Mami und den großen Rehaugen doch alle um den Finger! Ihr seid nur zu blöd, es zu checken!«

Ich fühlte eine plötzliche Kälte und spürte, wie jedes Mitleid mit Larissa auf der Stelle verflog.

»Hey, nun mal langsam«, sagte Louis beschwichtigend.

Finn holte gemächlich sein Handy aus der hinteren Gesäßtasche und schoss ein Foto von Larissa.

»Ich hab selbst 'nen toten Vater und mich wickelt keiner um den Finger«, erwiderte er dann ruhig. »Schon gar nicht jemand wie du.« Mit diesen Worten gab er Louis einen Wink und ließ Larissa stehen.

»Die Sache mit deinem Dad, sorry Mann«, sagte Louis zu Finn, als wir ein wenig später von der U-Bahn-Station nach Hause gingen.

Finn zuckte die Schultern. »Kein Ding. Ist eine Weile her.«

»Und auch wegen deiner Mutter, Jo. Das muss echt bitter sein«, sagte Louis zu mir und es klang ehrlich.

Ich nickte nur und schwieg. Obwohl Larissa den Niveau-Limbo mit ihrer Aussage ganz klar gewonnen hatte (tote Mutter schlug Lippenstift auf der Stirn), tat es mir leid, wie der Abend gelaufen war. Aber hatte sich Finn tatsächlich ein wenig für mich eingesetzt?

»Wie ist es passiert?«, fragte Louis und sah zwischen Finn und mir hin und her.

»Autounfall«, murmelte ich leise.

Finn schwieg und tippte irgendwas auf seinem Handy.

»Dito«, meinte er irgendwann. »Er ist besoffen Auto gefahren und gegen einen Baum gekracht.«

»Was für eine Scheiße«, sagte Louis.

»Yep. Aber ich schätze, er hat es verdient.«

Ich vergrub die Hände in meinen Jackentaschen und sah nach vorn. Meine Mutter hatte es ganz sicher nicht verdient und ich konnte mir nicht vorstellen, wie es sich anfühlen musste, so etwas zu denken.

»Hier ist unser Haus«, sagte Louis und blieb vor dem Gartentor stehen, wo ich ihn mit Adrian schon einmal getroffen hatte. Der kalte Wind heulte durch die Blätter der Kastanienbäume und ich blickte hoch zum Himmel. Sah aus, als ob es bald regnen würde.

»War ein cooler Abend«, sagte Louis in dem Moment. »Also abgesehen von Larissa. Vielleicht versuchst du, bei unserem nächsten Treffen keine Zicken anzuschleppen.«

Finn streckte seinen muskulösen Körper und grinste. »Ich fürchte, das wird keine leichte Aufgabe, Mann.«

Louis lächelte ebenfalls und fuhr sich kopfschüttelnd durch seine dunkelblonden Locken. »Du wolltest sicher sagen: Anwesende ausgeschlossen. Nicht wahr, Finn?«

Finn steckte gemächlich die Hände in die Hosentaschen und betrachtete mich mit einem trägen Lächeln. »Ne, wollte ich nicht.«

»Okay, gute Nacht«, sagte ich zu Louis und rempelte Finn beim Weitergehen leicht an, was er mit einem belustigten Blick quittierte.

Ich hörte, wie die Jungs sich mit Handschlag verabschiedeten und Finn hinter mir herjoggte, bis er wieder neben mir ging.

Ich ließ die letzten Minuten noch mal Revue passieren und musste Louis recht geben. Abgesehen von Larissa war der Abend wirklich okay gewesen. Und das, obwohl ich ihn mit Finn verbracht hatte. Aber wen hatte Adrian gemeint, als er gesagt hatte, ich solle aufpassen, mit welchen Leuten ich mich abgab?

»Du siehst gerade total nachdenklich aus«, sagte Finn, während er im Gehen ein Päckchen Zigaretten aus der hinteren Hosentasche fummelte und sich eine anzündete. Die Flamme des Feuerzeugs beleuchtete seine Züge und die kurzen blonden Haare. »War dir der Film etwa zu tiefsinnig?«

»Nein, ich denke nur daran, dass dich die Zigaretten umbringen können«, antwortete ich.

»Das würde dich doch nicht stören«, sagte er kühl.

Ich schmunzelte. »Stimmt. Du solltest die ganze Packung rauchen.«

»Früher oder später muss doch sowieso jeder sterben«, sinnierte Finn und nahm noch einen tiefen Zug.

»Und deshalb ignorierst du die Tatsache, dass du als Raucher wahrscheinlich zwanzig Jahre früher draufgehst, weil du Lungenkrebs kriegst?«

»Darüber denke ich nicht nach. Wozu auch?«, erklärte mir Finn. »Schließlich kann ich genauso gut wegen einer Million anderer Dinge draufgehen.«

Wir waren vor unserem Gartentor angekommen und ich blieb einen Moment auf der Straße stehen. »Wie zum Beispiel wegen dem Augenkrebs, den du bekommst, weil du meinen Vater und deine Mutter beim Sex erwischst?«, fragte ich und sah bezeichnend zum Schlafzimmerfenster hoch.

»Sag so etwas nicht.« Seine Stimme klang dermaßen angewidert, dass ich lachen musste.

Finn trat die Zigarette aus und öffnete das Gartentor. Dabei sah er mich überheblich an. »Aber falls ich wirklich Augenkrebs kriege, möchte ich nicht der Einzige sein. Also nach dir, *Schwesterchen*.«

Das Haus war ungewöhnlich still und mich beschlich ein seltsames Gefühl, als ich in die Diele trat. Mit gerunzelter Stirn zog ich mir die Jacke aus und streifte die Schuhe ab, bevor ich ins Wohnzimmer ging. Ich sah meinen Vater mit einem Glas Cognac am Esstisch lehnen und Lea blass auf der Couch sitzen. Ich sah außerdem, dass sie geweint hatte und irgendetwas Kleines umklammert hielt.

»Was ist los?«, fragte Finn misstrauisch und stellte sich neben mich. Er roch noch immer ein bisschen nach Rauch und seltsamerweise fand ich seine Anwesenheit in diesem Moment irgendwie tröstlich.

Mein Vater blickte auf und räusperte sich. »Ihr seid aber früh zurück.«

»Nein, sind wir nicht. Was ist passiert?«, wiederholte Finn ein zweites Mal schärfer und ich fragte mich, ob er glaubte, dass mein Vater Lea gegenüber gewalttätig geworden sein könnte, was natürlich absoluter Blödsinn war.

»Es ist nichts Schlimmes, wirklich nicht«, sagte Lea und versuchte zu lächeln. »Es ist nur … überraschend.«

»Das muss ja eine tolle Überraschung sein, die dich zum Weinen gebracht hat«, sagte Finn und ich konzentrierte mich auf das kleine Ding in ihrer Hand. Es war weiß und hatte ungefähr die Dimension eines Stiftes. Es kam mir irgendwie bekannt vor und noch während ich darüber nachdachte, schob sich eine Szene mit Pippa vor mein inneres Auge. Ich sah mich wieder auf dem Bett in ihrem Zimmer sitzen und gemeinsam mit Franzi darauf warten, dass sie aus dem Badezimmer zurückkam. Und ich erinnerte mich an die unendliche Erleichterung auf Pippas Zügen, als sie sich mit so einem ähnlichen weißen Ding in der Hand und einem tiefen Seufzen neben uns aufs Bett fallen ließ.

Meine Augen trafen Leas Augen und dann stolperten auch schon die Wörter aus meinem Mund, die sich zu einem folgenschweren Satz verbanden, der alles verändern würde.

»Du bist schwanger.«

»Nein«, blaffte Finn, halb abfällig, halb erschrocken.

Die Stille, die auf meine Worte folgte, zog sich in die Länge und mit jeder Sekunde, die verstrich, wurde sie unbehaglicher, so als würde man an einem dünnen Gummiband ziehen, bis man wusste, dass das Material dies nicht mehr lange aushalten würde. Mein Vater nahm einen tiefen Schluck von seinem Cognac und die Verunsicherung auf seinen Zügen war vielleicht das Schlimmste an der ganzen Situation. Bis Lea in unser Leben getreten war, hatte Papa immer genau gewusst, was er wollte, und hatte meist einen Plan, den er ohne Rücksicht auf Verluste auch durchsetzte. In diesem Moment aber sah er so aus, als ob er keine Ahnung hatte, was zu tun war.

»Sieht so aus«, sagte er schließlich und es laut ausgesprochen aus seinem Mund zu hören, war doch noch mal etwas anderes, als es einfach nur als Vermutung in den Raum zu stellen.

»Nein«, blaffte Finn zum zweiten Mal.

»Es ist auch für uns überraschend«, flüsterte Lea und starrte auf das kleine Ding in ihrer Faust.

Finn fuhr sich durch die kurzen blonden Haare.

»Seid ihr sicher?«

»Ja«, hauchte Lea.

»Scheiße.« Finn wandte sich abrupt ab. »Weißt du denn nicht, wie man verhütet?!«, fuhr er dann seine Mutter an und mein Vater stellte das Cognacglas auf den Tisch. »Nicht in dem Ton, Finn.«

»Nicht in dem Ton, Jens?«, fragte Finn, in dessen Gesicht sich die pure Verachtung abzeichnete. »Wer glaubst du eigentlich, wer du bist, dass du mir sagen kannst, wie ich mit meiner Mutter zu reden habe?«

»Finn, das geht zu weit«, sagte Lea bestimmt. »Ich verstehe, dass du aufgebracht bist, aber bevor wir weiterreden, sollten wir vielleicht alle einmal in Ruhe durchatmen.«

»EINMAL IN RUHE DURCHATMEN?«, brüllte Finn und ich hatte das Gefühl, dass die ganze Wut, die sich seit seinem erzwungenen Einzug in ihm aufgestaut hatte, nun auf einen Schlag rauskam.

»Mir predigst du, ich soll aufpassen und Kondome verwenden, und selbst lässt du dich von einem Mann schwängern, der dich schon einmal sitzengelassen hat?!«

»Das war lange vor deiner Zeit, Finn, das kannst du nicht verstehen.«

»Richtig«, entgegnete er hart. »Ich verstehe es nicht.«

»Manchmal passieren Dinge, auf die man nicht vorbereitet ist«, fuhr Lea bemüht ruhig fort. »Das nennt sich Leben, Finn.«

»GROSSARTIG!«, brüllte er. »Und soll dieses Kind in diesem Leben dann auch wieder ohne Vater aufwachsen?«

»Du könntest ihn sehen, wenn du wolltest«, sagte Lea.

Ich runzelte die Stirn. Wie meinte sie das? Auf dem Friedhof?

»Außerdem habe ich nicht vor, deine Mutter alleinzulassen«, ergriff mein Vater das Wort. »Wir bekommen das schon hin.«

»Großartig«, wiederholte Finn beißend. »Das war es dann also mit der *Übergangslösung*, nicht wahr?«

Draußen donnerte es leise, anscheinend war dort ebenso ein Gewitter im Anmarsch, wie es hier drinnen bereits niederging, und ich lehnte mich gegen die Wand und versuchte, den Schock zu verarbeiten.

Ein Baby. Schon allein das Wort hörte sich falsch an. Es passte nicht zu meinem Vater, es passte nicht zu unserem Leben. Natürlich hatte ich ihn sagen hören, dass wir nun in Hamburg bleiben würden, doch so richtig geglaubt hatte ich es ihm nicht. Vielleicht war ich einfach schon zu viele Jahre lang rastlos unterwegs gewesen, um es mir noch anders vorstellen zu können.

»Finn«, sagte Lea und stand auf, »ich verstehe, dass du aufgebracht bist.« Sie machte einen Schritt auf ihn zu, der daraufhin einen Schritt zurückwich. »Wir hatten das wirklich nicht so geplant. Aber manchmal … manchmal sind gerade die Dinge, die uns am meisten Angst einjagen, auch die, an denen wir am meisten wachsen.«

»Ernsthaft?«, fauchte Finn und sah so wütend aus, wie ich ihn noch nie zuvor gesehen hatte.

»Finn, bitte. Beruhige dich«, sagte Lea etwas schärfer und ich sah zu, wie dieser Satz Finn noch wütender machte und wie sich die Diskussion zwischen ihm und seiner Mutter immer weiter hochschaukelte, bis Lea wieder auf seinen toten Vater zu sprechen kam, zu dem er ja gehen könne, wenn er es hier nicht mehr aushielt. Und dann sah ich von der hysterischen Lea zum erbitterten Finn und begriff endlich, dass er gelogen hatte, dass es gar keinen toten Vater gab und er das einfach nur erfunden hatte.

»Ich dachte, dein Vater ist mit einem Auto gegen einen Baum gekracht«, sagte ich, als sie irgendwann aufgehört hatten, sich gegenseitig anzuschreien.

»Was?«, flüsterte Lea.

»Lieber wär's mir gewesen«, erwiderte Finn hart.

Ich blickte ihn ungläubig an. »Was bist du nur für ein Arsch.« Zornig starrte ich auf diesen großen, sportlichen Typen, mit dem ich dank der Idiotie meines Vaters in Kürze sogar richtig verwandt sein würde.

»Komm wieder runter«, gab Finn verächtlich zurück. »Ich bin nicht derjenige, um den du dir Gedanken machen solltest. Hast du überhaupt zugehört? Die beiden machen jetzt einen auf heile Familie. Aber ich hab keinen Bock darauf. Ich hab schon einen Vater, dem ich scheißegal bin, ich brauche nicht noch einen.« Und mit diesen Worten verließ er das Haus und knallte die Tür hinter sich zu.

KAPITEL 10

Für einen Moment herrschte Stille nach Finns Abgang und diese Stille ließ die Gedanken in meinem Kopf noch lauter durcheinanderschreien. Ein Baby. Eine neue Familie. Hierbleiben. *Tatsächlich hier in dieser Stadt bleiben.*

Ich konnte mir das überhaupt nicht vorstellen.

»Und werdet ihr jetzt heiraten?«, fragte ich aus einem Impuls heraus. Es war mir eigentlich nicht wichtig – das Baby band meinen Vater mit Sicherheit enger an Lea als irgendein unterschriebenes Papier –, aber es befriedigte mich, sie auch mit unangenehmen Dingen konfrontieren zu können. Und meine Frage *war* meinem Vater unangenehm, das konnte ich ihm ansehen.

Er fuhr sich mit dem Zeigefinger über die linke Augenbraue und schüttelte den Kopf. »Nein, Jo. Darum geht es doch jetzt überhaupt nicht.«

Lea schlang die Arme um ihren zierlichen Körper und blickte zu Boden. Sie wirkte verletzt, doch ich glaubte nicht, dass sie die

Antwort meines Vaters kommentieren würde. Und obwohl sie die Mutter von Finn war, tat sie mir in diesem Moment beinahe leid.

»Schon gut. Ich geh in mein Zimmer«, ließ ich meinen Vater wissen und lief die Treppe hoch. Dort schloss ich die Tür hinter mir ab und ging im Dunkeln zum Fenster. Draußen herrschte Weltuntergangsstimmung und der Regen fiel wie bei der apokalyptischen Sintflut vom Himmel. Ich stellte mir vor, wie Finn völlig durchnässt durch die Straßen lief und gönnte dem Idioten jeden einzelnen Tropfen. Bisher war ich davon überzeugt gewesen, dass die Phase *Lea und Finn* genauso vorbeigehen würde wie die Phase *lila Haare* oder *Xavier Naidoo*. Aber durch das Baby hatte sich alles geändert. Die Tage, an denen ich innerlich gehofft hatte, dass sich die viel propagierte Übergangslösung tatsächlich als solche entpuppen würde, gehörten eindeutig der Vergangenheit an.

»Unglaublich. Du lebst noch!«, rief Conny und knallte ihre orangefarbene Ledertasche mit den Fransen auf unseren Tisch, bevor sie sich selbst auf ihren Stuhl fallen ließ.

»Das Gleiche wollte ich gerade über dich sagen«, erwiderte ich mit einem schwachen Lächeln und freute mich, dass dieser trübe Montagmorgen durch Connys Anwesenheit aufgehellt wurde. Wenn man es genau nahm, wurde er durch sie sogar schreiend bunt, denn sie trug zu der orangefarbenen Tasche ein T-Shirt mit einem neongelben Smiley und dazu passende Chucks.

»Ja, gerade noch so dem Tod entronnen«, erwiderte sie ernst

und packte ihre Stifte aus. »Und welche Ausrede hast du dafür, dass du auf keine einzige meiner Nachrichten reagiert hast?«

»Du hast mir Nachrichten geschickt?«, fragte ich abgelenkt, während meine Gedanken automatisch wieder zu meinem Vater, Lea und dem Baby wanderten. Nach dem anstrengenden Samstag hatte ich mich den ganzen Sonntag über in meinem Zimmer verkrochen, Pizza bestellt und irgendwelche Serien gestreamt, um nicht über die Erweiterung der Finn'schen Invasion nachdenken zu müssen. Dabei hatte ich es genossen, kein Wort mit dem Idioten wechseln zu müssen, der die ganze Zeit beim Sport verbracht hatte und der den Tod seines Erzeugers nur erfunden hatte und nun so tat, als wäre es meine und die Schuld meines Vaters, dass seine Mutter schwanger war – obwohl ich damit bitte schön wirklich nichts zu tun hatte. Kein Wunder, dass ich bei dem Gedanken an Familienzuwachs schlecht geschlafen hatte und von Albträumen geplagt worden war, an die ich mich nun wieder einmal nicht erinnern konnte.

»Ja, natürlich habe ich dir Nachrichten geschickt«, antwortete Conny auf meine Frage.

»Komisch, ich hab gar keine Nachrichten bekommen. Per WhatsApp?«

»In-sta-gram!«, rief Conny theatralisch und beschwor damit einen hässlichen Hustenanfall herauf. »Siehst du dir denn gar nicht meine Fotos an?«

»Du meinst die Bilder von den verschimmelten Karotten zwischen deinen zerknüllten Bettlaken?« Ich stellte meinen Chai Latte auf dem Tisch ab und zog mein Handy aus der Tasche. »Hab ich die nicht schon alle geliked?«

»Nicht die Genesungsvideos«, sagte Conny und schaffte es tatsächlich, beleidigt zu klingen.

Ich zog amüsiert eine Augenbraue hoch. »Genesungsvideos. Ernsthaft, Conny?« Dann rief ich Instagram auf und klickte auf ihren Account. »Du hast dich und die arme Karotte beim Inhalieren von heißem Salzwasser gefilmt?«

»Das ist super, um die Atemwege freizukriegen.«

Ich atmete ebenfalls tief durch und drückte auf das kleine Herz. »Bitte schön, geliked.«

»Außerdem hab ich dich in mindestens fünf Kommentaren mit der Frage erwähnt, wie dein Wochenende war. Warst du am Samstag wirklich noch im Kino?«

Ich steckte das Handy zurück in meine Tasche und nickte knapp. »Ja, mit Finn.« Dabei wanderte mein Blick rüber zu Adrian, der auf seinem Platz saß und kurz in unsere Richtung sah. Seine Miene war so undurchdringlich wie immer und ich fragte mich, was in seinem Kopf vorging. Und was er sagen würde, wenn ich ihm von dem Baby erzählte. Irgendwie hätte ich gern seine Meinung gehört.

»Wow, dann war dein Abend also noch beschissener als meiner«, bemerkte Conny.

Die Schulglocke läutete und ich sah Finn hereinkommen. Ein paar Leute aus der Klasse begrüßten ihn, doch er reagierte kaum darauf, während er sich den Weg zu seinem Platz bahnte.

Conny kräuselte die sommersprossige Nase und sah mich an. »Aber offenbar war *sein* Wochenende noch viel schlimmer. Sag bloß, du bist an seiner schlechten Laune schuld.«

Ich schüttelte den Kopf. »Ausnahmsweise nicht, obwohl er mich auch dafür verantwortlich macht. Seit Samstag ist er noch ekelhafter, als er es sonst schon war. Er spült extra nicht, nachdem er auf der Toilette war, und isst meinen Lieblingsjoghurt auf – nur, um mir eins auszuwischen.«

Sechs Stunden später war Conny auf dem neuesten Stand. Ich hatte jede Pause dazu genutzt, meinen ereignisreichen Samstag mit ihr zu teilen, angefangen von Adrians seltsamer Warnung bis hin zu Larissas rotem Einhornpickel und Leas Schwangerschaftsgeständnis.

Einzig meinen Erinnerungstauchgang hatte ich ausgelassen und den Streit mit Finn nur ganz kurz angeschnitten. Die Sache mit seinem erfundenen toten Vater fühlte sich nach etwas Privatem an und obwohl er sich gerade wie der letzte Idiot aufführte, wollte ich ihm gegenüber nicht indiskret sein.

»Vielleicht hat Adrian Larissa gemeint«, sagte Conny leise, als wir unsere Wirtschaftskundebücher wieder einpackten. »Vielleicht sollst du dich vor ihr in Acht nehmen.«

»Larissa?«, wiederholte ich skeptisch. »Ist Larissa etwa für ihren üblen Charakter berühmt? Hat sie einen Auftragskiller als Patenonkel? Oder einen bösen Zwilling in ihrem Riesenpickel versteckt?«

»Mach dich nur über mich lustig«, erwiderte Conny kühl. »Aber Larissa hat tatsächlich keinen guten Ruf. Sie hat mal ein ziemlich fieses Gerücht über ihre ehemals beste Freundin in Umlauf gebracht und ihr dann den Freund ausgespannt.«

»Was für ein Gerücht?«, fragte ich und versuchte, Adrian nicht anzustarren, der gerade seinen Rucksack schulterte. Sein schwarzes T-Shirt spannte sich dabei eng um die Muskeln seiner Oberarme.

»Sie hat überall rumerzählt, ihre Freundin hätte sich nur deshalb ihre superlangen Haare abschneiden lassen, weil sie so viele Läuse hatte. Und dass es nicht die einzigen Läuse wären … du weißt schon.« Sie deutete auf ihren Intimbereich.

Ich verzog das Gesicht. »Wer macht denn so was?«

»Larissa«, antwortete Conny. »Ich glaube, sie wollte unbedingt den Typen ihrer Freundin haben, deshalb war ihr jedes Mittel recht.«

»Abartig«, murmelte ich.

»Deshalb«, erwiderte Conny ernst, »schlage ich vor, dass wir einen Hype daraus machen.«

»Woraus?«

»Na, aus ihrem Pickel.«

»Du willst einen Hype aus ihrem Einhornpickel kreieren?«

Conny grinste. »Vielleicht bekomme ich ein schönes Foto davon in der Cafeteria. Das poste ich dann unter dem Hashtag *Karottenhorn* auf Instagram. Und jedes Mal, wenn ich Larissa begegne, starre ich auf ihre Stirn.«

Gegen meinen Willen musste ich lachen. »Nein, Conny, das ist echt fies.«

Sie grinste noch breiter. »Ich finde es perfekt.«

»Larissa muss sich eine ganze Tube Abdeckcreme auf ihren Pickel gekleistert haben«, maulte Conny, als wir aus dem Schulgebäude traten und die große Treppe nach unten gingen. »Auf dem blöden Foto sieht man gar nichts.« Es regnete schon wieder und ich zog die Kapuze meiner Jacke über den Kopf.

»Vielleicht ist das sogar besser so«, sagte ich zu ihr. »Überleg mal: Wenn du sie jetzt auf Instagram disst, trittst du damit vielleicht einen Shitstorm los, die Hälfte deiner Abonnenten hört auf dir zu folgen, und du bereust heftig, mich jemals kennengelernt zu haben. Daraufhin sprichst du kein Wort mehr mit mir, ich muss mich ganz allein mit Lea und Finn und dem Baby rumschlagen und verkrieche mich irgendwann nur noch in meinem Zimmer, wo ich die Wände anstarre und depressive Musik höre.«

Conny schüttelte den Kopf. »Du hast echt eine blühende Fantasie, Jo.«

Ich lächelte sie an. »Das nennt man Schmetterlingseffekt. Eine kleine Handlung kann ungeahnte Konsequenzen nach sich ziehen.«

»Na, hoffentlich funktioniert das auch in die andere Richtung.«

Ich nickte. »Das tut es mit Sicherheit.« Es hatte mir wirklich gutgetan, heute mit Conny zu reden und ein bisschen Ordnung in das ganze Chaos in meinem Kopf zu bringen. Automatisch stellte ich mir die Frage, ob ich versuchen sollte, mit ihr über meine Fähigkeit zu sprechen, aber der Gedanke fühlte sich nicht gut an. Es war schön, jemanden zu haben, mit dem ich mich so unbeschwert unterhalten konnte, und ich wollte diese Leichtigkeit nicht aufs Spiel setzen. Immerhin konnte es gut sein, dass sich Conny irgendwie nackt und ausgeliefert fühlen würde, wenn sie wüsste, dass ich von Zeit zu Zeit in fremden Erinnerungen herumspazieren konnte.

Ich hatte das untere Ende der Treppe erreicht und verabschiedete mich vor der Schule von ihr, bevor ich den Weg nach Hause einschlug. Kaum war ich ein paar Schritte gegangen, ertönte hinter mir eine bekannte Stimme.

»Hey, Jo, warte!«

Überrascht drehte ich mich um. Louis kam hinter mir hergejoggt. Er trug eine graue Mütze, unter der seine dunkelblonden Locken hervorguckten, und lächelte mich an. »Ich dachte, du freust dich über meine Begleitung. Wir haben doch fast denselben Nachhauseweg.«

»Klar«, erwiderte ich und lächelte schwach zurück. Louis war süß, aber er erinnerte mich an den Abend mit Finn, Finn erinnerte mich an Lea, Lea erinnerte mich an das Baby, und darüber wollte ich gerade nicht nachdenken.

»Ich hab's schon gehört«, meinte Louis in diesem Moment.

Ich warf ihm einen schnellen Seitenblick zu. »Was genau?«

»Dass du große Schwester wirst.«

Ich stöhnte laut auf. »Sag so was nicht.«

Er lachte. »Hast du denn eine Abneigung gegen Babys?«

»Können wir bitte über was anderes reden?«

»Worüber würdest du denn gern reden?« Er lächelte mich spitzbübisch an. Ich dachte kurz an den Abend im Kino, als er mit Adrian gestritten hatte, und überlegte, ob ich ihn nach dem Grund fragen konnte. Allerdings würde ich dann im besten Fall neugierig und im schlechtesten wie eine besessene Stalkerin rüberkommen – und darauf konnte ich verzichten.

»Keine Ahnung«, erwiderte ich deshalb nur. »Erzähl doch was von dir. Hast du Geschwister?«

Louis steckte im Gehen die Hände in die Hosentaschen und schüttelte den Kopf. »Ne, ich bin Einzelkind. Ein typisch verzogenes Einzelkind.«

»Du Glücklicher.«

»Findest du? Als ich noch klein war, wollte ich immer einen Bruder zum Spielen haben. Stand ganz weit oben auf meiner Liste mit den allergrößten Wünschen.«

»Und deine Eltern wollten keine Kinder mehr?«, fragte ich und wich einer großen Pfütze aus, auf deren Oberfläche die Regentropfen einschlugen.

»Meine Eltern haben sich getrennt, als ich fünf war.«

»Oh. Tut mir leid.«

Louis schüttelte den Kopf. »Muss es nicht. Vorher haben sie ständig gestritten. Ich schätze, es war besser so.«

»Und hast du deine Wunschliste noch?«, fragte ich, um das Thema zu wechseln und weil es mir irgendwie gefiel, dass ich nicht die Einzige war, die Listen führte.

Er zögerte einen Moment. »So etwas Ähnliches«, antwortete er nach einer kurzen Pause. Seine Stimme klang irgendwie traurig. »Aber da stehen jetzt andere Dinge drauf.«

So, wie er das sagte, hatte ich das Gefühl, dass er nicht näher darauf eingehen wollte. Also fragte ich auch nicht weiter nach.

»Und du?«, meinte Louis nach einem Moment des Schweigens. »Führst du auch irgendwelche Listen?«

Ich zog die Schultern hoch und überlegte, ob ich die Frage abblocken oder lieber ehrlich sein sollte. Schließlich entschied ich mich für Letzteres.

»Erschreckenderweise ja«, entgegnete ich. »Allerdings noch nicht sehr lange.«

»Was ist das für eine Liste?«, wollte er wissen.

»Es ist eine Liste an Dingen, die ich bis zu meinem siebzehnten Geburtstag erledigen möchte. Wobei ich mir nicht sicher bin, ob ich das alles noch hinbekomme.«

»Wann hast du denn Geburtstag?«, fragte Louis.

»In zwei Wochen«, antwortete ich leise.

»Das ist ja nicht mehr besonders lang. Und was wünschst du dir am allermeisten?«

Ich atmete tief ein. »Keine Ahnung. Ein Flugticket zurück nach Wien?«

Louis lachte. »So schlimm?«

»Nein«, wiegelte ich schnell ab. »Es ist einfach ... Manchmal wünschte ich mir, es würde nicht so viel auf einmal passieren. Zuerst der Umzug, dann Finns Einzug und jetzt auch noch ein Baby.« Ich atmete tief durch. »Ich habe das Gefühl, dass es so viel auf einmal ist, dass alles irgendwie zu schnell geht.«

Dabei dachte ich auch an meine neue Fähigkeit, die sich nach Belieben zeigte und mich noch zusätzlich vor ein Rätsel stellte.

Louis warf mir einen kurzen Blick von der Seite zu. »Ich weiß, was du meinst. Ich hatte mal ’nen Freund, der war immer total gechillt, ganz egal, was alles um ihn herum passiert ist. Der war die Ruhe selbst, hat nie was an sich rangelassen. Darum hab ich ihn echt beneidet.« Er machte eine kurze Pause und sah mich mit seinen braunen Augen belustigt an. »Aber der hat auch gekifft, also vielleicht kam es daher.«

Ich musste grinsen. »Das würde ich auch gern mal ausprobieren.«

»Zu chillen?«

»Nein, zu kiffen«, erwiderte ich und dachte gar nicht daran, dass er das total blöd finden könnte.

Louis öffnete den Mund und schloss ihn wieder, ohne etwas zu sagen. Wir hatten nun sein Gartentor erreicht und irgendwie war mir die Unterhaltung jetzt peinlich.

»Also dann, tschüss«, sagte ich deshalb schnell und ging gleich weiter.

»Man sieht sich, Jo«, rief mir Louis hinterher und ich hatte das Gefühl, seinen belustigten Blick in meinem Rücken zu fühlen. Aber ich drehte mich nicht noch einmal um.

Musik aus der Küche und das Klappern von Geschirr empfingen mich, als ich die Tür zu unserem Haus aufsperrte. Ich verharrte für einen Moment bewegungslos in der Diele und schloss die Augen. Das konnte nur Lea sein. Ed Sheeran in dieser Lautstärke traute ich weder meinem Vater noch Finn zu. Nach einem kurzen Moment des inneren Sammelns streifte ich meine nassen Schuhe und die Regenjacke ab und ging in die Küche.

Lea stand mit einer Schürze da und war anscheinend dabei, einen Kuchen zu backen.

»Hi«, sagte ich beim Reinkommen und ging zum Kühlschrank.

Sie fuhr zusammen. »Oh, hi, Jo«, murmelte sie dann und lächelte. »Du bist aber früh da.«

Ich zog eine Augenbraue hoch. »Soll ich wieder gehen?«

»Nein! Natürlich nicht.« Sie nestelte an ihrer Blumenschürze herum und ich bemerkte die Schatten unter ihren Augen und versuchte, kein absolutes Arschloch zu sein.

»Was machst du da?«, fragte ich deshalb.

»Ich backe Finns Lieblingskuchen«, erwiderte sie. »Ich dachte mir, es würde vielleicht die Wogen glätten.«

Ich trank einen Schluck Mineralwasser aus der Flasche und schob mit der Hüfte die Kühlschranktür wieder zu.

»Und du meinst, das lenkt ihn davon ab, dass du ein Baby kriegst?

Oder lässt es ihn ganz vergessen? Hatte er schon einmal eine plötzliche Kuchen-Amnesie?«

»Nein.« Sie biss sich auf die Lippen. »Ich glaube, ihr seht das beide viel zu negativ.«

Ich setzte die Flasche ab und schraubte sie mit kalter Miene zu. »Ach, tun wir das?«

»Das soll kein Vorwurf sein«, sagte sie rasch. »Ich weiß natürlich, dass es eine große Umstellung ist.«

»Deshalb auch der Kuchen?«

»Ich bemühe mich wenigstens«, gab sie zurück. »Und zwar mehr, als man von euch behaupten kann.«

Ich war einen Moment lang baff. »Liegt vielleicht daran, dass *wir* nicht diejenigen waren, die die ganze Zeit von einer Übergangslösung gefaselt haben. Und keine zwei Sekunden später ruft ihr: Überraschung! Wir werden eine große Patchworkfamilie!«

Sie wandte sich ab. »Ich backe jetzt weiter den Kuchen für Finn.«

Ihre Antwort ärgerte mich und ich spürte, wie mir das Blut in die Wangen stieg.

Ein Kuchen für Finn ... war ja klar. Anscheinend war es egal, dass er gelogen hatte, anscheinend war es auch egal, dass er sich seit Samstag wie ein komplettes Arschloch aufführte. Hauptsache, Finn war zufrieden, Hauptsache, Finn ging es gut. Wahrscheinlich war der Kuchen auch mehr als einfach nur ein Kuchen. Vermutlich war er eine Entschuldigung dafür, dass Finn ab sofort mit uns verwandt sein musste.

Das alles regte mich einfach dermaßen auf und dann machte ich, ohne groß nachzudenken, einen Schritt auf Lea zu und griff nach ihrem Handgelenk.

Binnen eines Augenblicks stand ich auf ihrem Erinnerungsfeld. Es war das erste Mal, dass ich Zugang zu Leas Erinnerungen hatte. Die silbernen Gräser bogen sich im Wind und ich blickte mich um. Alles wirkte aufgewühlt und durcheinander. Dunkle Wolken ballten sich am rot-violetten Himmel und in der Ferne zuckte ein Blitz.

Dabei leuchteten ein paar Gräser golden auf.

»Denkst du etwa gerade an deinen Kuchen für Finn?«, fragte ich spöttisch und griff nach einem goldenen Grashalm direkt neben mir. Sein Leuchten war besonders intensiv und als ich ihn berührte, fand ich mich in der Küche wieder.

Im ersten Moment glaubte ich, wieder zurück ins Jetzt gesprungen zu sein, doch dann wurde mir bewusst, dass es sich nur um eine ganz frische Erinnerung von Lea handelte. Eine Erinnerung, in der sie tatsächlich gerade die Zutaten für den Kuchen zusammenmixte.

Die Farben waren beinahe so kräftig wie im realen Leben und ich sah Lea dabei zu, wie sie die Eier aufschlug. Dann rührte sie den Teig in einer großen Schüssel und gab eine Prise Salz hinzu.

Ich stellte mich hinter sie und sah ihr über die Schulter. »Sicher, dass das genug Salz ist?«, fragte ich verärgert und wünschte mir, sie würde den Kuchen für den Idioten so richtig versalzen.

Lea stutzte für einen Moment und dieses Innehalten machte mich aufmerksam. Es war wie bei Larissa. Auf einer unterbewussten Ebene schien mich Lea tatsächlich wahrzunehmen. Doch noch bevor ich einen weiteren Satz sagen konnte, wurde ich zurück in die Küche gezogen.

Ich spürte ein leichtes Schwindelgefühl, aber ansonsten gelang es mir immer besser, zwischen den Erinnerungen und der Realität zu wechseln. Vielleicht bekam ich meine Fähigkeit langsam in den Griff? Lea sah mich überrascht an und ich ließ rasch ihr Handgelenk los und machte einen Schritt zurück.

»Tut mir leid, ich will nicht mit dir streiten«, sagte ich aufrichtig. »Frieden?«

Lea seufzte erleichtert und nickte. »Gerne, Jo.«

Dann wandte sie sich wieder ihrem Kuchen zu und obwohl es vielleicht nicht richtig war, schwankten meine Emotionen zwischen leiser Schadenfreude und schlechtem Gewissen, als sie voller Entschlossenheit zum Salzstreuer griff.

Der Kuchen war eine Katastrophe und nachdem Finn gekostet und den Bissen sofort wieder zurück auf den Teller gespuckt hatte, fiel es mir leichter, über seine Lüge bezüglich seines toten oder doch nicht so toten Vaters hinwegzusehen.

Die nächsten Tage versuchten wir beide, uns mit der neuen Situation zu arrangieren, und es stellte sich so etwas wie eine vorläufige Waffenruhe ein. Die Stimmung zu Hause war zwar noch immer angespannt, aber es wurde langsam besser. Finn war dauernd beim Sport oder vergrub sich in seinen Online-Games, Lea backte noch drei weitere Kuchen (da ich ihr nicht mehr dazwischenfunkte, wurden die sogar ausgesprochen lecker) und mein Vater stürzte sich in die Arbeit und kam meist erst spätabends nach Hause.

Tagsüber versuchte ich, die kommenden Veränderungen ebenfalls so weit wie möglich zu verdrängen. Deshalb sprach ich nicht mit Conny darüber, schrieb auch Pippa und Franzi nur eine kurze Nachricht und versuchte, mich von den Themen Babys und Patchwork, so gut es ging (und so lange es noch ging), fernzuhalten.

Louis ging jeden Tag von der Schule mit mir nach Hause und die Gespräche mit ihm waren wirklich eine angenehme Abwechslung. Dennoch kam ich nicht umhin, immer wieder an Adrian zu denken. Es war so, wie Conny gesagt hatte: als wäre er ein verdammter Magnet, der mein ganzes System durcheinanderbrachte und dafür sorgte, dass meine Blicke ständig von ihm angezogen wurden. Was nicht nur anstrengend, sondern auch unglaublich nervig war.

Eines Tages lag ich gerade auf meinem Bett und starrte die Decke an, als das Eingangssignal einer WhatsApp-Nachricht ertönte.

Die Nachricht war von Louis: »Treffen heute um 17 Uhr? Ich hab eine Überraschung für dich.«

Neugierig starrte ich auf das Display.

»Was für eine Überraschung?«, tippte ich zurück.

»Wenn ich es dir sage, ist es keine Überraschung mehr«, antwortete er. »Also komm einfach, dann erfährst du es.«

KAPITEL 11

Wir trafen uns an der Alster.

Louis war schon vor mir da und ich sah seine einsame Gestalt neben einer ebenso einsamen Bank stehen und auf das Wasser hinausblicken. Ein paar Möwen verfolgten einander mit lauten Schreien und ich rieb meine kalten Handflächen aneinander, während ich zu ihm ging.

»Hey«, sagte ich, als ich bei ihm angekommen war. Er wandte den Kopf und lächelte mich an.

»Hi.«

Er trug wieder seine graue Mütze, unter der seine dunkelblonden Locken hervorguckten, und ich bereute, nicht ebenfalls an eine Kopfbedeckung gedacht zu haben. Der Wind hier am Wasser war wirklich arschkalt und ich hätte auch eine dickere Jacke vertragen können.

»Willst du dich setzen?«, fragte Louis und deutete auf die Bank.

Ich schüttelte den Kopf. »Dazu ist es mir zu kalt. Also, was für eine Überraschung hast du für mich?«

Er sah mich an. »Lass uns ein Stück gehen.«

Ich nickte und er stieß sich von der Bank ab. Gemeinsam gingen wir über den Spazierweg entlang der Alster, wobei ich das seltsame Gefühl hatte, beobachtet zu werden. Doch obwohl ich mich immer wieder umblickte, konnte ich hinter mir niemanden entdecken.

»Ich hab über das nachgedacht, was du gesagt hast«, begann Louis und legte jede Menge Spannung in seine Stimme.

Ich wandte ihm wieder meine volle Aufmerksamkeit zu und runzelte die Stirn. »Was habe ich denn gesagt?«

»Zum Beispiel hast du mehrfach gesagt, dass du nicht über das Baby sprechen willst.«

»Okaaay. Und deshalb hast du mich an den kältesten Ort in ganz Hamburg gelockt, um mit mir *doch* über das Baby zu sprechen?«

Louis grinste und griff in seine Jackentasche. »Nicht ganz.« Dann zog er ein total zerknittertes Blatt Papier heraus und reichte es mir mit einer feierlichen Miene.

Ich nahm den Zettel entgegen und passte auf, dass der Wind ihn mir nicht aus der Hand riss.

»Was ist das?«, fragte ich und zögerte, das Papier zu entfalten.

Louis steckte die Hände in die Jackentaschen und sah mich ernst an. »Das ist meine Liste«, erwiderte er dann.

Ich starrte ihn einen Moment lang an. »Deine Liste?«, wiederholte ich stupide.

Er nickte. »Da wir beide Listen haben, dachte ich mir, dass wir uns vielleicht gegenseitig bei der Erfüllung unserer Wünsche helfen könnten.«

Ich hielt noch immer seinen zerknitterten Zettel in meiner eiskalten Hand und wusste nicht, was ich sagen sollte. »Wie lange hast du die schon?«, fragte ich schließlich.

Louis richtete seinen Blick auf den Boden. »Sieben Monate und sechs Tage«, antwortete er nach einem Moment des Schweigens und seine Stimme klang irgendwie anders als sonst. Ernster und … trauriger.

»Was war vor sieben Monaten?«, fragte ich behutsam nach.

Louis atmete tief ein und wieder aus. »Mein bester Freund ist gestorben.«

Bei seinem Satz wurde mir am ganzen Körper kalt. »Das tut mir leid«, flüsterte ich.

Er nickte. »Mir auch.« Dann bedeutete er mir mit einem Nicken, die Liste zu entfalten. »Ich habe einfach alle Dinge aufgeschrieben, die mir eingefallen sind und die ich noch gern machen würde – zwar nicht vor meinem nächsten Geburtstag, aber bevor ich abkratze. Und schließlich weiß keiner, wann das passiert.«

Ich faltete den Zettel auseinander und überflog die Punkte. Vieles von dem, was auf seiner Liste stand, entsprach ungefähr dem, was auch ich auf meine Anti-Reue-Liste geschrieben hatte.

»Aus über fünftausend Metern Höhe Fallschirmspringen, auf einem Pferd ohne Sattel reiten, die *Herr-der-Ringe*-Schauplätze in Neuseeland besuchen …«, las ich vor und musste schmunzeln.

»Sag bloß, du stehst nicht auf das Auenland?«, meinte er tadelnd und ich schüttelte lächelnd den Kopf.

»Natürlich stehe ich auf das Auenland. Tut das nicht jeder?«

Er verschränkte die Arme vor der Brust. »Dein Glück. Sonst hätte ich mir das mit deiner Überraschung eventuell noch überlegt.«

Ich faltete den Zettel wieder zusammen und gab ihn Louis zurück. »Sagst du mir jetzt, was es ist?«

»Nicht so ungeduldig«, erwiderte er und steckte seine Liste wieder ein. Dann wartete er, bis ein älterer Mann mit Hund vorbeigegangen war, und beugte sich zu mir vor. Er roch leicht nach Pfefferminze. »Wie ich zu Beginn schon sagte, bin ich dafür, dass wir uns gegenseitig helfen. Aber bevor ich dir deine Überraschung verrate, suchen wir uns noch ein geschützteres Plätzchen.«

Wir landeten schließlich unter einer zugigen Brücke, die etwas abseits des Spazierweges lag. Während der ganzen Zeit hatte ich darüber nachgedacht, woher Louis wissen wollte, was auf meiner Liste stand, bis er schließlich mit feierlicher Miene in seine Jackentasche griff und ein mehrfach zusammengefaltetes Taschentuch hervorzog, das er mir mit einer kleinen Verbeugung reichte.

»Was ist das?«, fragte ich und nahm das Taschentuch entgegen.

»Ein Joint«, antwortete Louis. »Genauer gesagt ist es ein wirklich winziger Joint, aber ich dachte mir, das ist besser als nichts. Und da dein Geburtstag immer näher rückt – und ich nicht zulassen kann, dass du die Sache mit dem Joint nicht vorher erledigst, denn irgendwie bin ich mir sicher, dass sie auf deiner Liste steht – hab ich dir einen besorgt.« Er machte eine kurze Pause. »Happy Birthday, Jo.«

Ich starrte gerührt auf das mit einem Taschentuch verpackte Etwas in meiner Hand. »Es steht tatsächlich auf meiner Liste«, murmelte ich.

Louis nickte wissend. »Dachte ich es mir doch. Und da du die letzten Tage aufgrund des kleinen Wesens – das böse Wort spreche ich natürlich nicht aus – ein wenig angespannt warst, ist das Geschenk doch perfekt.«

»Du schenkst mir also Drogen zu meinem siebzehnten Geburtstag? Das ist ... mir fehlen die Worte.«

»Es ist großartig, ich weiß«, grinste er.

Ich musste lachen und packte den Joint vorsichtig aus.

Er war wirklich winzig und dennoch überkam mich bei seinem Anblick ein etwas schlechtes Gefühl.

»Was ist? Hast du Schiss?«, fragte er, als er meinen Blick bemerkte.

»Nein. Du etwa?«, fragte ich zurück, während ich die Umgebung nach Polizisten mit Drogenspürhunden scannte.

»Keine Sorge. Wenn jemand vorbeikommt, küsse ich dich einfach, dann denken die Leute: Ach, zwei verliebte Teenager, wie süß.« Er hielt kurz inne. »Warte mal, ich glaube, da kommt jemand.« Und mit diesen Worten beugte er sich vor und küsste mich. Seine kalten Lippen trafen auf meine und ich war so überrumpelt, dass ich einfach nur dastand und es geschehen ließ. Ich spürte Louis' warmen Atem, der nach Pfefferminze roch, und musste unwillkürlich an Adrian denken. Schon allein der Gedanke an Adrians Lippen verursachte bei mir ein Kribbeln und ich wich zurück. Es fühlte sich falsch an, von Adrian zu fantasieren und dabei Louis zu küssen.

»Tut mir leid ...«, stammelte ich und machte einen Schritt rückwärts.

Louis sah mir direkt in die Augen. »Sorry, ich wollte dich nicht so überrumpeln.«

Ich hielt den Joint noch immer in der Hand. Der Wind zerrte an dem Papier, die Geräusche der Straßen dröhnten im Hintergrund, und ich stand da und wusste nicht, was ich sagen sollte.

»Gib mal her«, meinte Louis in dem Moment und nahm den Joint, um ihn anzuzünden. Er brauchte dafür drei Versuche, aber schließlich glühte das winzige Ding und Louis verzog das Gesicht, während er den Rauch inhalierte. Er reichte mir den Joint weiter und ich passte auf, dass ich mir nicht die Finger verbrannte. Dann steckte ich das weiche Papier zwischen die Lippen und zog daran. Vielleicht machte ich dabei irgendwas falsch, jedenfalls bekam ich ein bisschen Tabak in den Mund und musste husten.

»Und?«, fragte er.

Ich spürte gar nichts, also zog ich gleich noch einmal an dem Ding, bevor ich es ihm zurückgab. »Keine Ahnung. Wie schnell soll das wirken?«

Er inhalierte den Rauch. »Es dauert schon ein Weilchen.«

»Woher hast du das Hasch?«, fragte ich, zum Teil aus Interesse und zum Teil, um von dem verunglückten Kuss vorhin abzulenken.

»Von einem Freund. Also, eher einem Bekannten. Er wohnt in der Nähe von Hamburg, ist aber öfters in Amsterdam, insofern hat das ganz gut gepasst. Aber wahrscheinlich wird es sowieso nicht mehr lange dauern, bis das Zeug auch in Deutschland legal ist. Irgendwie schade«, er zog einmal an dem labbrigen Ding, »das nimmt dem Ganzen ein wenig den Kick.«

»Von dem Kick spüre ich noch nicht viel«, sagte ich.

»Das kommt schon noch. Hier«, er hielt mir den winzigen Rest des Joints entgegen, »der letzte Zug ist deiner.«

Ich nahm ihn umständlich entgegen und zog noch einmal daran. Dabei versuchte ich, mir nicht die Finger zu verbrennen, was eine ziemliche Herausforderung war, bevor ich ihn fallenließ und so gründlich austrat, dass nichts mehr davon übrig blieb.

»Mit diesem energischen Tritt hättest du sogar die Zombies in unserem letzten Film plattmachen können«, sagte Louis anerkennend und setzte sich in Bewegung. Gemeinsam machten wir uns auf den Rückweg.

»Zum Glück war es nicht wirklich *unser* Film«, erwiderte ich trocken. »Wenn ich einen Film drehen würde, dann bevorzugt einen ohne Logikfehler.«

»Welche Filme magst du denn?«, fragte Louis und steckte sich ein Pfefferminzbonbon in den Mund.

»Die guten«, antwortete ich wie aus der Pistole geschossen und fand meine eigene Antwort ziemlich lustig. »Und du?«

»Ich mag Comicverfilmungen«, sagte Louis. »Ich meine, was gibt es Besseres als Superheldenkräfte?« Er machte eine kurze Pause. »Stell dir mal vor, du könntest unsichtbar werden oder Gedanken lesen oder durch die Gegend fliegen. Das muss doch der Wahnsinn sein.«

»Ja, aber dafür musst du auch gegen die ganzen Idioten kämpfen«, sagte ich und starrte auf den Boden. Irgendwie kam es mir so vor, als würde ich über Watte laufen.

»Ein paar Idioten im Austausch gegen Superheldenkräfte? Würde ich in Kauf nehmen«, sagte Louis. »Schließlich gibt es die Idioten ja sowieso, auch wenn man keine besonderen Fähigkeiten hat.«

Ich fühlte ein seltsames Prickeln im Nacken und fuhr herum. Der Spazierweg lag verlassen hinter uns, aber ich hätte schwören können, dass wir nicht allein waren.

»Sag mal, hast du auch das Gefühl, beobachtet zu werden?«, fragte ich und suchte mit meinen Augen den Weg ab.

Louis folgte meinem Blick und schüttelte den Kopf. »Nö«, sagte er und grinste dann breit, »aber vielleicht hätte ich dir doch nicht den letzten Zug überlassen sollen.«

Als ich in unsere Straße einbog, hatte ich noch immer das Gefühl, über Watte zu laufen. Louis war nach einem Anruf noch in die Stadt gefahren, um sich mit einem Kumpel zu treffen, und ich hatte mich auf den Heimweg gemacht. Während der ganzen Zeit war ich das Gefühl nicht losgeworden, nicht allein zu sein, und hatte mich immer wieder unbehaglich umgesehen. Als ich vor unserem Gartentor ankam, beruhigte sich mein Herzschlag etwas und ich nestelte meinen Schlüssel aus der Tasche. Ich drückte gerade die Klinke hinunter, als mich jemand am Arm packte. Mit einem Schrei fuhr ich herum und begegnete dabei den funkelnden grünen Augen von Adrian, der knapp hinter mir stand. Sein Gesichtsausdruck war noch finsterer als sonst und ich konnte nichts dagegen tun, dass mein Herz zu hämmern anfing.

»Adrian ...«, stammelte ich.

»Mach das nie wieder«, knurrte er mich an.

Irritiert schüttelte ich seine Hand ab und stellte mich gerade hin. »Wovon zum Teufel redest du?«

»Du weißt genau, wovon ich rede«, fauchte er und ich sah, wie ein Muskel an seinem Hals zuckte. »Ich dachte, du hättest deine Lektion gelernt, aber anscheinend hab ich mich getäuscht. Du benimmst dich, als könnte dir nichts etwas anhaben, aber so ist es nicht.« Seine dunkelgrünen Augen bohrten sich zornig in meine.

»Was denn für eine Lektion?«, schnappte ich zurück und machte einen Schritt auf ihn zu. »Etwa die Lektion, dass es Menschen gibt, die dir näherkommen und sich mit dir unterhalten, bevor sie dann beschließen, dich wieder wochenlang zu ignorieren?« Ich merkte, dass ich immer lauter wurde, und starrte ebenso wütend zurück. »Nein, glaub mir, Adrian, die Lektion habe ich sehr wohl gelernt!«

Er ballte eine Hand zur Faust. »Du bist verdammt naiv, wenn du denkst, dass dies das Einzige ist, worum du dir Sorgen zu machen brauchst.« Er drehte sich um und ließ mich stehen.

Ich blickte ihm hinterher und fühlte mich gleichzeitig gedemütigt und voller Zorn. Wovon hatte er gesprochen? Von Louis? Von dem Joint? Von dem Kuss? Was nahm er sich eigentlich heraus?

Mit einem Schnauben fuhr ich herum und stapfte zu unserem Haus. Ich rammte meinen Schlüssel ins Schloss und zog in der Diele die Jacke aus. Dann ging ich in die Küche, um mir ein Glas Wasser zu holen.

Dabei begegnete ich Finn, der sich eben eine Cola aus dem Kühlschrank nahm.

»Hi«, sagte er kühl.

»Hi«, erwiderte ich im gleichen Tonfall und wünschte, er würde verschwinden. Ich wollte jetzt niemanden sehen.

Finn nahm einen Schluck aus seiner Dose und betrachtete mich aus zusammengekniffenen Augen. Dann schnupperte er an meinen Haaren. »Hast du was geraucht?«

Ich wich zur Seite aus. »Das geht dich nichts an«, erwiderte ich.

Finn stellte die Coladose kopfschüttelnd auf der Arbeitsfläche ab. »Du hast recht«, antwortete er kalt. »Es geht mich nichts an. Aber erwarte kein Mitleid, wenn es dir morgen einfach nur dreckig geht.«

KAPITEL 12

Am nächsten Tag musste ich mich übergeben. Ich schaffte es gerade noch von meinem Bett bis zur Badewanne, aber die Toilette war drei Schritte zu weit entfernt.

»Hab ich's dir doch gesagt«, hörte ich Finns Stimme hinter mir, als ich gerade den ersten Schwall loswurde.

Ich hätte ihm gern gesagt, dass er verschwinden solle, aber mein ganzer Körper war so mit Würgen beschäftigt, dass ich nur schwach mit einem Arm wedeln konnte.

Er winkte zurück. »Auch dir einen guten Morgen. Ich wollte gerade Zähne putzen, aber da du das Bad brauchst, mach ich erst mal Frühstück. Rührei mit schön knusprig gebratenem Speck klingt gut, oder?«

Ich übergab mich geräuschvoll.

Finn grinste. »Also nicht. Wie wäre es dann mit …«

Bevor er den Satz zu Ende sprechen konnte, wurde er von Lea unterbrochen, die ihn zur Seite schubste, zum Klo rannte und sich heftig darin erbrach. Das Geräusch war so schlimm, dass ich auch wieder würgen musste.

»Super. Wird jetzt aus dem verdammten Patchwork also Patchwürg«, sagte Finn und ging zum Fenster, um frische Luft hereinzulassen.

»Tut mir leid«, keuchte Lea und drückte die Klospülung. »Mir war bei Finn auch ständig schlecht. Ich hatte gehofft, dass es in dieser Schwangerschaft besser sein würde.«

»Anscheinend nicht. Anscheinend wird mit dieser Schwangerschaft nichts besser«, meinte er arrogant.

Ich drehte den Wasserhahn der Badewanne auf und spülte meine Kotze in den Abfluss, bevor ich mich erschöpft gegen die Wand lehnte. Der Arsch machte sogar jetzt, in so einem Moment, seine Mutter runter. Blieb nur zu hoffen, dass das nächste Kind nicht ebenso ein Kotzbrocken werden würde.

Bislang hatte ich den Gedanken an das Baby immer wieder beiseitegeschoben und auch Lea und mein Vater schienen das Thema zu ignorieren, obwohl es sichtlich nicht zu ignorieren war.

»Und was ist mit dir, Jo?«, fragte Lea. »Bist du krank?«

Finn lächelte süffisant. »Vielleicht ist sie auch schwanger. Wäre doch cool, oder?« Er wartete, bis Lea erschrocken dreinschaute, um hinzuzufügen: »Oder vielleicht hat Jo gestern einfach ein bisschen zu viel ge-«

»Gegessen. Ich muss etwas Schlechtes gegessen haben«, fiel ich ihm hastig ins Wort.

»Das tut mir leid«, murmelte Lea und schloss die Augen, während sie eine Hand auf ihren Bauch legte.

»Was hast du denn gestern alles gegessen?«, fragte Finn nun und lehnte sich mit verschränkten Armen gegen die Duschkabine. Der Drecksack genoss jede einzelne Sekunde.

»Ich will nicht darüber reden«, sagte ich und schluckte krampfhaft. Hoffentlich musste ich nicht gleich noch einmal spucken.

»Vielleicht lag es ja gar nicht am Essen. Vielleicht hast du nur was Schlechtes geraucht?« Er hob fragend die Augenbrauen. Lea beugte sich über das Klo und erbrach sich ein weiteres Mal.

»Bitte, Finn, hör auf zu reden«, schnaufte sie dann. »Schon allein der Gedanke an eine Zigarette ...« Sie drückte die Spülung.

Finn lächelte unbeeindruckt. »Wer sagt denn hier was von Zigaretten?«

Lea runzelte die Stirn und ich warf ihm einen vernichtenden Blick zu. Zum Glück klingelte in dem Moment sein Handy und er verließ mit einem überheblichen Grinsen das Bad.

Am Nachmittag ging es mir deutlich besser, trotzdem schwor ich mir, nie wieder in meinem Leben einen Joint zu rauchen. Das einzig Positive daran war, dass ich den Punkt von meiner Liste streichen konnte. Nachdem ich damit fertig war, musste ich unwillkürlich wieder an Adrians Worte denken. Als er mir vorgeworfen hatte, dass ich mich benahm, als könne mir nichts auf dieser Welt etwas anhaben – worauf hatte er sich da bezogen? Auf den Joint? Oder ging es um Louis? Und hatte es etwas mit seiner dubiosen Warnung vor dem Kino zu tun, dass ich aufpassen sollte, mit welchen Leuten ich mich abgab?

Ich schloss mich in meinem Zimmer ein, machte Musik an und dachte nach. Anscheinend kannten Louis und Adrian sich von früher. Vielleicht hatte Louis schon mal jemandem Drogen besorgt und Adrian wusste davon? Konnte das der Grund für ihren Streit gewesen sein?

Da ich nichts anderes zu tun hatte, klappte ich meinen Laptop auf und googelte zuerst nach Louis und dann nach Adrian. Doch das Netz gab nichts über die beiden her, keine Facebook-Fotos, keine Instagram-Seite, nichts. So ganz und gar unsichtbar im Netz zu sein, war eine beeindruckende Leistung und ich musste wieder an mein Gespräch mit Louis über Superheldenfähigkeiten denken. Aus einem Impuls heraus googelte ich daraufhin nach Superkräften in Kombination mit Erinnerungen. Die Suche gestaltete sich verdammt zäh und ich verputzte eine ganze Packung Chips, während ich mich von Seite zu Seite klickte und gefühlte tausend Beiträge über reale und erfundene Superhelden las, die mit besonderen Fähigkeiten zur Welt gekommen waren oder sie sich antrainiert hatten.

Wie dieser kleine Junge aus China, der mit stahlblauen Augen geboren worden war und auch in absoluter Dunkelheit gestochen scharf sehen konnte. Oder der Inder, der ohne jegliche Hilfsmittel wie Spiderman über Wände laufen konnte. Oder die Handvoll Menschen weltweit, deren Erinnerungsvermögen so unglaublich war, dass sie keinen einzigen Tag in ihrem Leben vergaßen.

Fasziniert las ich den Bericht über diese Erinnerungskünstler, die laut Medizinern am hyperthymestischen Syndrom litten, und dachte mir, dass es im Netz doch auch Informationen zu meiner Fähigkeit geben musste, wenn noch andere Fälle auf der Welt bekannt waren.

Schließlich entdeckte ich einen Verschwörungstheoretiker-Blog, der von Menschen berichtete, die angeblich in andere Erinnerungen sehen konnten. Mein Mund wurde ganz trocken und ich beugte mich etwas weiter vor, aber die spärlichen Informationen waren so vage, dass sie mich nicht weiterbrachten.

Trotzdem verschlang ich den Beitrag und klickte auf die weiterführenden Links, um jedes Fitzelchen Information dazu aufzusaugen – doch am Ende war ich mir nicht sicher, ob der Verfasser der Texte selbst jemanden kannte, der in Erinnerungen blicken konnte, oder ob die ganzen Blogbeiträge nur seiner blühenden Fantasie entsprungen waren. Ich stöberte weiter im Internet und las auch etwas von einer geheimen Gruppe, die es sich angeblich zur Aufgabe gemacht hatte, die Erinnerungswandler zu beschützen, obwohl sie ihre Gabe als unnatürlich und gegen die Natur bezeichneten. Aber ihnen gegenüber stand eine andere geheime Gruppe, die darauf aus war, alle Erinnerungswandler zu vernichten, koste es, was es wolle. Aus diesem Grund lebten die Erinnerungswandler auch häufig extrem zurückgezogen und wechselten oft ihren Wohnort. Die Information ließ mein Herz schneller schlagen. Ich dachte an meinen Vater, an seine Rastlosigkeit, an die vielen Umzüge und an meine tote Mutter.

War es wirklich möglich, dass ich meine Fähigkeit von ihr hatte? War sie vielleicht auch auf der Flucht gewesen?

Und war mein Vater vielleicht gar nicht vor seinen Schuldgefühlen davongelaufen?

Durch das gekippte Fenster hörte ich unser Gartentor quietschen und stand auf. Es war mein Vater, der gerade von der Arbeit nach Hause kam. Er wechselte ein paar Worte mit der Biederbeck und öffnete schließlich die Eingangstür.

Im Obergeschoss hörte ich Lea ins Badezimmer rennen und sich zum wiederholten Male übergeben und von Finn wusste ich, dass er weggegangen war, weil er sich mit irgendwelchen Freunden zum Zocken treffen wollte.

Unten hörte ich meinen Vater die Einkäufe ausräumen und nach einem letzten Blick auf den Laptop ging ich zur Tür. Das Internet brachte mich in diesem Fall nicht weiter, doch meine Blutsverwandten vielleicht schon.

Mein Vater sah müde aus, wie er in seinem blau-weiß karierten Hemd und der dunkelblauen Jeans in der Küche stand und die Einkäufe aus den Tüten räumte.

»Hallo, Papa«, sagte ich, als ich das Fußende der Treppe erreicht hatte. Er legte gerade eine Packung gefrorener Beeren in die Tiefkühltruhe und blickte lächelnd hoch.

»Hallo, Jo. Na, wie war dein Tag?«

»Super«, sagte ich, weil ich weder den Joint noch meine eigene Morgenübelkeit thematisieren wollte. »Und wie war deiner?«

»Anstrengend«, seufzte er und packte zwei Liter Milch in den Kühlschrank. »Ehrlich gesagt, hätte ich heute gut und gern eine Pause von meinem Laptop vertragen können.«

Mir lag eine Bemerkung auf der Zunge, dass ich ebenso gut eine Pause von all dem hier vertragen könnte, behielt sie aber für mich. Mein Vater hatte mit mir über das Baby gesprochen und ich verstand, dass die Situation für ihn genauso neu war wie für mich. Also ließ ich ihn mit dem Thema in Ruhe, außerdem gab es für mich im Moment auch Wichtigeres zu besprechen.

»Was ist los? Du siehst so nachdenklich aus«, sagte mein Vater jetzt und faltete die leeren Papiertüten zusammen.

»Wir nehmen in Biologie gerade das Thema Genetik durch«, erwiderte ich spontan. »Und ich finde es einfach schade, so wenig über Mama zu wissen. Mich würde interessieren, welche Wesenszüge oder sonstigen Eigenschaften sie mir vielleicht vererbt hat.«

Mein Vater sah mich einen Moment lang an und nickte dann. »Das verstehe ich«, sagte er. »Du bist auf der Suche nach deiner Identität.«

Ich runzelte die Stirn. »Es geht um mehr als nur um Identität«, gab ich schärfer zurück als nötig. »Es geht darum, dass du immer ausweichst, wenn ich mit dir über sie reden will. Es fühlt sich so an, als ob ich nichts fragen und nichts wissen wollen dürfte, weil es dir zu viel Schmerz bereitet, dich an sie zu erinnern. Aber nach dem Brand sind deine Erinnerungen nun mal das Einzige, was mir von ihr geblieben ist. Das, eine Handvoll Fotos, die sie geschossen hat, und das Medaillon.« Ich sah ihn bitter an und griff instinktiv nach dem ovalen Schmuckstück, das um meinen Hals hing. »Merkst du eigentlich selbst, wie verdammt wenig das ist?«

Er blickte zu Boden. »Ich weiß«, murmelte er. »Ich weiß, Jo. Und es tut mir leid, das musst du mir glauben.«

»Mir tut es auch leid«, antwortete ich und dann hob ich blitzschnell die Arme und berührte mit beiden Händen seine Handgelenke.

Der Ruck, der mich in sein Inneres riss, war noch kräftiger als sonst. Ich stürzte in einem irren Tempo auf das silberne Feld zu und kam hart auf. Es tat weh und fühlte sich beinahe so an, als ob er sich dagegen wehrte, dass ich in seine Erinnerungen eindrang.

Zitternd stand ich auf und blickte mich um. Über mir wölbte sich ein dunkler violett-blauer Himmel – und obwohl die Grasebene auf den ersten Blick genauso aussah wie die der anderen Menschen, bei denen ich schon gewesen war, war es doch anders. Ein Tumult herrschte an den äußeren Begrenzungen. Es sah aus, als würde ein Sturm aufziehen und sich mit dunklen Gewitterfronten von allen Seiten nähern.

Ich schlang die Arme um meinen Körper und wartete darauf, dass einige der Grashalme golden aufleuchteten, weil ich meinen Vater doch gerade auf meine Mutter angesprochen hatte – doch nichts passierte. Nur der Boden rumpelte und bekam Risse, während die Dunkelheit von den Rändern immer näher heranwalzte.

»Zeig mir Mama!«, schrie ich meinen Vater an. »Ich will wissen, was du weißt!«

Ein Grashalm leuchtete für eine Sekunde hell auf. Es war, als hätte jemand einen Moment lang einen Lichtstrahl darauf gerichtet und dann wieder ausgeschaltet.

»Hör auf, dich zu wehren!«, brüllte ich jetzt und legte meinen ganzen Willen und all meine Kraft in diese Worte. »Ich muss wissen, was damals passiert ist!«

Ein heftiger Wind kam auf und ich hatte das Gefühl, als würde ich den Schleier zu seiner Erinnerung mit Gewalt zur Seite zerren. Die Grasebene erzitterte und ein Meer an goldenen Grashalmen leuchtete auf. Einer davon strahlte besonders hell und ich rannte dorthin, so schnell mich meine Füße trugen. Dann berührte ich den goldenen Halm und wurde in eine Erinnerung katapultiert.

Es war so kalt, dass ich die Luft wie tausend Nadelstiche auf der Haut fühlte, und ich sah mich mit großen Augen um. Es war Nacht. Mein Vater trug mich auf dem Arm zu unserem Auto. Die Farben waren total verwaschen, aber ich erkannte den alten Wagen mit dem verbeul-

ten VW-Zeichen. Hinter ihm befand sich unser altes Haus und in der Tür stand meine Mutter. Sie war noch schöner als in meiner Erinnerung und trug ein langes weißes Kleid. Sie nach all den Jahren durch die Augen meines Vaters lebendig wiederzusehen, war wunderschön und schrecklich zugleich. Automatisch machte ich ein paar Schritte auf sie zu und betrachtete ihre feinen Gesichtszüge, auf denen sich Besorgnis abzeichnete. Sie hatte die Arme um ihre schlanke Gestalt geschlungen und ihre langen blonden Haare fielen ihr in weichen Wellen über die Schultern. Langsam löste sie sich von der Haustür und folgte meinem Vater durch den nächtlichen Garten zu unserem Auto. Ich sah, dass ihr eine einzelne Träne über die Wange lief, obwohl sie ganz offenbar versuchte, stark zu sein.

Mein siebenjähriges Ich hing schlafend, mit einem Prinzessinnenpyjama bekleidet, in den Armen meines Vaters und Mama strich mir mit den Fingerspitzen sanft über das Handgelenk. Dabei schloss sie für einen Moment die Lider. Dann öffnete sie die Augen wieder und küsste mich auf den Haaransatz. »Ich komme so schnell nach, wie ich kann. Ich liebe dich, mein Schatz«, flüsterte sie mir zu.

»Sei vorsichtig«, sagte mein Vater und obwohl seine Stimme in der Erinnerung gedämpft klang, hörte ich doch die Besorgnis heraus.

»Mach dir keine Sorgen. Ich werde nachkommen und sie werden nicht wissen, wo wir sind.« Meine Mutter stellte sich auf die Zehenspitzen und küsste auch ihn über meinen schlafenden Körper hinweg. »Ich liebe euch beide. Wir sehen uns spätestens in drei Tagen.«

»Nein«, keuchte mein Vater und stolperte von mir weg. »Nein, das darf nicht wahr sein … Du darfst nicht eine von ihnen sein …«

Ich war wieder zurück und griff nach der Kante des Esstisches, um nicht das Gleichgewicht zu verlieren. Die ganze Küche drehte sich um mich. Noch nie war ich so abrupt aus einer Erinnerung zurück in die Gegenwart katapultiert worden.

»Du weißt es also«, flüsterte ich, während ich meinen Vater anstarrte, dessen Gesicht völlig bleich geworden war. Meine Brust zog sich zusammen und ich hatte das Gefühl, keine Luft mehr zu bekommen. »Du hast es immer gewusst. Wie lange schon? Wie lange weißt du es schon?«

Mein Vater wandte sich mit einer heftigen Bewegung von mir ab und schob sich die Brille auf die Stirn. Dann presste er beide Handballen auf seine Augen und schüttelte den Kopf.

»Das hätte nicht passieren dürfen. Du solltest das nicht können, du hast doch nicht die Anzeichen gezeigt.« Seine Hände zitterten.

»Du wusstest es«, sagte ich mit bebender Stimme. »Du wusstest es von Anfang an.« Ich war geschockt. Mein Vater hatte mich mein ganzes Leben lang belogen. »Hatte Mama die gleiche Fähigkeit wie ich?«, flüsterte ich drängend. Nach all der Zeit wollte ich endlich die Wahrheit wissen.

Mein Vater starrte mich an, als könne er es selbst nicht glauben. »Du solltest es nicht können«, wiederholte er immer und immer wieder, bis er zum Esstisch ging und sich resigniert dort niederließ.

»Was sollte ich nicht können? Was ist hier los? Erzähl es mir endlich! Es ist mein Recht, alles zu erfahren!«, verlangte ich aufgebracht und folgte ihm zu Esstisch.

Er fuhr sich über sein kantiges Gesicht und blickte mich mit seinen grauen Augen an. In seinem Blick lag eine Mischung aus Traurigkeit und Verzweiflung. »Ich weiß nicht viel, Jo. Es ist sogar erschreckend wenig und es wird dir nicht genug sein. Ich war überzeugt, dass es nicht zu diesem Moment kommen würde. Nachdem du in den siebzehn Wochen nach Beginn deines siebzehnten Lebensjahres keine Anzeichen gezeigt hast, dachte ich, dass es endlich vorbei sei.«

»Was für Anzeichen?«, hakte ich tonlos nach und blieb neben dem Tisch stehen.

»Ich habe dich absichtlich mein Handgelenk berühren lassen«, murmelte er. »Du hast nie reagiert und da war ich erleichtert und mir sicher … Ich dachte, dass wir endlich zur Ruhe kommen könnten. Deine Mutter hatte mir garantiert, dass du deine Fähigkeit bis dahin zeigen müsstest.« Er machte eine Pause und es fiel ihm sichtlich schwer, die nächsten Worte auszusprechen. »Ich war überzeugt, dass du keine von ihnen bist.«

Ich schluckte. »Keine von ihnen? Wer sind *sie*?«

»Die Seherinnen«, sagte er etwas leiser, aber ich konnte es trotzdem hören und alles, was ich zu den Erinnerungswandlern gelesen hatte, wurde mir wieder bewusst.

»So hat deine Mutter sie bezeichnet. Es gibt nur eine Handvoll von ihnen und sie haben Feinde«, machte er weiter. »Ich dachte …« Er atmete tief aus und rieb sich die Nasenwurzel. »Ich dachte, wir wären jetzt endlich sicher.«

Seine Worte fühlten sich an, als hätte mir jemand einen Kübel Eiswasser über den Kopf gekippt. »Was für Feinde?«

Er schüttelte den Kopf. »Ich weiß nichts über sie, Jo. Ich weiß nur, dass sie gefährlich sind.«

»Sind sie schuld, dass …?«, fragte ich und fühlte die Schwere dieser Worte an meinem Körper ziehen.

Er schüttelte abermals den Kopf. »Ich weiß es nicht.«

Mein Puls beschleunigte sich und die Gedanken flogen wild durch meinen Kopf. »Und wie viele Seherinnen gibt es überhaupt? Kennst du noch eine?«

Er verneinte.

»Kannst du mir überhaupt *irgendetwas* sagen?«, fragte ich harsch und spürte die tiefe Verzweiflung, die das Nichtwissen meines Vaters in mir hervorrief.

Er sah mich direkt an. »Jo, ich weiß nur, dass sie gefährlich sind. Und dass ich mich sicherer gefühlt habe, nie zu lange an einem Ort zu bleiben. Aber jetzt ... Vielleicht sollten wir einfach gehen, einfach aufbrechen und das Land verlassen.«

»Nein!«, widersprach ich mit Bestimmtheit und funkelte meinen Vater entschieden an. »Ich werde nicht wieder davonlaufen.«

»Aber Jo«, setzte er an.

Ich schüttelte den Kopf.

»Jo, ich will dich nicht auch noch verlieren«, sagte er und verschränkte seine Finger ineinander.

»Aber warum hast du mir all die Jahre nichts gesagt?«, warf ich ihm vor und spürte, wie mich eine Welle aus Wut und Traurigkeit überkam. »Warum hast du mich aus all dem ausgeschlossen?!«

Mein Vater schüttelte den Kopf. »Ich habe dich nicht ausgeschlossen, Jo. Ich wollte dich beschützen. Ich habe es mir nie verziehen, dass ich Sara an dem Abend allein gelassen habe. Ich hätte nicht einfach gehen dürfen und ich bereue diesen Moment zutiefst. Aber ich habe deiner Mutter damals versprechen müssen, dass ich dich in Sicherheit bringe.«

»Vor wem? Und wieso?«, fragte ich, obwohl ich innerlich bereits wusste, dass ich darauf keine Antwort erhalten würde.

»Ich weiß es nicht – ich weiß nicht einmal, ob sie für ihren Tod verantwortlich waren. Vielleicht war der Tod deiner Mutter tatsächlich nur ein schrecklicher Unfall.«

Ich schluckte und starrte meinen Vater an. *Vielleicht war der Tod deiner Mutter nur ein schrecklicher Unfall,* hallte es in meinem Kopf nach. »Erzähl mir alles, was du weißt. Egal, wie wenig es ist«, verlangte ich.

»Ich weiß lediglich, dass deine Mutter in den ersten siebzehn Wochen nach Beginn ihres siebzehnten Lebensjahres *das Sehen* gelernt hat. Ihre Tante Leonore hatte ihr dabei geholfen und nach ihrem Tod war Sara sehr vorsichtig. Sie hat nie jemandem von ihrer Fähigkeit erzählt. Sie hat mir auch nicht viel darüber gesagt. Sie meinte, das wäre besser für mich.«

»Aber du wusstest davon. Du wusstest von ihrer Fähigkeit.«

Er nickte. »Ja.«

Ich funkelte ihn wütend an. »Nun, das sind zumindest mehr Informationen, als ich bisher hatte.«

»Es tut mir leid, Jo, ich habe einfach inständig gehofft, dass du die Fähigkeit nicht geerbt hast. Ich habe mir für dich ein normales Leben gewünscht.«

»Ein normales Leben? Du hast mich von Ort zu Ort geschleppt«, schnaufte ich. »Du hättest ehrlich zu mir sein müssen.« Der Vorwurf, der in diesen Worten mitschwang, lag schwer zwischen uns. Es war, als hätte eine Entscheidung meines Vaters unser ganzes Leben verändert.

»Weiß Lea es?«, fragte ich irgendwann, weil ich einfach alles wissen musste. »Hast du sie deswegen bei unserem ersten Treffen unterbrochen, als sie etwas von Mama erzählen wollte?«

»Lea weiß nichts von euren Fähigkeiten, aber sie hat damals bemerkt, dass Sara besonders vorsichtig war. Sie glaubte, dass Sara in ihrer Vergangenheit etwas Schreckliches zugestoßen war, irgendein Gewaltverbrechen, und dass sie deshalb Angst hatte.«

Mein Vater stand auf. »Ich möchte nicht … Ich wollte nie, dass du in Angst leben musst«, sagte er. »Ich wollte immer nur dein Bestes.« Er überwand die Distanz zwischen uns und fuhr mit leiser, drängender Stimme fort, während er mir über den Oberarm strich: »Jo, wenn du nicht bereit bist von hier wegzugehen, dann müssen wir uns so unauffällig wie möglich benehmen. Du darfst deine Gabe nicht einsetzen und auch nicht in der Vergangenheit graben. Die Leute sind gefährlich und je weniger wir wissen, je weniger wir uns damit beschäftigen, desto sicherer sind wir. Versprich mir, dass du dich von all dem fernhältst.«

Ich hörte Schritte auf der Treppe und verschränkte die Arme vor der Brust. Lea kam herunter, eine Hand auf ihren Bauch gelegt. Sie war blass und hatte dunkle Schatten unter den Augen.

Mein Vater blickte zögernd von mir zu ihr und stellte sich etwas gerader hin.

»Wie geht es dir?«, fragte er einfühlsam.

»Nicht so gut, was bedeutet, dass es nur besser werden kann«, erwiderte Lea mit einem gequälten Lächeln.

Ich drehte ihr den Rücken zu und holte mir ein Wasserglas aus dem Schrank. Es kostete mich viel Kraft, jetzt ruhig zu bleiben und ihnen nicht zu sagen, dass mir Leas Zweckoptimismus und Papas Fürsorglichkeit gegen den Strich gingen. Jene Fürsorglichkeit, die mich jahrelang von Stadt zu Stadt hatte ziehen lassen und mich zwang, Freunde zu verlassen, sobald ich welche gefunden hatte –

nur, um vor etwas davonzulaufen, von dem er gar nicht wusste, ob es hinter mir her war. Nur weil mein Vater es richtig fand, weil er es entscheiden konnte und mir keine andere Wahl ließ. Meine Hand zitterte leicht, als ich das Glas mit kaltem Wasser füllte und mit großen Schlucken trank.

»Meine Assistentin hat mich vorhin angerufen«, sagte Lea jetzt und ich hörte, wie sie sich einen Stuhl zurückzog. »Sie hat einen Gutschein für ein Wellness-Wochenende geschenkt bekommen, den sie nicht einlösen kann.«

»Aha«, sagte mein Vater und ich hörte ihm an, dass er nicht ganz bei der Sache war. Ich stellte das leere Glas mit einem Klirren auf der Arbeitsfläche neben der Spüle ab und drehte mich zu den beiden um.

Lea saß am Esstisch und fuhr sich erschöpft durch ihre kurzen blonden Haare. In dem Moment wurde die Eingangstür geöffnet und Finn betrat das Haus.

»Hey«, sagte er und ging in die Küche. »Was gibt's zu essen?«

»Tut mir leid, ich konnte heute nicht kochen, du wirst dir selber etwas machen müssen«, antwortete Lea müde und rieb sich die Stirn. »Jedenfalls hat mich meine Assistentin gefragt, ob ich den Wellness-Gutschein einlösen möchte«, fuhr sie an meinen Vater gewandt fort.

Er runzelte die Stirn. »Wieso nimmt sie ihn nicht selbst in Anspruch?«

»Weil ihre hochschwangere beste Freundin an dem Wochenende heiratet«, erklärte Lea.

Finn schnappte sich eine Bifi und riss die Verpackung auf. »Den Scheiß mit dem Heiraten lasst ihr aber wenigstens, oder?«, fragte er in Richtung meines Vaters und ich sah, wie Lea den Blick zu Boden wandte.

»Über dieses Thema würde ich gern ein andermal sprechen«, antwortete mein Vater beherrscht und wandte sich Lea zu. »Ich denke nicht, dass wir jetzt einfach wegfahren sollten.«

Lea räusperte sich und sah ihn direkt an. »Und wieso nicht?«

»Weil ...«, er rang nach Worten, »... weil es dir jetzt ohnehin nicht besonders gut geht.«

Sie hob beide Augenbrauen. »Dann liegt es also an mir?«

»Ich mache mir doch nur Sorgen um dich«, erwiderte mein Vater und warf mir einen kurzen Seitenblick zu. Mir war klar, dass die Sorge wohl eher mir galt und dem Versprechen, das er mir abringen wollte.

»Danke, aber ich komme schon zurecht«, sagte Lea. »Und wenn ich mir aussuchen kann, ob ich mich hier übergebe oder in einem schicken Wellnesshotel, dann ist mir das schicke Wellnesshotel lieber.«

»Das sehe ich genauso«, bemerkte ich trocken, denn die Aussicht, zwei Tage lang duschen zu gehen, ohne ihr Erbrochenes riechen zu müssen, gefiel mir. Außerdem tat es mir ganz gut, etwas Abstand zu meinem Vater zu gewinnen.

Er rieb sich über seine Glatze und sah mich kritisch an. »Für welche Tage gilt denn der Gutschein?«, wollte er dann von Lea wissen.

»Für nächstes Wochenende«, antwortete sie und ein Lächeln schlich sich in ihr Gesicht. »Das Hotel ist nicht weit weg, wir könnten mit dem Auto fahren ...«

»Das ist doch eine großartige Idee«, mischte sich nun auch Finn kauend ein. »Ihr haut nächstes Wochenende zu dem Wellnesshotel ab und ich …«

»Und du?«, fragte mein Vater und zog eine Augenbraue hoch.

»Und ich muss so lange keinen Kotzegeruch im Bad ertragen«, beendete Finn grinsend seinen Satz und biss noch mal von seiner Bifi ab. Ich hatte den Eindruck, dass er ursprünglich etwas anderes sagen wollte.

Mein Vater schaute mich an und in seinem Gesicht arbeitete es.

»Es war nur ein Vorschlag, Jens«, bemerkte Lea leise. »Außer, du hast schon etwas Wichtigeres vor.« Enttäuschung schwang in ihrer Stimme mit.

»Nein, habe ich doch nicht«, beschwichtigte sie mein Vater.

»Aber dann ist doch alles paletti«, meinte Finn augenblicklich. »Ihr löst den Gutschein ein und genießt euer Wellness-Weekend, während Jo und ich zu Hause bleiben. Ist doch perfekt.«

Mein Vater rieb sich über das Gesicht. »Aber nur«, meinte er widerwillig und sah Finn eindringlich an, »wenn du auf Jo aufpasst.«

Ich schnappte nach Luft. »Finn soll auf mich *aufpassen*? Das ist doch wohl nicht dein Ernst, Papa?«

Mein Vater presste die Lippen aufeinander und seine Augen verengten sich. »Es ist mein voller Ernst, Jo.«

Finn grinste über das ganze Gesicht. »Aber klar doch«, meinte er enthusiastisch. »Ich passe doch gerne auf Jo auf.«

KAPITEL 13

Am nächsten Tag war wieder Schule. Ich hatte die halbe Nacht lang wach gelegen und über die letzten Ereignisse nachgedacht, deshalb kam ich am Morgen kaum aus dem Bett. Und selbst, als ich kurz eingenickt war, hatte ich wieder etwas Schlechtes geträumt – an das ich mich nachher natürlich nicht mehr erinnern konnte.

Als ich ins Bad schlurfte, roch es nach Leas Übelkeit, und ich schnappte mir nur mein Zahnputzzeug und verzog mich damit auf die Gästetoilette im Erdgeschoss. Dort wusch ich mir mit kaltem Wasser das Gesicht und putzte mir die Zähne. Ich war müde und enttäuscht, fühlte mich verraten und allein, und trotz allem war ich auch irgendwie erleichtert.

Ich war nicht die Einzige mit dieser Fähigkeit.

Es gab noch andere wie mich.

Der Gedanke hatte etwas Tröstliches und ich versuchte, für die Dauer, in der ich mir die Zähne putzte, nur daran zu denken und nicht an irgendwelche Leute, die vielleicht hinter mir her waren.

Doch ich schaffte es nicht, meine Gedanken zu kontrollieren – es gelang mir genauso wenig wie der Versuch, Leas Übelkeitsattacken im Badezimmer zu ignorieren. Die Informationen, die ich bekommen hatte, waren zu aufwühlend, um sie beiseitezuschieben.

Meine Mutter war vielleicht ermordet worden. Mein Vater war nur deshalb mit mir so viel herumgereist, um mich zu beschützen. Und obwohl ich seine Entscheidungen nicht guthieß, so verstand ich doch, dass er tief im Inneren das Beste für mich wollte.

In der Schule steuerte ich auf meinen Platz zu und versuchte, weder nach rechts noch nach links zu sehen. Ich hatte den Knoten in meinem Kopf noch immer nicht entwirrt und das Schlimmste war, dass ich über meinen letzten Streit mit Adrian beinahe genauso viel nachdachte wie über den ganzen Rest. Ich verstand einfach nicht, was er eigentlich von mir wollte. Mal tauchte er auf, dann ging er wieder auf Abstand und dazwischen kam er mit lauter dubiosen Warnungen um die Ecke, die er nicht weiter erläuterte und mich danach einfach stehen ließ. Seine seltsame Art nervte mich, alles an ihm nervte mich, auch, dass er so verdammt gut aussah und meine Hormone regelmäßig zum Tanzen brachte. Eigentlich war es ganz simpel, eigentlich wollte ich doch einfach nur von ihm geküsst werden. Das war zwar erbärmlich, aber trotzdem die Wahrheit, und ich versuchte bewusst, *keinen* Blick in seine Richtung zu werfen, scheiterte dabei jedoch grandios.

Meine Augen huschten für einen Moment zum Fenster und saugten sich dabei an ihm fest. Adrian lehnte an seinem Tisch und sah zu mir herüber. Sein markantes Gesicht mit den dunkelgrünen Augen war mir zugewandt und als ich ihn mit klopfendem Herzen betrachtete, kam mir wieder einmal der Gedanke, dass er eigentlich ein paar Jahre älter aussah als siebzehn. Auf der Straße hätte ich ihn vermutlich auf Anfang zwanzig geschätzt. Adrian sah mich jetzt direkt an und sein Blick verursachte ein leichtes Ziehen in meinem Bauch. Es war wesentlich stärker als alles, was ich bei Louis' Kuss gefühlt hatte, und ich hoffte inständig, dass Adrian nicht wirklich meine Gedanken lesen konnte, wie er einmal behauptet hatte.

Als ein paar Leute in der Klasse zu tuscheln begannen, wurde mir erst bewusst, dass ich kurz stehen geblieben war. Rasch ging ich weiter und versuchte, mein Herzrasen in den Griff zu bekommen. Ich fühlte meine Wangen heiß werden und ließ mich schnell neben Conny auf meinen Stuhl fallen.

»Was war denn das eben?«, flüsterte sie mir zu und blickte von mir zu Adrian.

»Sag bitte, dass es nicht so auffällig war, wie ich denke«, antwortete ich leise.

»Es war nicht so auffällig, wie du denkst«, wiederholte sie pflichtschuldig, aber ihr Grinsen widerlegte ihre Worte. Ich ließ meine blonden Haare wie einen Vorhang vor mein Gesicht fallen und bückte mich zu meinem Rucksack hinunter. Am liebsten wäre ich in dieser Position für die nächsten fünf Minuten geblieben.

»Hast du schon gehört? Wir kriegen einen neuen Deutschlehrer«, wechselte sie das Thema, was ich ihr hoch anrechnete. »Angeblich war er früher Schauspieler und tritt auch heute noch ab und zu im Theater auf. Ein Mädchen aus der Parallelklasse hat ein Foto von ihm gemacht und rumgeschickt. Ich sag dir, der sieht echt schnuckelig aus.«

»Cool«, erwiderte ich abgelenkt und versuchte, nicht an Adrian und seine durchdringenden grünen Augen zu denken.

»Ein bisschen mehr Begeisterung bitte«, meinte Conny vorwurfsvoll. »Was ist los mit dir? Bist du so verschossen in den Typen, dass du jegliches Interesse an anderen Männern verloren hast?«

»Ich bin überhaupt nicht verschossen«, zischte ich und packte mein Deutschbuch auf den Tisch, ohne sie anzusehen.

»Natürlich nicht«, wiederholte sie langsam und zog eine Augenbraue hoch. »Wie war dein Wochenende?«

Ich presste die Lippen aufeinander. »Fantastisch. Lea hat einen Spuckmarathon eingelegt und ich hab ihr gestern dabei Gesellschaft geleistet.«

»Wieso? Bist du krank?«, fragte Conny und rückte ein kleines Stückchen von mir ab.

Ich schüttelte den Kopf.

Sie kniff die Augen zusammen. »Zu viel Alkohol?«

Wieder schüttelte ich den Kopf und bereute schon, ihr überhaupt davon erzählt zu haben.

»Ich hab … etwas ausprobiert«, gestand ich. »Es war ziemlich blöd – und es hat sich nicht annähernd so gut angefühlt, wie ich gedacht hatte.«

Conny runzelte die Stirn und ihr war anzusehen, dass sie gleich die wüstesten Spekulationen vom Stapel lassen würde – und das wahrscheinlich in einer Lautstärke, dass es die ganze Klasse mitbekam –, wenn ich es ihr nicht sofort erzählte.

»Ich hab einen Joint geraucht«, flüsterte ich ihr ins Ohr.

Ihre Augen wurden größer und sie sah mich mit einer Mischung aus Respekt und Unbehagen an.

»So etwas hab ich dir gar nicht zugetraut«, meinte sie nach einer Weile.

Ich zuckte mit den Schultern. »Ich werde es sicher nicht wiederholen.«

In dem Moment läutete die Schulglocke und ich holte schnell mein Handy raus, um zu checken, ob es lautlos gestellt war. Dabei sah ich, dass Louis mir dreimal per WhatsApp geschrieben hatte.

»Wer stalkt dich da?«, fragte Conny, die einen Blick über meine Schulter geworfen hatte.

»Du«, gab ich trocken zurück.

»Sehr witzig.«

»Die sind von Louis«, murmelte ich dann und steckte das Handy wieder ein.

»Oh.« Ihre Stimme wurde etwas höher. »Was will er denn?«

»Sich treffen.«

Eine kurze Pause entstand. »Sag bloß, der steht auch auf dich?«, murmelte sie dann und klang fast ein wenig enttäuscht.

»Was heißt hier *auch*?«, fragte ich zurück und bekam schon wieder Herzklopfen. Gleichzeitig ging die Tür auf und unser neuer Deutschlehrer kam hereinmarschiert. Er erinnerte mich ein wenig an Florian David Fitz und hatte einen beschwingten, federnden Gang.

»Guten Morgen allerseits«, begrüßte er uns mit einer sympathischen Stimme und Conny lächelte verzückt in seine Richtung. Ich war froh, dass sich ihre Aufmerksamkeit jetzt von mir auf ihn verlagerte, und überlegte, was ich Louis antworten sollte. Ich mochte ihn, aber ich wollte ihm nicht das Gefühl geben, dass ich aktuell an mehr interessiert war.

Der neue Lehrer hatte jetzt den vorderen Teil des Klassenzimmers erreicht und legte ohne Eile seine Tasche ab. Dann stellte er sich vor das Smartboard und hakte seine Daumen in den Schlaufen seiner Jeans ein. Man merkte ihm an, dass er es gewohnt war, mit seiner Präsenz eine Bühne zu füllen, denn augenblicklich verstummte auch das letzte Flüstern in der Klasse.

»Ich grüße Sie«, sagte er mit einem Lächeln und ließ seine hellen Augen über die Reihen wandern. »Mein Name ist Markus Nott und ich freue mich schon sehr darauf, mich mit Ihnen gemeinsam den grammatikalischen Regeln der deutschen Sprache zu widmen.«

Die ganze Klasse schwieg und unser neuer Lehrer wartete einen Moment, bevor er breit grinste und uns zuzwinkerte. »Das haben Sie mir abgenommen? Dann bin ich wohl doch ein besserer Schauspieler, als ich dachte.«

Ein erstes Kichern rollte durch den Raum und ich musste ebenfalls schmunzeln.

»Tatsächlich«, fuhr Markus Nott lächelnd fort, »werden wir uns nur so lange mit Grammatik beschäftigen, wie es der Lehrplan unbedingt vorsieht. Für den Rest unserer Zeit werde ich versuchen, Ihnen die großen Werke der Literatur näherzubringen – und vielleicht haben Sie am Ende des Semesters ja sogar Lust, selbst an einem Theaterstück mitzuwirken.«

Conny begann neben mir zu strahlen und ich sah, wie sie sich aufgeregt über die Unterlippe leckte.

»Wie wäre es, wenn wir eine kurze Vorstellungsrunde machen, damit ich mir die Namen zu Ihren Gesichtern besser einprägen kann?«, fragte Herr Nott jetzt in den Raum. Ein paar Leute nickten zustimmend und ich verkniff mir ein Seufzen. Mich selbst vorzustellen gehörte trotz der gefühlt tausend Selbstvorstellungen bei unseren Umzügen noch immer nicht zu meinen Lieblingsbeschäftigungen.

»Gut, ich fange mal an«, sagte unser neuer Lehrer. »Mein Name ist Markus Nott, meine Lieblingsfarbe ist Grün, ich bin zweiunddreißig Jahre alt und liebe Zitronenmuffins. Seit vier Jahren arbeite ich als Lehrer in den Fächern Deutsch und Philosophie, außerdem trete ich noch gelegentlich im Theater auf. Mein größter Traum ist es, einmal den Tod in *Jedermann* zu spielen, und mein größter Albtraum«, er machte eine kurze Pause, »ich schätze, mein größter Albtraum ist es, den Tod in *Jedermann* zu spielen und meinen Text zu vergessen.« Er grinste und deutete auf Finn. »Würden Sie sich als Nächster vorstellen?«

Finn lümmelte bequem auf seinem Stuhl und zuckte lässig mit den Schultern. »Klar. Mein Name ist Finn Meinherz, ich bin achtzehn Jahre alt, habe seit der ersten Klasse keine Lieblingsfarbe mehr und bin Mannschaftskapitän im Hockeyteam. Mein größter Traum ist es, dass ich nächstes Wochenende die geilste Geburtstagsparty des Jahres schmeiße, und deshalb ... seid ihr alle dazu eingeladen.« Er wartete einen Moment und lächelte zufrieden, als die Information durchsickerte und ein aufgeregtes Tuscheln ertönte. »Ihr könnt übrigens auch eure Freunde mitbringen. Das Motto lautet: Je mehr, desto besser. Uhrzeit und Adresse geb ich noch bekannt.« Finn lehnte sich zurück und verschränkte mit einem fetten Grinsen im Gesicht die muskulösen Arme vor der Brust.

»Und ich bin auch eingeladen?«, fragte Markus Nott mit einem amüsierten Unterton.

»Kommt drauf an, ob Sie wirklich so cool sind, wie Sie sich geben«, gab Finn trocken zurück.

Als ich ein paar Stunden später den Heimweg antrat, hatte ich die Nase gestrichen voll von Finn und seiner genialen Idee. Conny hatte für den Rest des Tages kein anderes Thema mehr gehabt und sich während jeder Pause minutenlang ausgemalt, wie es sein würde, wenn tatsächlich Markus Nott (»Der ist ja so was von hot«) zu Finns Party kommen würde, und wie cool das wäre, mit mir zusammen abzufeiern, weil ich ja sowieso da wohnte. Irgendwann hatte mich das ewige Gequatsche über diese spontane Party so genervt, dass ich ihr sogar von meinem erzwungenen Kuss mit Louis erzählt hatte, einfach nur, um das Thema zu wechseln. Conny war daraufhin ein bisschen stiller geworden und ich fragte mich, ob sie vielleicht doch mehr für ihn empfand, als ich vermutet hatte.

Im Nachhinein tat mir meine Unüberlegtheit leid und als ich den Weg nach Hause antrat, schrieb ich Louis, dass ich im Moment keine Zeit für ein Treffen hatte. Dann drückte ich auf Senden und hoffte, er würde meinen Wink mit dem Zaunpfahl verstehen.

»Na, *Schwesterchen*, ganz allein?«, hörte ich in dem Moment Finns amüsierte Stimme hinter mir und schloss kurz die Augen. Anscheinend war es mir nicht vergönnt, ganz in Ruhe nach Hause zu gehen.

»Reden wir jetzt wieder normal miteinander?«, fragte ich und rückte den Tragegurt meines Rucksacks zurecht. »Oder sprichst du nur mit mir, um mir den Hausschlüssel abzunehmen und dann schnell davonzulaufen?«

Er grinste. »Das würde ich nicht tun. Das ist kindisch.«

»Aha. Genauso kindisch, wie auf der Toilette niemals zu spülen?«

Seine blauen Augen funkelten amüsiert. »*Das* war witzig.«

Ich blickte ihn unbewegt an. »Für mich nicht.«

Finn zuckte die Schultern, während wir weitergingen, und lächelte. »Hey, du hast mein Ladekabel ins Eisfach gepackt, so unschuldig bist du selbst nicht. Aber okay – meine kleinen Aktionen waren vielleicht einfach die Abwehrreaktion auf die Babynachricht.«

»Aha«, sagte ich noch einmal. »Und ist dir vielleicht auch aufgefallen, dass es von mir keine derartige Abwehrreaktion gab, obwohl du mir – dem Mädchen mit der toten Mutter – erzählt hast, dass dein höchst lebendiger Vater ebenfalls ums Leben gekommen sei?«

Finn öffnete den Mund und schloss ihn wieder. Dann fuhr er sich durch die kurzen blonden Haare und seufzte tief.

»Okay. Du hast recht. Das war scheiße.«

Ich sah ihn überrascht von der Seite an.

»Du musst nicht so gucken, ich weiß schon, wenn ich Mist gebaut hab«, fügte er hinzu und steckte die Hände in die Hosentaschen.

»Und wieso hast du das überhaupt erzählt?«, fragte ich, weil es mich wirklich interessierte.

Er zuckte mit den Schultern. »Erzählst du nie irgendeinen Scheiß?«

Ich dachte an meine Halbwahrheiten Conny gegenüber, der ich meine Erinnerungsgabe verschwieg, und wusste keine rechte Antwort darauf.

»Larissa hat mich im Kino einfach genervt, als sie auf einmal so abging«, fuhr Finn fort. »Ich wollte, dass sie die Klappe hält, und da hab ich das eben gesagt. Außerdem war der Mistkerl, der mich gezeugt hat, fast nie da. Für mich ist er wirklich so gut wie tot.« Finns Stimme hatte einen bitteren Klang angenommen und ich nickte langsam. »Verstehe.«

»Ehrlich?«, fragte er und musterte mich mit seinen blauen Augen.

»Ehrlich«, bestätigte ich. »Ich hätte so etwas zwar nicht getan, aber dafür … tu ich andere Dinge.«

Er begann zu grinsen. »So was, wie total auffällig kiffen?«

Ich atmete tief durch. »Ja, so etwas, wie total auffällig kiffen.«

Finn lachte laut auf und boxte mir spielerisch gegen die Schulter. »Du bist doch gar nicht so übel, Schwesterchen.«

»Hör auf mich so zu nennen«, erwiderte ich, auch wenn ich es gar nicht mehr so schlimm fand.

»Wieso? Ich gewöhn mich langsam schon dran.«

»Soll das heißen, dass du dich mit der neuen Familiensituation inzwischen komplett abgefunden hast?«, fragte ich.

Er zuckte mit den Schultern. »Im Moment denk ich nur daran, was für eine megafette Party bald bei uns steigen wird.«

»Hast du die beiden überhaupt schon gefragt, ob du die Party machen darfst?«, fragte ich kritisch.

Er schüttelte leicht den Kopf, als müsse ich noch viel lernen. »Dein Vater hat meine Mutter geschwängert, Jo. Natürlich sagen die Ja. Außerdem sind sie an diesem Wochenende weg und du hast auch bald Geburtstag. Da können wir gleich zusammen feiern.«

»Es ist total ungewohnt, wenn du so gut drauf bist«, sagte ich und setzte meine Kapuze auf, weil ich ein paar Regentropfen auf meiner Stirn gespürt hatte.

Er zuckte mit den Schultern. »Zuerst war ich wegen dieser

ganzen Baby-Sache verdammt angepisst, aber dann hab ich mir gedacht: Ich bin nächstes Jahr mit der Schule fertig, so what? Dann kann ich in eine Studenten-WG ziehen oder sonst was tun – und bis dahin krieg ich alles, was ich will.«

»Klar.«

»Das ist doch auch der Vorteil von Scheidungskindern«, grinste Finn. »Die Eltern leben getrennt, dafür kriegen die Kinder zu Weihnachten doppelt so viele Geschenke.«

»Aber du bist kein Scheidungskind«, gab ich zurück. »Unsere Eltern haben sich nicht getrennt, sie sind zusammengezogen und gründen eine neue Familie.«

»Exakt. Eigentlich hätten wir das Dreifache an Geschenken verdient.«

Ich schüttelte den Kopf. »Du denkst immer nur an deinen eigenen Vorteil, oder?«

»Falsch! Ich teile diese Erkenntnis mit dir. Das heißt, ich denke auch an deinen Vorteil – dafür solltest du ein wenig Dankbarkeit zeigen.« Finn lächelte überheblich und selbst, als ein heftiger Platzregen einsetzte, konnte das seinen zufriedenen Ausdruck nicht vom Gesicht spülen.

In der restlichen Woche war Finn weiterhin so gut aufgelegt und ich fand sein Dauergrinsen irgendwann einfach nur noch anstrengend. In meinem Leben lief nicht alles so rund und ich grübelte die ganze Zeit darüber nach, ob ich tun sollte, was mein Vater von mir wollte: nämlich meine neu gewonnene Fähigkeit ignorieren und mich wie ein ganz normaler Teenager verhalten. Ich hatte noch ein paarmal versucht, mit ihm über Mama zu sprechen – ganz konventionell und ohne dabei in seine Erinnerungen einzudringen –, aber er hatte jedes Gespräch abgeblockt und darauf bestanden, dass es nichts mehr gab, was er mir sagen konnte, und ich endlich aufhören sollte, mich mit dem Thema zu beschäftigen.

»Endlich«, sagte Finn, nachdem unsere Eltern sich zu ihrem Wellness-Weekend verabschiedet hatten. Er rieb sich vorfreudig die Hände. »Und? Hilfst du mir, die Bude etwas aufzupimpen?«

Ich sah ihn müde an. »Damit deine Freunde sich hier wohlfühlen und noch länger bleiben wollen? Nein danke.«

Ich verzog mich in mein Zimmer und legte mich aufs Bett. Dort starrte ich die nackte Decke über mir an und dachte an meine Mutter. Sie fehlte mir so sehr und seit dem Gespräch mit meinem Vater war ihr Verlust noch gegenwärtiger geworden. Ich fragte mich, wie mein Leben verlaufen wäre, wenn ich sie an meiner Seite gehabt hätte, welche Geheimnisse sie mir anvertraut hätte und wie es gewesen wäre, meine Gabe gemeinsam mit ihr zu entdecken.

Der Wind fuhr vor dem Fenster durch die Blätter und irgendwo hupte ein Auto. Ich rollte mich zu einer Kugel zusammen und zerknüllte die Decke vor meiner Brust. Eine heiße Träne rann mir aus dem Augenwinkel und lief über meine Wange, während ich mich einfach nur allein und verlassen fühlte.

»Ich weiß nicht, was ich tun soll«, flüsterte ich verzweifelt, während meine Finger über mein silbernes Medaillon fuhren. »Hat Papa recht? Soll ich wirklich so tun, als ob ich ganz normal wäre?«

Wie zu erwarten, bekam ich keine Antwort, dafür begann meine Nase zu laufen und ich musste mich aufsetzen, um ein Taschentuch zu suchen.

Unten kreischte die Stereoanlage auf und im nächsten Moment drang wummernde Musik nach oben. Ich wischte mir rasch mit dem Handrücken über das Gesicht. Diese Party war im Moment das Letzte, was ich brauchte, und es hätte mich nicht gestört, wenn mein Vater und Lea sie verboten hätten. Hatten sie aber nicht. Und deswegen hatte Finn nun seine Kumpels mobilisiert, damit sie ihm bei den Vorbereitungen halfen. Von unten hörte ich ihr Lachen. Für einen Moment dachte ich daran, ob Adrian auch kommen würde, und der Gedanke ließ die Schmetterlinge in meinem Magen aufflattern. Doch dann erinnerte ich mich wieder an Conny, die gesagt hatte, dass Adrian zwar schon oft zu Partys eingeladen worden war, aber nie auf einer aufkreuzte.

Da würde er heute sicher auch keine Ausnahme machen.

»Hallo? Jo? Bist du da drin?« Connys Stimme klang gedämpft durch das Holz meiner Tür und ich hörte, wie sie zaghaft anklopfte. Rasch klappte ich meinen Laptop zu und stand auf. Meine Beine fühlten sich ein wenig taub an und kribbelten, weil ich die letzten Stunden im Schneidersitz auf dem Bett verbracht und weitere Infos zu meiner Fähigkeit gegoogelt hatte.

Auf dem Weg zur Tür warf ich einen prüfenden Blick in den Spiegel. Dass ich vorhin geweint hatte, war mir nicht anzusehen, ich wirkte lediglich ein wenig blass um die Nase.

Erleichtert drehte ich den Schlüssel herum und öffnete meine Zimmertür einen Spalt weit. Draußen stand Conny in einer schwarzen Jeans, einem rostbraunen Hängeshirt und hochgesteckten

Haaren. Sie sah wirklich toll aus und ich starrte sie einen Moment lang überrascht an.

»Wow«, sagte ich.

»Ja, wow. Du siehst ja furchtbar aus«, erwiderte sie und zwängte sich ungefragt durch den Spalt in mein Zimmer. »Hast du etwa vor, *so* hinunterzugehen?«

»Ich hatte vor, überhaupt nicht hinunterzugehen«, antwortete ich und wusste nicht, ob ich ihre Bemerkung über mein Äußeres lustig oder beleidigend finden sollte.

Conny wollte etwas darauf erwidern, blickte sich stattdessen kurz in meinem Zimmer um. »Du bist wohl eher der spartanische Typ«, rutschte ihr heraus, bevor sie sich wieder dem ursprünglichen Thema zuwandte. »Bitte sag mir, dass es in deinem Kleiderschrank nicht ebenso spartanisch aussieht.«

»Sag mal, hörst du mir überhaupt zu, Conny? Ich geh nicht zu Finns Party. Mir reicht schon das Gegröle, das ich von hier aus hören kann.«

»Alles klar.« Conny nickte verständnisvoll. »Ich kenne solche Phasen, wie du gerade eine hast. Phasen, in denen man sich am liebsten in seinem Zimmer verkriechen und niemanden sehen möchte. Aber das kannst du heute nicht bringen.«

»Und warum nicht?«, fragte ich herausfordernd und ließ mich wieder auf mein Bett fallen.

Conny betrachtete ihre grellgrün lackierten Fingernägel. »Weil«, antwortete sie gedehnt, »du dich wahrscheinlich grün und blau ärgern würdest, wenn du den heutigen Abend verpasst.« Sie richtete ihre funkelnden Augen auf mich und lächelte mich an. »Denn entgegen meiner Erwartungen ist nicht nur Louis, sondern auch Adrian zu der Party gekommen. Und so wie ihr euch immer anstarrt, wäre das vielleicht eine gute Gelegenheit, ein wenig miteinander ins Gespräch zu kommen.«

Sie grinste und ich wusste nicht, was ich schlimmer fand: dass seine starke Anziehung auf mich so offensichtlich war oder dass sie die Worte »ins Gespräch zu kommen« mit Gänsefüßchen untermalt hatte.

Ich atmete tief durch. »Wirklich, Conny, ich glaube nicht, dass das eine gute Idee ist.«

Sie warf den Kopf in den Nacken und seufzte theatralisch. »Ehrlich, Jo, wie alt bist du? Dreiundvierzig? Du klingst wie meine Mutter. Nein, du klingst wie die langweilige Freundin meiner Mutter, die immer abblockt, wenn Mama irgendwas Verrücktes unternehmen möchte.« Sie schnaubte. »Ich geh hier erst raus, wenn du dir ein cooleres T-Shirt angezogen und Lippenstift aufgetragen hast. Und du musst dir die Haare bürsten.« Sie betrachtete widerwillig den schlampigen Knoten, den ich mir gemacht hatte.

Ich öffnete den Mund, um etwas zu sagen – aber dann sah ich die Entschlossenheit auf Connys Gesicht und schloss ihn wieder.

»Du meinst das ernst, oder?«

»Todernst.« Sie öffnete ihre Umhängetasche, holte eine Karotte daraus hervor und biss mit einem endgültig klingenden Geräusch davon ab.

Eine Viertelstunde später war Conny zufrieden. Sie hatte mir ein anderes T-Shirt mit deutlich mehr Ausschnitt aufgeschwatzt und mich dazu gedrängt, ihren rostroten Lippenstift aufzutragen, der in einem starken Kontrast zu meiner blassen Haut stand. Als ich nun in den Spiegel sah, war ich selbst über meine Verwandlung verblüfft. Der Lippenstift stand mir überraschend gut und wertete das gesamte Outfit noch mal auf.

»Perfekt«, strahlte Conny glücklich. »Du siehst einfach nur Hammer aus. Ach Mist. Den Lippenstift muss ich dir jetzt leider schenken.«

»Wieso?«, fragte ich irritiert und glättete meine Haarsträhnen mit den Fingern. »Hab ich ihn irgendwie kontaminiert?«

»Nein, weil er dir einfach so viel besser steht als mir«, seufzte Conny und drückte ihn mir in die Hand. »Wer weiß, vielleicht bin ich mehr der pinkfarbene Typ.«

»Auf alle Fälle bist du der supernette Typ«, sagte ich und strich ihr spontan über den Arm. Conny lächelte mich an und ich lächelte zurück.

»Bereit, Finns Party aufzumischen?«, fragte sie mich dann.

Ich lachte. »Darauf muss ich mit *Ja* antworten, oder?«

Sie nickte ernsthaft. »Korrekt.«

Es war ein seltsames Gefühl, aus meinem Zimmer auf den Flur zu treten und mich mitten in einer Party zu befinden. Und noch dazu in so einer. Die Musik dröhnte von unten ins obere Stockwerk und ich sah überall Leute miteinander quatschen oder irgendwelches Zeug aus Plastikbechern trinken. Ein Pärchen saß knutschend auf dem Bett im Elternschlafzimmer und ich wollte automatisch umkehren und mein Zimmer verriegeln, aber Conny zog mich schon weiter.

»Finns Freund Laurenz macht die Musik«, vertraute sie mir halb schreiend an. »Er hat einen großen Bruder, der legt als DJ in den

Clubs auf, und Laurenz hat sich da eine Menge abgeguckt. Ganz schön cool, oder?«

Ich nickte und sagte Conny nicht, dass ich gedacht hatte, die Musik würde einfach nur aus der Stereoanlage kommen.

»Ich finde es großartig, mit dir hier zu sein«, meinte sie in dem Moment und strahlte mich an. Dabei zog sie ihr Handy aus der Tasche und zwang mich zu einem gemeinsamen Selfie, auf dem auch ihre angebissene Karotte von vorhin ins Bild hing. Dann gingen wir die Treppe hinunter.

Das Haus war unglaublich voll und ich ertappte mich dabei, wie meine Augen über die Menge huschten, um Adrian zu finden.

Conny war total aufgeregt und zog mich zur Küche, wo Finn auf der Theke ein paar Säfte sowie eine riesige Auswahl an alkoholischen Getränken aufgereiht hatte. Ich hatte keine Ahnung, wie er es geschafft hatte, an die ranzukommen, nahm aber an, dass ihm seine Freunde dabei geholfen hatten.

»Hey, die Hübsche und der Freak!«, rief die blaue Kappe mit dem Schlafzimmerblick, von der ich inzwischen wusste, dass der Typ darunter Kilian hieß. »Ihr erinnert mich an einen Disneyfilm … Wartet … ich komm gleich drauf.« Er trank noch einen Schluck Bier und betrachtete uns aus zusammengekniffenen Augen. »Jetzt weiß ich's: *Die Schöne und das Biest*.« Kilian schwenkte seine Bierflasche und lachte triumphierend.

Ich machte automatisch einen Schritt auf ihn zu und war bereit, ihm meine Meinung zu sagen, doch Conny hielt mich am Arm zurück. »Ach, lass ihn doch reden«, sagte sie laut. »Weiß doch jeder, dass er nur Karottenmus im Hirn hat. Und höchstens ein winziges Möhrchen zwischen den Beinen.« Sie warf einen bezeichnenden

Blick auf die entsprechende Region und Kilian wurde unnatürlich rosa im Gesicht.

»Komm, Jo«, meinte Conny dann souverän und ich folgte ihr mit einem Lächeln zu den Getränken.

»Eins zu null für mich«, konstatierte sie und schnappte sich einen Pappbecher von der Theke, den sie mit Bacardi und Cola füllte.

Ich stand daneben und griff nach einer Flasche Orangensaft. Ich hatte heute irgendwie das Gefühl, dass es besser war, nicht die Kontrolle zu verlieren, vor allem, wenn Adrian wirklich da war. Aber so oft ich mich auch umblickte, ich konnte ihn einfach nirgends entdecken.

»Komm, mischen wir uns unters Volk«, schrie Conny mir ins Ohr und griff nach meiner Hand. Die Musik wummerte in einer Laustärke, dass es schon beinahe unangenehm war, und ich sah Finn und seine Freunde im Wohnzimmer ein Trinkspiel veranstalten, wo es darum ging, zu fünft so schnell wie möglich einen Eimer mit Bier zu leeren. Jeder von ihnen hatte einen irre langen Trinkhalm zwischen den Lippen und sie wurden von den umstehenden Leuten angefeuert.

In der vordersten Reihe entdeckte ich Vicki, die sich in ein rotes Minikleid gezwängt hatte, und ließ meinen Blick weiter durch den Raum schweifen. Larissa war anscheinend nicht gekommen und auch von Adrian fehlte nach wie vor jede Spur.

»Und fünf ... vier ... drei ... zwei ... eins!«, zählte das Publikum einen Countdown hinunter und brach in begeisterten Jubel aus, als Finn und seine Jungs den Eimer eine Sekunde vor Ablauf der Zeit ausgetrunken hatten.

Finn riss sich sein T-Shirt herunter und schwenkte es triumphierend über seinem Kopf und die Menge tobte.

»Mann, geht der Typ ab«, kicherte Conny neben mir und ich nickte nur. Die Musik schwoll wieder an und es war so laut, dass ich beinahe die Türglocke nicht gehört hätte.

Da sich von den Anwesenden anscheinend keiner angesprochen fühlte, gab ich Conny kurz ein Zeichen und drängte mich in die Diele, um zu öffnen. Dabei hoffte ich, dass nicht noch mehr Gäste vor der Tür standen, denn ich hatte jetzt schon das Gefühl, dass das Haus aus allen Nähten platzte.

Auf unserer Türmatte stand jedoch kein partyfreudiger Teenie, sondern unsere Nachbarin mit der Blumenscherenfrisur.

»Oh. Hallo«, begrüßte ich Frau Biederbeck überrumpelt und machte die Tür instinktiv wieder ein kleines Stückchen weiter zu. »Wie kann ich Ihnen helfen?«

»Sind eure Eltern zu Hause?«, fragte sie ohne Umschweife und versuchte, über meine Schulter ins Innere zu sehen. Gleichzeitig war von drinnen ein Grölen zu hören und ich sah, wie sie sich auf ihre Zehenspitzen stellte.

Bedauernd schüttelte ich den Kopf. »Nein, leider sind sie im Moment nicht da. Kann ich Ihnen weiterhelfen?«

Die Biederbeck stieß verärgert die Luft aus und schüttelte den Kopf. »Heißt das, ihr feiert da drinnen ganz allein diese laute Party?«

Ich nickte langsam. »Wollen Sie dazustoßen?«

»Nein!« Sie starrte mich entsetzt an. »Ich will nur, dass dieser Höllenlärm bei euch aufhört!«

»Okay. Ich sag den anderen, dass sie die Musik leiser machen sollen.«

»Und ich habe noch immer nichts von deinem Vater bezüglich des Kastanienbaumes gehört.«

Ich nickte ein zweites Mal. »Gut. Das heißt, Sie wollen weniger von der Musik und dafür mehr von meinem Vater hören. Ist geistig notiert.«

Die Biederbeck sah mich mit einem verkniffenen Ausdruck im Gesicht an und schnaubte. »Ich bin vielleicht schon über siebzig, aber ich kriege es sehr wohl noch mit, wenn mich jemand veräppelt. Meine Enkelkinder bekommen auch immer diesen Ton, wenn ich mit ihnen telefoniere. Treib es lieber nicht zu weit, junges Fräulein, oder ich rufe die Polizei wegen Ruhestörung.«

Neben mir tauchte Conny auf. »Alles okay?«, fragte sie atemlos und musterte die Biederbeck. Connys Augen und Wangen glänzten und sie sah so aufgekratzt und glücklich aus, dass ich mit der Biederbeck kein Risiko eingehen wollte.

»Alles bestens«, sagte ich zu Conny und wandte mich an unsere Nachbarin. »Wir machen die Musik gleich leiser. Tut mir leid, wenn Sie sich veräppelt gefühlt haben. Ich wünsche Ihnen noch eine gute Nacht.«

»Gute Nacht«, sagte nun auch Conny und winkte bemüht freundlich. Die Biederbeck sah noch einmal von ihr zu mir und kniff die Augen zusammen. Dann machte sie auf dem Absatz kehrt und verschwand schimpfend in ihrem Garten.

»Oh Mann, kann die böse gucken«, flüsterte mir Conny zu.

Ich nickte. »Und deshalb müssen wir die Party jetzt echt ein bisschen runterfahren, wenn du nicht gleich wieder nach Hause gehen willst.«

KAPITEL 14

Finn war schon ziemlich betrunken, als ich ihn fand, und hatte Vicki im Arm, die lasziv an seinem Ohrläppchen knabberte. Die beiden saßen auf der Couch, direkt neben Louis, der noch wesentlich nüchterner wirkte und aufmerksam die Umgebung scannte. Seine Haltung war ein wenig angespannter als sonst, lockerte sich aber sofort, als er mich und Conny näher kommen sah.

»Hey«, meinte Louis und lächelte uns breit entgegen, während er sich durch seine dunkelblonden Locken fuhr. »Ladies, ihr seht atemberaubend aus.« Er musste beinahe schreien, damit wir ihn verstehen konnten, und ich sah, wie sehr sich Conny über das Kompliment freute, denn ihr ganzes Gesicht begann zu strahlen.

»Hallo, Louis«, begrüßte ich ihn etwas verhaltener und wandte mich dann Finn zu. »Wir müssen reden!«

Finn nuckelte an einer Flasche Bier und sah mich aus halb geschlossenen Augen an. »Müssen wir nicht.«

»Doch, wir müssen«, widersprach ich und ignorierte die genervten Blicke von Vicki, die einen roten Schmollmund zog. »Die Biederbeck stand vorhin vor der Tür und wird uns die Polizei vorbeischicken, wenn die Party nicht leiser wird. Du musst deinen DJ-Kumpel zurückpfeifen.«

»Fuck«, knurrte Finn. »Die beschissene Biederbeck soll in ihrem beschissenen Garten bleiben und ihre beschissenen Hecken schneiden.«

»Das reimt sich«, sagte Conny ernst und saugte dabei intensiv an dem Trinkhalm, der in ihrem halbvollen Pappbecher steckte. Dabei wanderten ihre Augen immer wieder zu Louis.

»Ja, ist wahr«, sagte Finn und begann zu kichern. Ich sah auf diesen riesigen hellblonden Muskelprotz, der mein neuer Stiefbruder war, und schüttelte leicht den Kopf. Anscheinend hatte ihn die Nachricht von dem Baby oder unsere neue Lebenssituation doch härter getroffen, wenn er sich jetzt so dermaßen wegknallte.

»Finn, ich weiß, wie sehr du dich auf die Party gefreut hast«, begann ich und kam mir ein wenig wie seine Mutter vor. »Deshalb solltest du jetzt dafür sorgen, dass sie nicht von der Polizei gesprengt wird.«

Er seufzte schwer, dann schubste er Vicki von seinem Schoß und quälte sich von dem Sofa hoch. Ich sah ihm nach, wie er in Richtung des DJs torkelte, und war froh, dass er auf mich gehört hatte. Seit mein Vater zu mir gesagt hatte, ich solle versuchen, möglichst *unauffällig* zu leben, hatte mich der Satz nicht mehr losgelassen. Ich wusste nicht genau, was er damit gemeint hatte, aber ein Polizeieinsatz mitten in der Nacht kam mir schon mal nicht unauffällig vor.

Im nächsten Moment wurde die Musik im Haus deutlich leiser

und ich atmete erleichtert aus, weil meine Ohren aufhörten zu klingeln.

»Was soll denn das?«, schrie irgendein Mädchen aus einer Ecke und von woanders brüllte ein Junge: »Langweilig!«

»Wir könnten Flaschendrehen spielen«, schlug Louis in dem Moment vor und sah mich auffordernd an.

»Coole Idee«, meinte Conny schnell.

»Wer will Flaschendrehen spielen?«, rief Louis daraufhin etwas lauter und stand auf. Ein paar Leute nickten zustimmend und kamen in unsere Richtung geschlendert. Ich beobachtete, wie einige wenige auch ihre Trinkbecher leerten und in Richtung Tür torkelten, weil ihnen die Musik nicht mehr laut genug war. Stumm beobachtete ich ihren Abgang und fragte mich dabei zum wiederholten Mal, ob Conny die Sache mit Adrian einfach nur erfunden hatte, um mich aus meinem Zimmer zu locken.

Und in dem Moment sah ich ihn. Er lehnte neben der Treppe an der Wand und ließ seinen unergründlichen Blick über die Partygesellschaft schweifen. Adrian war heute komplett in Schwarz gekleidet und ich dachte schon wieder, dass er irgendwie älter wirkte als der Rest von uns.

Älter und unglaublich sexy.

In dem Moment trafen sich unsere Augen und ich versuchte, seinem durchdringenden Blick standzuhalten. Was sich als ziemlich unmöglich erwies. Es war, als wären wir eine Verbindung eingegangen, und ich fühlte mich, als würde ich an einem Dutzend Fäden hängen, die er allesamt in der Hand hielt. Und die mich unbarmherzig näher zu ihm zogen.

»Wer hat Lust auf Flaschendrehen?«, rief Louis erneut.

Adrians attraktives Gesicht zeigte keine Regung, aber mein Kopfkino lief auf Hochtouren. Ich sah, wie ich die Flasche drehte, sah, wie ihr Hals schließlich auf Adrian zeigte und er mit wenigen Schritten den Raum durchquerte, um mich vor den Augen aller zu küssen.

»Ich spiele mit«, sagte Conny in dem Moment und stupste mich leicht in die Seite. Verwirrt blickte ich sie an.

»Du spielst doch auch mit, oder?«, flüsterte sie dann mit einem fast schon flehenden Blick.

»Ja, okay«, sagte ich schnell und hoffte, dass man mir meine hormongebeutelte Adrian-Fantasie nicht angesehen hatte. Louis lächelte zufrieden. Dann meldeten sich noch ein paar Leute, die blaue Kappe inklusive, und als schließlich ein paar Jungs noch schnell eine Flasche für das Spiel leerten, versuchte ich, cool auszusehen und nicht in Adrians Richtung zu starren.

Vor allem aber versuchte ich, nicht enttäuscht auszusehen, denn Adrian stand noch immer am Fuße der Treppe und machte keine Anstalten, näher zu kommen.

»Okay, die Regeln sind denkbar einfach«, sagte Louis und ließ die leere Flasche in seiner Hand kreisen. »Am Anfang jeder Runde wird eine Aufgabe definiert. Dann dreht einer die Flasche auf dem Boden und muss die Aufgabe mit demjenigen erfüllen, auf den der Flaschenhals zeigt. So weit klar?«

Zustimmendes Gemurmel ertönte und Louis stand vom Sofa auf und legte die leere Flasche auf den Boden. Nach und nach bildeten alle Mitspieler einen Kreis darum. Finn war mit Vicki verschwunden und ich ließ meinen Blick durch den Raum schweifen. Die

Party lief jetzt wesentlich ruhiger ab, die Leute standen in Grüppchen zusammen und unterhielten sich und ein paar sahen auch neugierig zu uns rüber. Adrian hatte sich nicht den Mitspielern angeschlossen, dafür zwinkerte mir Louis zu, als ich mich neben Conny auf den Parkettboden setzte.

»Erste Runde«, verkündete Louis, der mir gegenübersaß. »Wir starten mit etwas Leichtem. Die erste Aufgabe lautet, deiner Zielperson eine Liebeserklärung zu machen. Wer möchte beginnen?«

Ein blondes Mädchen aus der Parallelklasse meldete sich und drehte mit Schwung die leere Flasche auf dem Boden. Als sie schließlich zum Stehen kam, zeigte der Flaschenhals auf Conny.

Louis grinste. »Und bitte eine schöne Liebeserklärung.«

Das blonde Mädchen errötete und sah Conny an. »Ich mag deinen grünen Nagellack, sehr sogar«, sagte es dann schnell und ein paar Leute lachten, weil das höchstens eine Liebeserklärung an den Nagellack war.

»Gibt's bei Douglas«, antwortete Conny und drehte ihrerseits an der Flasche.

»Nächste Aufgabe: Tanz mit deiner Zielperson zu einem langsamen Song«, sagte Louis und ich beobachtete die sich drehende Flasche. Mir war klar, dass Conny sich wünschte, Louis würde ihre Zielperson werden, und als der Flaschenhals stattdessen schließlich auf Kilian zeigte, der sie bei jeder Gelegenheit nur runtermachte, tat sie mir wirklich leid.

Kilian lümmelte auf dem Boden und hatte schon so viel getrunken, dass er einen Moment brauchte, um mitzukriegen, dass er mit Conny tanzen sollte. Man konnte ihm richtig dabei zusehen, wie er es schließlich checkte – und ihm dabei das Gesicht entgleiste. Finns

DJ wechselte die Musik und obwohl Conny auch alles andere als begeistert wirkte, stand sie tapfer auf und ging zu ihm.

»Ne. Ne, ne, ne!«, rief Kilian und rutschte ein Stück zurück. »Mit der fetten Kuh tanz ich garantiert nicht. Ich bin zwar besoffen, aber so besoffen nun auch wieder nicht.«

Ein paar Jungs lachten und Conny erstarrte mitten in der Bewegung. Gleichzeitig ertönten die ersten Takte von *Unchained Melody* und sie senkte den Kopf, während ihr das Blut in die Wangen schoss.

»Okay, wenn du nicht mal mit einem Mädchen tanzen willst, bist du raus, das ist echt traurig«, sagte Louis zu Kilian. Ich sah, wie dieser widersprechen wollte, sich dann aber schwerfällig aufrappelte und maulte, dass ihm das noch immer lieber sei, als den »fetten Freak« anzufassen.

Conny stand stumm daneben und ich saß einfach nur da und wusste nicht, was ich machen sollte. Es war ein grauenhafter Moment und ich wünschte, ich hätte ihr einfach die Erinnerung daran nehmen können – genauso wie allen anderen im Zimmer.

»Okay … dann dreh einfach noch mal die Flasche«, sagte Louis zögerlich zu Conny und sie schüttelte den Kopf.

»Nein … danke, ich hab genug«, murmelte sie.

In dem Moment schälte sich Adrian aus dem Schatten.

»Würdest du mit mir tanzen?«, fragte er mit tiefer, samtiger Stimme.

Augenblicklich verstummten die Gespräche und es wurde geradezu unheimlich still im Raum. Conny starrte Adrian sprachlos an. Und damit war sie nicht die Einzige. Jedes einzelne Mädchen im Raum glotzte Adrian an, manchen stand sogar der Mund offen.

Selbst Louis starrte auf ihn, doch dann klingelte sein Handy und er ging rasch nach draußen.

»Ich ... äh«, stammelte Conny und wusste anscheinend nicht, wie sie reagieren sollte.

»Ich verspreche dir auch, nicht auf deine Füße zu treten«, fügte Adrian hinzu und stellte sich knapp vor sie hin.

»Okay«, murmelte Conny und abgesehen von der Musik war es mucksmäuschenstill, als er seine Hände auf ihre Hüften legte und sie ihre Arme unbeholfen um seinen Hals schlang. Adrian zwinkerte ihr einmal kurz zu und ich spürte einen Anflug von Eifersucht, weil er mir noch nie zugezwinkert hatte. Sofort bekam ich ein schlechtes Gewissen. Conny war meine Freundin und ich gönnte ihr diesen Moment von ganzem Herzen. Es war nur so, dass ich mir ebenfalls nichts Schöneres vorstellen konnte, als Adrians starke Hände auf meinen Hüften zu fühlen.

Die beiden begannen nun, im Takt der Musik zu tanzen. Nach wie vor wurden sie vom ganzen Raum angestarrt und der Bann wurde erst gebrochen, als ein paar weitere Pärchen sich zu Adrian und Conny gesellten. Ich sah zu, wie sich unser Wohnzimmer mit Tanzpaaren füllte, und stand auf. Nach Kilians idiotischem Verhalten hatte anscheinend keiner mehr so richtig Lust auf das Spiel und ich war auch froh, ohne peinliche Momente da rausgekommen zu sein.

Als das Lied schließlich endete, flüsterte Adrian Conny noch etwas ins Ohr, das sie zum Lachen brachte. Dann lösten sie sich voneinander und sie verschwand in Richtung Toilette, während er sich kurz umblickte und dann in meine Richtung schlenderte.

Mein Herz spielte total verrückt, als er näher kam.

Er stellte sich neben mich und ich atmete automatisch tiefer ein, weil er so gut roch.

»Das war echt nett von dir«, sagte ich schließlich so leise, dass nur er es hören konnte.

Er sah mich von der Seite an. »Ich kann auch nett sein.«

»Offensichtlich.«

Er lehnte sich mit dem Rücken gegen die Wand und maß mich von oben bis unten. »Du siehst überrascht aus.«

»Bin ich auch. Immerhin hast du einen Schritt zurück gemacht, als mich Kilian in der Cafeteria in deine Richtung geschubst hat«, antwortete ich.

Er atmete tief durch und nickte. »Glaubst du mir, dass ich meine Gründe hatte?« Seine Stimme klang beiläufig, aber ich hatte das Gefühl, ihm lag etwas an meiner Antwort.

»Hat nicht jeder Mensch immer seine Gründe?«

»Was willst du damit sagen?«

Ich zuckte mit den Schultern. »Ich hab nie daran gezweifelt, dass du deine Gründe hattest. Ich bin mir nur nicht sicher, ob ich sie gut finden würde.«

Adrian schwieg einen Moment, bevor er nickte. »Ich auch nicht«, gab er zu.

Die Musik wechselte zu *»Photograph«* von Ed Sheeran und ich dachte über seine Antwort einen Moment lang nach. Obwohl Adrian sehr wenig von sich preisgab, hatte ich doch das Gefühl, dass er gleichzeitig versuchte, mir gegenüber aufrichtig zu sein. Ich musterte ihn gerade verstohlen aus dem Augenwinkel, als ich von einem betrunkenen Typen angerempelt wurde, der mich gegen Adrians Brust drückte. Ich keuchte erschrocken auf und spürte seine Hände auf meinen Oberarmen, die mich stabilisierten. Atemlos blickte ich zu ihm auf. Wir standen so nah voreinander, dass ich seine Körperwärme spüren konnte, und das fühlte sich so gut an, dass ich mich noch ein bisschen weiter gegen ihn lehnte. Meine Finger lagen auf seiner harten Brust und ich spürte, dass auch sein Herz schneller schlug, genau wie meines. Seine Hände strichen langsam über meine Arme nach unten und landeten schließlich auf meinen Hüften, wo sie mit sanftem Druck liegen blieben.

Das war erotischer als alles, was ich mit einem Jungen bisher erlebt hatte, und mir stockte der Atem. Ich sah zu ihm hoch und hatte das Gefühl, als würde ich in Flammen stehen.

»Willst du tanzen?«, fragte Adrian und seine Stimme klang tief und rau und unfassbar sexy.

Ich hatte Angst vor dem Klang meiner eigenen Stimme, also nickte ich einfach nur und schlang vorsichtig meine Arme um seinen Hals, während er sich langsam mit mir zu bewegen begann.

Mit ihm zu tanzen fühlte sich unglaublich gut an, als ob unsere Körper füreinander gemacht waren. Ich wünschte mir, dass der Song nie zu Ende ging. Stattdessen war er viel zu schnell vorbei.

Als die letzten Takte verklungen waren, standen wir noch für einen Moment ganz nah voreinander. Doch dann löste er sich von mir.

Ein leises Gefühl der Enttäuschung ging damit einher, aber ich versuchte, mich nicht hineinfallen zu lassen. In dem Moment spürte ich eine Berührung auf der Schulter und drehte mich um. Hinter mir stand Conny, die außergewöhnlich blass um die Nase war.

»Hey«, sagte ich und griff nach ihrer Hand. »Was ist los?«

»Mir geht's nicht so gut«, murmelte sie. Und dann drehte sie sich plötzlich um und floh hinaus in den Garten.

KAPITEL 15

Ich lief ihr nach und sah gerade noch, wie sie zum Zaun der Biederbeck rannte, sich darüber beugte und sich heftig in die perfekt gestutzten Hecken unserer Nachbarin erbrach.

»Ach, Conny«, murmelte ich unglücklich und beeilte mich, ihr die Tasche abzunehmen, als der nächste Schwung kam. Zum Glück trug sie heute eine Hochsteckfrisur und wie es aussah, bekamen auch ihre schwarze Jeans und ihr rostbraunes Hängeshirt nichts ab.

»Oh Gott, ich hätte nicht so viel trinken sollen«, keuchte Conny und taumelte einen Schritt zurück.

Ich nickte zustimmend und kramte in meiner Jeans nach einem Taschentuch, das ich ihr reichte. »Besser?«, fragte ich.

Sie setzte sich erschöpft ins Gras und lehnte den Hinterkopf gegen den Zaun unserer Nachbarin. »Ich weiß noch nicht«, murmelte sie dann schwach.

»Was hast du denn alles getrunken?«

Sie schüttelte den Kopf. »Ich will nicht … darüber reden.«

Ich nickte verständnisvoll und drehte mich ein Stück zur Seite, um nicht ständig auf die kleinen Karottenstückchen in der Hecke unserer Nachbarin sehen zu müssen.

»Willst du deine Eltern anrufen, damit sie dich abholen?«, fragte ich und ging neben ihr in die Hocke.

Conny reagierte nicht sofort und ich kniff die Augen zusammen. »Oder sind die nicht besonders cool, was Alkohol auf Partys angeht?«

»Doch, meine Eltern sind cool«, antwortete sie mit einem schwachen Lächeln. »Manchmal befürchte ich sogar, sie sind cooler als ich. Wobei ich die meiste Zeit denke, dass alle Leute cooler sind als ich.«

Ich schüttelte den Kopf. »Das stimmt nicht. Glaub mir, Conny: Jemand, der sich traut, jeden Tag in so verrückten Klamotten in der Schule aufzukreuzen, ist definitiv cooler als der ganze Rest.«

»Das mache ich ja nur für meinen Instagram-Account«, erwiderte Conny und schluckte schwer.

»Wichtig ist, *dass* du es machst«, antwortete ich. »Nicht, wieso du es machst. Und jetzt rufen wir deine Eltern an. Wo ist denn dein Handy?«

Conny deutete stumm auf ihre Tasche und ich öffnete sie. Nach kurzem Rumwühlen schüttelte ich den Kopf.

»Es ist nicht da. Weißt du, wo du es zuletzt hattest?«

»Nein«, krächzte Conny und legte sich eine Hand auf den Bauch. »Ich habe keine Ahnung.«

»Denk nach«, versuchte ich es noch einmal, aber sie beugte sich nur zur Seite und würgte noch ein wenig Schleim heraus.

»Ich weiß es nicht mehr«, stieß sie dann hervor.

»Okay, okay – wir werden es schon finden.« Ich warf einen prüfenden Blick zum Haus. Drinnen wurde gefeiert und keiner kümmerte sich darum, was hier draußen geschah. Und obwohl mein Vater gesagt hatte, dass ich meine Fähigkeit am besten gar nicht mehr nutzen sollte, hatte ich das Gefühl, es tun zu müssen. Das war ich Conny irgendwie schuldig.

Ich warf noch einen letzten prüfenden Blick zur Tür, dann streckte ich den Arm aus und berührte mit meinem Finger vorsichtig ihr linkes Handgelenk.

Der Ruck riss mich auf die silberne Grasebene und ich legte den Kopf in den Nacken, als ich auf dem Feld stand. Ein schwarzer Himmel spannte sich darüber, der nur vereinzelt von violetten Wolken und einem orangefarbenen Schimmer am Horizont erhellt wurde.

Wie ich es inzwischen schon gewohnt war, sah ich einzelne Gräser golden aufleuchten und ging zwischen den hüfthohen Halmen hindurch. Ich vermutete, dass die leuchtenden Gräser Erinnerungen waren, die irgendwie miteinander zu tun hatten – aber ich wollte nicht einfach blindlings in eine von ihnen stürzen. Da es das letzte Mal bei meinem Vater auch funktioniert hatte, konzentrierte ich mich stattdessen und rief dann laut: »Zeig mir die Erinnerungen zu deinem Handy!«

Ein sanfter Wind strich über das Feld und dann leuchteten ein paar andere Gräser goldfarben auf. Ich wählte jenen Halm, der am stärksten strahlte, und tippte ihn mit den Fingerspitzen an.

Sofort war ich in Connys Erinnerung. Ich stand mit ihr auf unserem Gästeklo im Erdgeschoss und sah dabei zu, wie sie sich kaltes Wasser ins Gesicht spritzte. Ihr Handy hatte sie auf einem Wandregal abgelegt und dort anscheinend vergessen.

Zufrieden über meinen schnellen Erfolg wollte ich die Erinnerung schon wieder verlassen, als mir Connys traurige Miene auffiel. Irgendetwas stimmte nicht mit ihr. Behutsam trat ich näher und sah sie mir genau an. Dabei fiel mir auf, dass die Conny hier ziemlich ausgeprägte Hamsterbacken hatte, was nicht der Wirklichkeit entsprach. Außerdem saß ihre Hose unglaublich eng. Sie platzte beinahe aus allen Nähten. Ich runzelte die Stirn.

»Conny?«, fragte ich leise. Sie stockte ganz kurz und diese Reaktion war für mich der Beweis, dass sie mich auf irgendeine Weise wahrnahm.

»Conny, du siehst wirklich toll aus«, fuhr ich fort. »Das Outfit, das du dir heute ausgesucht hast, steht dir super. Nimm dir die Worte von dem Idioten nicht so zu Herzen. Du bist überhaupt nicht dick, maximal ein wenig mollig. Und das nächste Mal, wenn dir irgendeiner blöd kommt, dann denk einfach daran, dass jeder im Leben das bekommt, was er verdient. Und du hast einen ersten Tanz mit Adrian bekommen.«

Ich versuchte noch ein paar positive Gefühle in meine Botschaft zu legen und machte dann innerlich einen Schritt zurück. In dem Moment, als ich fertig war, wurde ich wieder in die Realität gezogen.

»Wie geht es ihr?«, fragte Adrian und ich zuckte zusammen, als ich ihn am Hauseingang lehnen sah. Seine Arme waren vor der Brust verschränkt und ich bemerkte, wie er mit der Hand kurz über seinen Unterarm strich.

»Ich glaube, das Schlimmste ist vorbei«, antwortete ich und stand auf. Dabei versuchte ich zu verbergen, wie sehr mich seine plötzliche Anwesenheit aus dem Konzept gebracht hatte. »Ich hole nur schnell ihr Handy, das hat sie auf der Toilette vergessen.«

Adrian nickte und ich lief ins Haus. Das Telefon war genau dort, wo ich es in der Erinnerung gesehen hatte, und ich rief ihre Eltern an, damit sie Conny abholten.

Zehn Minuten später waren sie da und nachdem Conny mit einer kleinen Kotztüte von ihrem Vater ins Auto verfrachtet worden war, stand ich mit Adrian noch einen Moment auf der Straße vor unserem Haus.

Der Wind hatte aufgefrischt und ich zitterte, da ich vorhin ohne Jacke hinausgelaufen war.

»Dir ist kalt«, stellte Adrian fest, als die Bremslichter des Autos aufleuchteten. Ohne ein weiteres Wort zog er seine schwarze Lederjacke aus und legte sie mir um die Schultern.

Ich öffnete den Mund, um zu protestieren, aber er schüttelte nur streng den Kopf. »Sobald du reingehst, kannst du sie mir zurückgeben. Vorher nicht.«

»Okay«, murmelte ich und zog das Leder etwas enger vor der Brust zusammen. Ich wusste, dass es vernünftig gewesen wäre hineinzugehen, aber ich wollte noch nicht.

Hier zu stehen, die Wärme seiner Jacke auf der Haut zu fühlen und seinen Wahnsinnsgeruch einzuatmen, war im Moment alles, was ich wollte.

»Du hilfst gern anderen Menschen«, sagte Adrian in meine Gedanken hinein.

Ich sah ihn von der Seite an. »Du wirkst so überrascht.«

Er erwiderte meinen Blick für einen Moment und nickte dann. »Vielleicht bin ich das auch.«

Ich blickte zu ihm hoch. »Und wieso?«

Er fuhr sich mit der Hand durch die kurzen schwarzen Haare. »Keine Ahnung. Ich hatte dich wohl anders eingeschätzt.« Er machte eine kurze Pause. »Du warst ja schließlich auch überrascht davon, dass ich zu Conny nett gewesen bin.«

»Das stimmt«, murmelte ich und merkte, wie mein Blick immer wieder zu seinen Lippen huschte. Ich wusste fast gar nichts über ihn, dennoch wünschte ich mir, dass er mich jetzt einfach küsste. Alles an ihm zog mich an: sein Geruch, seine markanten Gesichtszüge und seine geheimnisvolle Art.

Mein Blick saugte sich an seinen Lippen fest. Unbewusst bewegte ich mich eine Winzigkeit auf ihn zu und hatte das Gefühl, dass auch er seinen Kopf zu mir nach unten beugte. Seine dunkelgrünen Augen bohrten sich in meine und ich merkte, wie alles in mir zu kribbeln begann und sich ihm entgegendrängte. Ich streckte die Hand nach seinem Gesicht aus, als er abrupt einen Schritt zurücktrat und den Blick senkte.

»Gute Nacht, Jo«, presste er dann hervor und die Abfuhr fühlte sich an wie ein Schlag ins Gesicht.

Ich holte tief Luft und versuchte, souverän zu bleiben.

»Gute Nacht, Adrian«, antwortete ich beherrscht und dann drehte ich mich um und ging mit schnellen Schritten zurück ins Haus.

Die Hitze und der Dunst im Inneren trafen mich wie ein Schlag. Ich drängte mich an den Partygästen vorbei zur Treppe und lief hinauf in mein Zimmer. Ein Pärchen knutschte auf meinem Bett und obwohl ich normalerweise nicht so war – und die beiden auch noch vollständig angezogen waren –, warf ich sie hochkant hinaus.

Ich wollte allein sein.

Adrian sendete dermaßen viele unterschiedliche Signale aus, dass ich mich überhaupt nicht mehr auskannte, und dieses Auf und Ab der Gefühle zehrte an mir. Wenn ich an seine Berührungen dachte, erwachte alles in mir zum Leben – aber aus irgendeinem Grund schien Adrian nicht das Gleiche zu empfinden. Das war zwar verletzend, aber ich musste es akzeptieren.

Frustriert trat ich zum Fenster und blickte hinaus. Die Straße lag verlassen da, doch in der Spiegelung meiner Schreibtischlampe auf dem Glas sah ich mich selbst stehen und dabei fiel mir auf, dass ich noch immer Adrians Lederjacke trug.

Hastig drehte ich mich um und rannte wieder hinunter. Dabei dachte ich unentwegt daran, wie peinlich es sein würde, ihm seine Jacke in der Schule vor der ganzen Klasse zurückzugeben, und der Gedanke ließ meine Beine über die Treppe fliegen. Draußen auf der Straße blickte ich mich hektisch um und entdeckte Adrian dann zu meiner grenzenlosen Erleichterung ein paar Häuser weiter, unter einer Straßenlaterne stehend. Ich sah außerdem, dass er nicht allein war, und während ich immer näher kam, erkannte ich in dem zweiten Typen Louis. Wie es aussah, waren die beiden schon wieder in ein hitziges Wortgefecht vertieft, und diesmal wollte ich herausfinden, was sie für ein Problem miteinander hatten.

»Lass die Finger von ihr«, knurrte Louis, als ich nahe genug herangekommen war, um mitzuhören. Ich runzelte die Stirn und hoffte, dass damit nicht ich gemeint war. Ich befand mich jetzt nur noch wenige Meter von ihnen entfernt und Adrian wandte mir den Rücken zu. Louis' Gesicht konnte ich erkennen, da er in meine Richtung blickte, und ich sah jede Menge Zorn auf seinen Zügen.

»Weißt du eigentlich, wie scheiße das von dir ist, sich nur wegen einer Wette an Jo ranzumachen?«, fuhr er Adrian in diesem Moment an und ich zuckte zusammen, als ich die Worte hörte.

Redete er wirklich von mir? Und was für eine Wette meinte er?

Noch bevor ich länger darüber nachdenken konnte, stöhnte Louis auf und taumelte einen Schritt zurück. Aus seiner Nase floss Blut. Adrian musste so schnell zugeschlagen haben, dass ich den Schlag nicht einmal gesehen hatte.

»War ja klar«, fauchte Louis und wischte sich mit dem Handrücken über seine Nase. »Wenn dir die Argumente fehlen, reagierst du eben mit Gewalt. Aber ich habe kein Problem damit. Wenn du es auf die harte Tour haben willst, nur zu.« Und mit diesen Worten stürzte er sich auf Adrian und versuchte, ihm seine Faust in den Magen zu rammen. Adrian wehrte den Angriff mit einer schnellen Seitwärtsdrehung ab und brachte Louis damit aus dem Gleichgewicht, doch dieser fing sich sofort wieder und attackierte ihn erneut. Diesmal hatte er mehr Erfolg damit und ich stolperte ein paar Schritte zurück, als sie begannen, vor meinen Augen aufeinander einzuprügeln.

Ich wollte das nicht sehen.

Die Jacke ließ ich an, drehte mich um und rannte zurück nach Hause. Dabei hörte ich immer wieder denselben Satz in meinem Kopf: *Weißt du eigentlich, wie scheiße es ist, sich nur wegen einer Wette an Jo ranzumachen?*

Keuchend floh ich erneut in mein Zimmer und schloss mich darin ein. Draußen war die Party noch immer in vollem Gange, die Leute tranken, tanzten und unterhielten sich.

Doch hier, in meiner kleinen Welt, lag gerade alles in Scherben.

Wieder hörte ich Louis' vorwurfsvollen Ton und sah den Zorn in seinem Blick. Unruhig begann ich, im Zimmer auf und ab zu laufen.

Hatten er und Adrian deshalb im Kino miteinander gestritten? Weil Adrian irgendeine schräge Wette angenommen hatte, um mich rumzukriegen?

Aber wieso hätte er das tun sollen?

Und wieso hatte er mich dann heute nicht geküsst, als sich die Gelegenheit dazu ergeben hatte? Ich rieb mir über die Stirn und drehte die Situation in alle möglichen Richtungen, aber sie ergab einfach keinen Sinn für mich.

Ein harsches Klopfen riss mich aus meinen Gedanken und ich erstarrte mitten in der Bewegung.

»Wer ist da?«, fragte ich scharf.

»Ich bin es«, drang Adrians tiefe Stimme gedämpft durch das Holz. »Mach auf.«

Automatisch machte ich einen Schritt in seine Richtung und schüttelte dann den Kopf. »Was willst du?«

»Ich muss mit dir reden.«

Ich biss mir auf die Lippe, ging dann zur Tür und öffnete sie einen Spalt.

Adrian hatte die Hände auf beiden Seiten des Türrahmens abgestützt und atmete schwer, als sei er gerannt. Aus einer Platzwunde über seiner linken Augenbraue sickerte ein wenig Blut. Sein Anblick führte dazu, dass sich etwas in meinem Inneren zusammenzog, aber ich versuchte, mir nichts anmerken zu lassen.

Wortlos zog ich eine Augenbraue hoch und wartete.

»Louis lügt«, presste Adrian hervor und starrte mich aus seinen grünen Augen an. »Du darfst den Scheiß nicht glauben.«

»Du meinst die Wette?«

»Es gibt keine Wette. Es gab auch nie eine.«

»Wieso hast du ihn dann geschlagen? Und weshalb habt ihr im Kino miteinander gestritten?«

Adrian presste die Lippen aufeinander und senkte den Kopf.

»Woher kennt ihr euch eigentlich?«, fragte ich mit erhobener Stimme weiter. »Er ist ein halbes Jahr nach dir an die Schule gekommen, aber ihr kennt euch eindeutig von früher.«

Adrians Gesicht verschloss sich und ich funkelte ihn durch den Türspalt an. »Wieso antwortest du nicht?«

Adrian machte einen Schritt zurück. »Er lügt. Das ist alles, was du wissen musst.«

»Das ist alles, was ich wissen muss?!«, wiederholte ich laut und machte die Tür ein Stück weiter auf. »Und dafür bist du den ganzen Weg zurückgekommen, um mir das zu sagen? Woher soll ich wissen, dass nicht du es bist, der lügt?«

Für einen Moment starrte er mich an und ein seltsamer Ausdruck huschte über sein Gesicht, so, als würde er für einen Moment überlegen, mir die Wahrheit zu sagen. Dann kniff er die Augen zusammen. »Weißt du, was? Eigentlich bin ich nur wegen meiner Jacke zurückgekommen.« Mit eisiger Miene streckte er den Arm aus.

Ich fühlte mein Herz gegen meinen Brustkorb hämmern. Einen Moment lang starrten wir einander an, dann riss ich mir zornig seine Lederjacke herunter und warf sie ihm zu. Er fing sie mit einer geschickten Bewegung auf und ich wartete nicht darauf, dass er sich umdrehte, sondern knallte ihm die Tür direkt vor der Nase zu.

Danach rollte ich mich in meinem Bett zusammen und zog mir die Decke über den Kopf. Was auch immer der Grund für Adrians seltsames Verhalten sein mochte, ich schwor mir, mich nicht davon verletzen zu lassen. Nicht von jemandem, der meine Fragen genauso wenig beantwortete, wie mein Vater es jahrelang getan hatte. Ich war es leid, keine Ahnung zu haben, was um mich herum geschah, ich war es leid, angelogen zu werden. Und während die Gedanken noch immer wild durch meinen Kopf fegten, während Adrians Gesicht immer wieder vor mir auftauchte, schwor ich mir, mich nie wieder anlügen zu lassen.

KAPITEL 16

Ich war auf der Kirmes, mit meinem Vater. Die Leute um uns herum vergnügten sich an den Ständen, aßen Zuckerwatte und Pommes frites und setzten ihre Kinder auf die bunt geschmückten Pferde des Karussells oder in das Riesenrad, das mir damals unendlich groß vorgekommen war.

Ich trug einen roten Mantel und rote Schuhe, Rot war mit sieben meine Lieblingsfarbe gewesen. Plötzlich war mein Vater weg und die Wolken ballten sich am Himmel.

Ich legte den Kopf weit in den Nacken und sah nach oben. Nur vereinzelt fielen bleiche Sonnenstrahlen durch die dicke Wolkendecke.

Und dann war da diese Frau.

Sie sah aus wie eine Wahrsagerin, mit ihren langen schwarzen Locken und den schwarz geschminkten Augen.

»Hallo, Jo«, sagte die Frau und lächelte mich an.

Keuchend fuhr ich in die Höhe. Mein Herz klopfte wie wild in meiner Brust und ich brauchte einen Moment, um mich zu orientieren.

Es war nur ein Traum gewesen. Ich war keine sieben Jahre mehr alt, ich war beinahe siebzehn und lebte jetzt in Hamburg. Dennoch erinnerte ich mich an diesen Kirmesbesuch mit den vielen Menschen, bei dem mich mein Vater für ein paar Minuten aus den Augen verloren hatte. Es war schrecklich gewesen, ich hatte gedacht, ich würde ihn niemals wiedersehen. Seltsam, dass ich jetzt wieder davon träumte. An die Frau mit den schwarzen Locken konnte ich mich jedoch nicht erinnern, warum tauchte sie, warum tauchte dieser Traum gerade jetzt auf? Und hatte er etwas mit den Albträumen zu tun, die ich in den letzten Wochen immer wieder gehabt hatte?

Kopfschüttelnd quälte ich mich aus dem Bett und ging ins Bad, um mir die Zähne zu putzen. Dabei schlug mir ein übler Geruch entgegen und ich rümpfte die Nase. Obwohl Lea beim Wellness-Weekend war und es nicht gewesen sein konnte, stank das ganze Bad schon wieder nach Erbrochenem. Rasch öffnete ich das Fenster und versprühte ungefähr eine halbe Dose Raumspray. Ich hatte keine Ahnung, ob es einer der Partygäste oder Finn selbst gewesen war, aber im Endeffekt machte es ja auch keinen Unterschied.

Dann schnappte ich mir mein Zahnputzzeug, zog mich an und ging hinunter.

Das Haus war ein Schlachtfeld. Die Spuren der Party waren überall, sie waren wie die eines Kampfes: zertrampelte Chips, am Boden liegende Erdnüsse, nasse Papierservietten, eine Armee halbleerer Pappbecher, metallene Bierdeckel und überall Dreck, Dreck, Dreck.

Ich stand in der Küche und wusste nicht, ob ich den Wahnsinn aufräumen oder ignorieren sollte, als ich das Geräusch der sich öffnenden Eingangstür hörte und zwei Sekunden später mein Vater und Lea das Haus betraten.

Lea sah nicht gut aus. Sie war sogar ziemlich grün um die Nase und ich konnte mir vorstellen, dass sie deshalb ihren Wellnessaufenthalt verkürzt hatten.

Als die beiden nun durch den ganzen Dreck des Wohnzimmers in Richtung Küche wateten, hatte ich leichte Sorge, ob Lea sich vor lauter Entsetzen in die Essensreste übergeben würde, doch ihre Gesichtsfarbe wurde sogar ein bisschen besser und dann stellte sie sich mitten in das Chaos und brüllte so laut Finns Namen, dass sogar die Chipskrümel auf dem Esstisch zitterten.

»WAS HAST DU DIR DABEI EIGENTLICH GEDACHT?«, brüllte Lea nun schon zum zweiten Mal und zeigte voller Wut auf die chaotische Umgebung. »Wir haben dir erlaubt, eine Party zu feiern, aber nicht, das Haus zu verwüsten!«

»Kannst du auch ein bisschen leiser brüllen?«, stöhnte Finn und hielt sich mit gequälter Miene einen kalten Lappen an die Stirn. »Schließlich war geplant, dass ihr erst morgen wiederkommt. Bis dahin hätten wir alles sauber gemacht.«

»Wir?«, hakte ich nach, weil das eigentlich seine Freunde gewesen waren. Aber in Wahrheit war es mir egal. Viel mehr beschäftigte mich die Sache mit der Wette. Allerdings hatte ich mir fest vorgenommen, keine weitere Sekunde meiner Lebenszeit daran zu verschwenden.

»Aber du kannst doch nicht einfach so viel Alkohol besorgen und hier einen auf dicke Hose machen!«, schrie Lea hysterisch. »Was, wenn jemandem von euch etwas passiert wäre? Was, wenn das Haus zu brennen begonnen hätte? Was, wenn …«

»Schon gut, ich hab's kapiert«, flüsterte Finn, während mein Vater Lea beruhigend die Hand auf die Schulter legte. »Es tut mir leid, Mama.«

Lea atmete tief durch und nickte. »Okay. Okay. Kann ja mal vorkommen. Ihr seid jung, ihr wollt Spaß haben. Ich kann das verstehen, ja, echt, ich versteh das.« Sie nickte ein zweites Mal und erhob sich beherrscht. »Ich werde mich jetzt ein wenig hinlegen. Und wenn ich in ein paar Stunden wieder runterkomme, möchte ich, dass hier aufgeräumt ist. Die Flaschen könnt ihr gleich zum Sammelplatz bringen. Und vergesst nicht zu lüften. Willst du noch was sagen, Jens?«

Mein Vater blickte sich in dem Chaos um und schüttelte den Kopf. »Ich denke, dazu ist alles gesagt. Am besten, ihr fangt gleich an.«

»Hätten die beiden nicht einen Tag später heimkommen können?«, stöhnte Finn und presste sich eine Hand auf den Magen, als er eine Packung Nachos in einen riesigen Müllsack beförderte.

»Tja, manchmal läuft es eben nicht so wie geplant«, gab ich ungerührt zurück und kippte die Reste des ungefähr hundertsten Pappbechers in die Spüle. »Wenigstens haben sie dir nicht dein iPad weggenommen.«

»Das wäre mir im jetzigen Zustand auch egal«, presste Finn hervor und ließ sich ächzend auf das Sofa fallen.

»Du hast es mit Vicki ja offenbar ziemlich krachen lassen.«

Er presste die Lippen aufeinander und schüttelte den Kopf. »Lass uns nicht über Vicki reden.«

»Wieso nicht?«

»Lass es einfach«, knurrte er und schloss die Augen.

»Hey! Ich helfe dir, das Chaos deiner Freunde zu beseitigen, weil ich nett bin. Das heißt aber nicht, dass ich die ganze Arbeit allein mache«, sagte ich und klatschte auffordernd in die Hände.

Finn presste sich stöhnend die Finger gegen die Schläfen. »Bitte, hör auf.«

»Ich soll mit dem Putzen aufhören? Aber gern«, meinte ich schulterzuckend und verschränkte die Arme vor der Brust.

»Nein ... mit dem Klatschen«, grunzte Finn und schloss für einen Moment die Augen. »Scheiße, ist mir schlecht.«

Ich dachte an meine Morgenübelkeit nach dem Joint und lächelte süß. »Vielleicht brauchst du ein Katerfrühstück. Wie wär's mit ein paar Spiegeleiern und dazu kross gebratenen Speck?«

Finn atmete mehrmals tief durch und schluckte. »Lass das, Jo.«

»Sag *Bitte*.«

Er griff nach seinem kalten Lappen und legte ihn sich wieder auf die Stirn. »Bitte«, presste er hervor und ich zog überrascht eine Augenbraue hoch. Anscheinend musste es ihm wirklich schlecht gehen, wenn er so leicht einknickte.

In dem Moment klingelte es an der Tür.

»Ich geh schon«, sagte ich in Richtung der Alkoholleiche von Stiefbruder und marschierte durch das halb aufgeräumte Wohnzimmer in die Diele. Dort öffnete ich mit Schwung die Tür und erstarrte.

»Hallo, Louis«, sagte ich dann und betrachtete ihn erschrocken. Er trug einen grünen Kapuzensweater und eine zerrissene hellblaue Jeans. Ein Veilchen prangte unter seinem linken Auge und seine Lippe war aufgeplatzt. Sofort musste ich wieder an die Erlebnisse des gestrigen Abends denken und versteifte mich. »Was machst du hier?«

Louis blickte zu Boden. »Ich muss mit dir reden.«

»Und worüber?«, fragte ich kühl und musterte ihn.

»Über …« Er atmete tief durch. »Verdammt, ich hatte mir das nicht so schwer vorgestellt.« Dann sah er mich direkt an. »Hör zu, Jo, es tut mir leid, was gestern Abend passiert ist. Ich wollte das nicht.«

»Was genau wolltest du nicht?«

Er fuhr sich durch seine dunkelblonden Locken. »Ich wollte nicht, dass du verletzt wirst. Ich hab echt Scheiße gebaut.«

Ich dachte an das, was Adrian gesagt hatte, und schüttelte ungeduldig den Kopf. »Ich hab keine Ahnung, wovon du eigentlich sprichst, Louis. Kannst du auch ein bisschen deutlicher werden?«

»Ich spreche von der Wette«, seufzte er. »Du hast uns doch gestern gesehen. Adrian und ich kennen uns von früher, unsere Väter waren Arbeitskollegen. Als wir uns das letzte Mal gesehen haben, haben wir darum gewettet, wer von uns schneller ein Mädchen rumkriegt.« Er schüttelte den Kopf. »Das hier in Hamburg zu wiederholen, war unglaublich dumm«, meinte er schließlich.

Ich starrte ihn ungläubig an und obwohl ich so etwas schon

geahnt hatte, war es nicht schön, es tatsächlich aus seinem Mund zu hören.

»Ihr habt um mich gewettet?«, wiederholte ich. »Wer mich zuerst ins Bett bekommt?!«

Louis schluckte. »Hör zu, Jo, es tut mir leid. Es war nur ein idiotischer Spaß, wir fanden es irgendwie witzig, uns zu batteln – aber es ist nicht witzig, ganz und gar nicht. Denn als ich dich besser kennengelernt habe, rückte die bescheuerte Wette auf einmal in den Hintergrund. Und als wir uns geküsst haben und du dich zurückgezogen hast, weil du vielleicht auch schon was geahnt hast, da habe ich endlich kapiert, dass ich mehr will.«

Ich machte einen halben Schritt zurück und er sah mich intensiv an. »Ich verstehe, wenn du jetzt deine Zeit brauchst. Und wenn du mal eine Woche oder einen Monat – oder vielleicht auch für immer – nichts von mir wissen willst. Aber ich wollte dir nur sagen ...« Er brach ab und atmete tief durch. »Ich wollte dir nur sagen, dass es mir verdammt leidtut. Und dass ich in meinem ganzen Leben nie wieder so eine bekackte Wette abschließen werde.«

Er blickte mich aufrichtig an und ich nickte langsam. Adrian hatte also tatsächlich gelogen. Obwohl ich es bereits vermutet hatte, tat es doch mehr weh, als ich erwartet hatte.

»Okay«, murmelte ich.

»Okay«, wiederholte Louis und sah unglaublich erleichtert aus.

»Ja. Aber ich brauch jetzt wirklich etwas Zeit für mich.«

»Klar, das versteh ich.« Er machte eine Pause. »Danke, Jo.«

Ich nickte und schloss die Tür. Dann atmete ich tief durch, band mir die Haare zu einem schlampigen Knoten hoch und ging wieder zurück ins Wohnzimmer.

»War das Louis?«, fragte Finn und schaute aus dem Fenster in unseren Vorgarten. »Was wollte er denn?«

»Nichts«, erwiderte ich rasch.

»Bullshit.«

Ich bückte mich und hob ein paar dreckige Papiertaschentücher auf. Es war eklig, aber ich sagte mir, dass es in Ordnung war, solange ich nur keine gebrauchten Kondome fand.

»Jetzt rück schon raus mit der Sprache«, verlangte Finn, dem es anscheinend schon wieder deutlich besser ging.

Ich schüttelte hartnäckig den Kopf. »Ich will nicht darüber reden, okay?«

»Wieso nicht?«

»Weil ich eben nicht darüber reden will.«

»Ist es ein Geheimnis?«

Ich zuckte zusammen und Finns Augen verengten sich. »Sag bloß, du hast wirklich ein Geheimnis. Bist du etwa mit Louis zusammen?«

Ich presste die Lippen aufeinander.

Finn ging in die Küche, um sich ein Aspirin zu nehmen. »Dir ist schon klar, dass du mich noch neugieriger machst, wenn du nichts sagst?«

Ich winkte ab. »Vergiss es, Finn.«

Er ließ sich Wasser in ein Glas ein und schluckte das Aspirin hinunter. Dann grinste er. »Ne, das vergess ich sicher nicht. Das klingt endlich mal so, als ob es etwas Spannendes wäre. Seid ihr etwa ein Paar oder läuft da was zwischen dir und Adrian?«

Ich riss ein Tuch von der Küchenrolle ab, feuchtete es an und wischte damit den Esszimmertisch ab. »Es läuft nichts mit den beiden.«

Finns Grinsen vertiefte sich. »Aber etwas zwischen ihnen?«

Ich blicke ungläubig zu ihm. »Keine Ahnung – und es interessiert mich auch nicht. Von Geheimnissen habe ich echt die Nase voll, Finn.«

»Aha. Das hört sich an, als hättest du selbst noch ein tieferes Geheimnis«, bemerkte er und sah mich interessiert an.

Ich sagte nichts.

»Treffer«, meinte er und in seinen Augen sah ich wachsende Neugier aufblitzen. »Also, was ist es? Mir kannst du es ja erzählen. Schließlich sind wir Schwester und Bruder.«

Ich wischte ein letztes Mal über den Tisch und reagierte nicht darauf.

»Ach, Jo, jetzt komm schon«, machte er weiter. »Hat es etwas damit zu tun, dass du glaubst, dass ich dich Psychofreak genannt habe?«

Ich stutzte. »Wie bitte?«

»Na, an dem Abend, als wir eingezogen sind, und als die Sache mit dem zerbrochenen Display war«, sagte Finn. »Da hast du mich gefragt, was ich denn von einem Psychofreak erwarte, der so irre ist, dass sein Vater immer mit ihm umziehen muss.«

Ich verstand noch immer nicht. »Und?«

Er sah mich ernst an. »Ich hab das nie zu dir gesagt.«

»Vielleicht nicht zu mir, aber gesagt hast du es doch, oder?«, fragte ich und dachte daran, dass ich diesen Satz in Finns Erinnerung aufgeschnappt hatte, als er mit seinen Kumpels auf dem Schulhof über mich gelästert hatte.

»Ja, habe ich, aber nicht zu dir«, meinte Finn.

»Und das hast du dir ganz sicher gemerkt?«, fragte ich und überlegte, wie ich unauffällig das Thema wechseln konnte.

»Es hat mir einfach keine Ruhe gelassen, woher du das wusstest«, sagte Finn.

»Muss mir wohl irgendwer erzählt haben«, log ich.

»Sicher?«, fragte Finn und verengte die Augen. »Oder hat es vielleicht doch etwas mit deinem Geheimnis zu tun?«

Ich schluckte und wusste nicht, ob Finn für so etwas ein besonderes Gespür hatte oder ob es jetzt einfach Zufall war, dass er das eine mit dem anderen verband. Rasch warf ich das Tuch in den Abfalleimer und sammelte die leeren Flaschen ein. »Selbst, wenn ich es dir erzählen würde, würdest du es mir nicht glauben. Also lass mich einfach in Ruhe, ja?«, murmelte ich.

»Ich würde es sowieso nicht glauben?« Jetzt lächelte er süffisant. »Worum geht's? Geheimdienst? CIA, NSA? Bist du vielleicht ein Bondgirl? Oder hast du einen Brief aus Hogwarts bekommen und bist in Wirklichkeit eine Hexe?«

Gegen meinen Willen musste ich schmunzeln.

»Echt jetzt? Eine Hexe?«, wiederholte Finn spöttisch.

»Keine Hexe. Und du kannst aufhören, zu raten. Ich sagte dir schon, du würdest mir ohnehin nicht glauben.«

»Versuch es doch mal.«

Ich schüttelte den Kopf und schnappte mir einen frischen Müllsack, in den ich das Zeug warf, das in der Küche rumlag.

»Das ist langweilig«, maulte Finn. »Du musst mir schon was geben, damit ich dir meine Aufgeschlossenheit beweisen kann.«

»Ich dachte, du hast so einen Kater.«

»Wird besser, wenn ich nicht ständig darüber nachdenke. Außerdem wirkt das Aspirin schon. Also?«

Ich schüttelte den Kopf. »Finn, ehrlich …«

»Hey, ich hab mit dir auch über meinen verdammten Erzeuger gesprochen«, fiel er mir ins Wort. »Ich kann den Typen echt nicht leiden, ich meine, ich hab rumerzählt, dass er tot ist, obwohl er irgendwo in Hannover sitzt und Berichte schreibt. Ich dachte, nach meiner Offenheit sind wir beide jetzt auf einer neuen Ebene.«

Unschlüssig sah ich ihn an.

»Und dein Vater hat mir aufgetragen, auf dich aufzupassen, weißt du noch? Ehrlich Jo, ich musste mich so beherrschen, dich nicht damit aufzuziehen. Aber hab ich's getan? Also?«

Ich schüttelte den Kopf. »Nein, hast du nicht.«

»Nein, hab ich nicht«, wiederholte er. »Eben. Und jetzt ist es an der Zeit, dass du mir auch mal ein bisschen Vertrauen entgegenbringst.«

Seine Worte führten dazu, dass ich ein panisches Kribbeln im Bauch verspürte und ein Teil von mir wäre jetzt am liebsten abgehauen. Doch ein anderer Teil hatte schon lange das Bedürfnis, mit jemandem über meine Gabe zu reden. Ich wollte nicht ständig das Gefühl haben, dass sie etwas war, das ich unbedingt verheimlichen musste. Obwohl ich bisher nie daran gedacht hatte, mich ausgerechnet Finn anzuvertrauen.

»Tu's einfach«, bestärkte mich Finn, der offenbar gerade in meinem Gesicht lesen konnte wie in einem offenen Buch.

Ich schüttelte den Kopf.

»Jetzt sei doch nicht so ein Feigling.«

»Ich bin kein Feigling«, fauchte ich und funkelte ihn an.

»Und ob du einer bist.«

Seine Arroganz machte mich unglaublich wütend und dann dachte ich, dass er mir wahrscheinlich ohnehin nicht glauben würde. »Also schön. Ich erzähl es dir. Aber du musst versprechen, es wirklich niemandem zu verraten.«

Finn verdrehte die Augen. »Ja, tu ich.«

»Ernsthaft.«

Er hob die rechte Hand. »Ich verspreche es.«

Ich schüttelte den Kopf. »Ich glaub dir kein Wort.«

Er seufzte. »Okay, ich schwöre es. Beim nicht existenten Grab meines noch lebendigen Erzeugers.«

Skeptisch sah ich ihn an. Sein Gesichtsausdruck wirkte aufrichtig und mich überkam der Gedanke, dass ich mich wirklich wie ein Feigling benahm. »Okay.« Ich atmete tief durch und das panische Kribbeln war wieder da. »Also, es ist so: Ich kann in fremde Erinnerungen sehen.« Ich sagte es ganz schnell, bevor mich der Mut verließ, und blickte ihn gespannt an.

Finn runzelte die Stirn und durchbohrte mich mit seinen stechend blauen Augen. »Du kannst ... in Erinnerungen sehen«, wiederholte er gedehnt.

Ich atmete langsam ein und langsam wieder aus. »Ich sagte doch, dass du mir nicht glauben würdest.«

Jetzt begann er zu grinsen. »Und du glaubst das *wirklich*?«

Ich erwiderte nichts darauf und räumte den Dreck nur mit etwas mehr Nachdruck weg.

Finn starrte mich einen Moment lang an und begann dann zu lachen. Dafür, dass er vor Kurzem noch so starke Kopfschmerzen gehabt hatte, war es ein ziemlich lautes Lachen, und ein ziemlich fieses obendrein.

Er lachte mich aus. Der Idiot lachte mich nach Strich und Faden aus! Was hatte ich mir nur dabei gedacht? Wieso hatte ich gerade

Finn von meiner Gabe erzählt? Ausgerechnet Finn, den ich schon von Beginn an nicht leiden konnte und der mir das Leben in den letzten Wochen so schwer gemacht hatte! Wie konnte ich nur so blöd sein?! In dem Moment dachte ich wieder an Louis und Adrian, dachte an die Wette, hörte Finns hämisches Gelächter – und da brannte eine Sicherung bei mir durch.

Ich hatte echt genug. Mit drei schnellen Schritten überwand ich den Abstand zwischen uns und berührte Finn am Handgelenk.

Einen Augenblick später ließ ich ihn wieder los. In seiner Wahrnehmung musste nur ein kurzer Moment vergangen sein.

»Du hast gestern mit Vicki rumgemacht«, erklärte ich ihm. »Sie wollte vögeln, du aber nicht. Sie trug einen türkisfarbenen String unter ihrem roten Kleid. Als sie sich den gerade ausziehen wollte, bist du ins Bad gerannt und hast in die Badewanne gekotzt. Danach hatte sie keinen Bock mehr und ist abgezischt.«

Finn starrte mich mit offenem Mund an. »Woher weißt du …?«

»Ist alles in deinem Kopf«, entgegnete ich schulterzuckend und räumte noch ein paar leere Pappbecher in den Müllsack.

»Aber wir waren ganz allein«, stammelte Finn. »Hast du uns beobachtet?«

Ich schloss für einen Moment die Augen und bereute, dass ich versucht hatte, ihn von der Wahrheit zu überzeugen. Ich wusste selbst nicht so recht, welcher Teufel mich da geritten hatte. Wahrscheinlich war es wirklich auf mein Gefühlschaos mit Adrian zurückzuführen.

»Okay, noch ein Beweis«, sagte Finn jetzt und wirkte schon wesentlich nüchterner als noch vor ein paar Minuten.

»Sag mir, an welche Erinnerung ich jetzt denke.«

Ich runzelte die Stirn. Eigentlich hatte ich die Idee gerade noch blöd gefunden, aber vielleicht war Finn sogar ein ganz gutes Trainingsobjekt. Ich streckte die Finger aus und berührte sanft sein Handgelenk.

Mit einem Ruck war ich wieder auf seiner Grasebene und sah einen Halm besonders intensiv golden aufleuchten. Rasch lief ich zu diesem Erinnerungshalm und berührte ihn mit der Hand.

»Du hast ans Schlittenfahren gedacht. Mit einem großen, bärtigen Mann. Ich glaube, dein Vater?«, fragte ich und ließ die Erinnerung Revue passieren. »Er hatte seine Handschuhe vergessen, deshalb seid ihr nur zweimal den Hang hinuntergerodelt und dann wieder nach Hause gefahren. Du hast geweint, ich schätze, du warst vier oder fünf Jahre alt.«

Finn starrte mich an und stolperte dann einen Schritt zurück. »Das kannst du nicht wissen.«

Ich seufzte entnervt. »Okay, weißt du was? Vergiss es einfach.«

Er schüttelte den Kopf und ich sah, wie es hinter seiner Stirn arbeitete. »Du hast das wirklich gesehen?«

Ich seufzte ein zweites Mal. »Welche Antwort willst du, Finn? Die wahre oder die bequeme?«

»Fuck«, murmelte er. »Fuck, ist das geil. Du … du kannst das echt?«

Ich nickte, nun doch ein kleines bisschen stolz.

Er fuhr sich durch seine kurzen hellblonden Haare. »Aber ich wollte gar nicht daran denken. Ich wollte an dieses eine Mal denken, als ich ein Urinherz in den Schnee gepinkelt habe. Wieso bist du stattdessen in der anderen Erinnerung gelandet?«

Ich zuckte mit den Schultern. »Ich weiß es nicht. Vielleicht war die Erinnerung mit deinem Vater einfach stärker. Ich kann es dir nicht sagen. Ich weiß noch so gut wie gar nichts über meine Gabe.«

»Zu geil«, sagte Finn und sah dabei aus, als ob er es noch immer nicht richtig glauben könnte. »Wer weiß es denn noch außer mir? Und was kannst du noch alles? Kannst du auch in die Zukunft sehen?«, löcherte er mich.

Ich ließ mich auf das Sofa fallen und fegte ein paar Erdnusslocken auf den Boden. »Ich kann nur in Erinnerungen sehen.«

»*Nur* ist gut«, sagte Finn. »Mann, kannst du alle Erinnerungen sehen, die ein Mensch hat? Und kannst du sie auch verändern?«

Ich zuckte mit den Schultern. »Ich weiß noch nicht, was ich alles kann. Aber ich scheine die Wahrnehmung eines Menschen beeinflussen zu können.«

»Ist das krass«, stöhnte Finn und strich sich über die Stirn. »Bei wie vielen Leuten warst du schon in der Erinnerung? Und wer weiß es noch außer mir?«, wollte er weiter wissen.

»Bei einer Handvoll Leute. Und mein Vater weiß es. Sonst niemand.«

»Moment ... kann er das etwa auch?« Finn setzte sich neben mich und ich hatte ihn noch nie so aufmerksam erlebt.

Ich schüttelte den Kopf. »Meine Mutter konnte es. Er nicht. Ich hab im Internet recherchiert. Es gibt noch andere wie mich, aber es sind nur wenige und sie verstecken sich. Offenbar werden sie verfolgt.«

»Fuck!«, rief Finn zum gefühlt zehnten Mal. »Also doch Bondgirl und der ganze Scheiß!«

»Vor allem der ganze Scheiß«, meinte ich trocken.

»Zu geil«, sagte Finn und schüttelte den Kopf. »Das ist einfach zu geil. Also, nicht das mit dem Verfolgtwerden. *Du* wirst doch nicht verfolgt, oder?«

Ich sah ihn an. Es tat erstaunlich gut, mit jemandem darüber zu reden, der keine emotionale Verbindung zu meiner Mutter hatte. Selbst, wenn es Finn war, denn Finns Begeisterung war echt. In dem Moment kam mir der Gedanke, dass ich mich von der Angst meines Vaters viel zu sehr hatte anstecken lassen.

»Ich weiß es, ehrlich gesagt, nicht«, antwortete ich. »Um es mit deinen Worten auszudrücken: Ich weiß echt einen Scheißdreck, Finn.«

KAPITEL 17

Zwei Nächte später hatte ich wieder diesen Traum.

Ich war auf der Kirmes, mit meinem Vater. Ich trug einen roten Mantel und rote Schuhe, um uns herum war viel los. Der Lärm der Stände drang an meine Ohren, eine Mischung aus dumpfem Stimmengewirr und Kirmesmusik. Überall leuchteten und blinkten irgendwelche Sachen und ich blickte in den Himmel. Die Wolken hatten sich an diesem Tag zu einer homogenen grauen Masse zusammengeballt, nur vereinzelt fielen Sonnenstrahlen durch die dicke Wolkendecke.

Und dann war mein Vater nicht mehr da, dafür aber diese Frau.

Sie sah aus wie eine Wahrsagerin mit ihren langen schwarzen Locken und den schwarz geschminkten Augen.

»Hallo, Jo«, sagte die Frau und lächelte mich an. »Entspann dich.« Dann legte sie ihre Hände auf meine.

Und dabei bohrten sich ihre kalten Fingernägel unbarmherzig in meine Haut.

Mit einem Ruck wurde ich wach.

Draußen dämmerte es gerade erst und ich spürte mein Herz wild und hastig gegen meinen Brustkorb hämmern. Mein Schlafshirt klebte mir nass am Rücken und auch mein Atem ging schneller als sonst. Müde warf ich einen Blick auf den Wecker. Es war noch vor sechs. Seufzend ließ ich mich zurück in das Kissen sinken.

Was hatten diese Träume zu bedeuten?

Und warum traten sie gerade jetzt auf? Lag es daran, dass ich morgen siebzehn wurde?

Kopfschüttelnd quälte ich mich aus dem Bett. Es hatte keinen Sinn, darüber nachzudenken. Das war das Furchtbare an den ganzen Träumen: Niemand hatte eine Antwort für mich, am wenigsten ich selbst.

Und so tat ich das Einzige, was mir übrig blieb bei all den offenen Fragen, die mich momentan quälten: Ich schob sie weg.

Müde tapste ich ins Badezimmer und ging duschen. Das heiße Wasser tat mir gut, auch, wenn mir die Aussicht auf den heutigen Schultag eher weniger guttat. Aber das war wieder so eines von diesen Dingen, die ich einfach nicht ändern konnte. Also schob ich die Gedanken daran ebenfalls weg, trocknete mich irgendwann ab und zog mich an.

Conny begrüßte mich mit einem breiten Lächeln und ich freute mich, dass es wenigstens ihr gut ging.

»Guten Morgen!«, flötete sie. »Wie geht es dir heute?«

Ich versuchte, ein Lächeln aufzusetzen, was mir offenbar grandios misslang. »Großartig«, log ich und widmete mich meinem Bioheft, das ich auf den Tisch packte.

»Oje, was ist los?«, fragte Conny und sah mich mitfühlend an.

»So schlimm?«, fragte ich sie. »Ich kann dir echt gar nichts vormachen?«

Sie zuckte mit den Schultern. »Man sieht einfach, wenn du traurig bist.«

»Und warum bist du so fröhlich?«, fragte ich, um das Thema von mir zu lenken.

Conny zuckte schon wieder mit den Schultern. »Ich weiß es nicht!«, rief sie. »Aber als ich heute in den Spiegel geblickt habe, weißt du, was ich mir da gesagt habe?«

»Nein, aber du wirst es mir hoffentlich gleich verraten.«

»Ich habe zu mir gesagt: *Conny, du siehst toll aus*«, strahlte sie.

Der Satz kam mir bekannt vor und ich musterte sie forschend. »Einfach so?«

»Ja! Einfach so!«, bekräftigte Conny begeistert. »Und es hat sich auch so angefühlt, als ob das die Wahrheit wäre. Irgendwie scheine ich seit der Party abgenommen zu haben. Findest du nicht auch?«

Ich sah sie lächelnd an und nickte. »Ja, kann durchaus sein.«

»Das muss an dem ganzen Zeug liegen, das ich in die Büsche gekotzt habe. Bier auf Wein, lass es sein. Hat eure Nachbarin noch etwas gesagt?«

Ich schüttelte den Kopf. »Nein. Es hat in der Nacht auch noch geregnet. Ich schätze, sie hat das nicht mal mitgekriegt. Aber falls sie sich über kleine Karottenstückchen auf ihren Hecken beschwert, werde ich ihr einfach deine Nummer geben.«

Conny lachte und warf einen Radiergummi nach mir. Ich blickte sie zufrieden an. Sie sah heute wirklich großartig aus. Das lag aber nicht daran, dass sie tatsächlich abgenommen hatte, sondern an ihrer offenen Art und den funkelnden Augen. Offenbar hatte mein Besuch in ihrer Erinnerung wirklich dazu geführt, ihr Selbstbewusstsein zu stärken.

»Sag, was ist eigentlich mit Adrian los?«, fragte Conny nun und senkte dabei ein wenig die Stimme.

Obwohl ich mir zehnmal vorgesagt hatte, auf seinen Namen, seine Stimme oder seinen Anblick ab sofort nicht mehr zu reagieren, fühlte es sich an, als würde mir jemand die Faust in den Magen rammen.

»Was soll mit Adrian los sein?«, fragte ich zurück und begann, meine Buntstifte zu spitzen.

»Keine Ahnung, er sieht nur dauernd zu dir rüber. Und du ... du gar nicht mehr zu ihm. Was ist denn am Samstag noch passiert?« Sie holte eine Karotte aus ihrer Brotdose und biss einmal ab.

»Gar nichts«, erwiderte ich möglichst cool. »Er hatte nur seine Jacke bei mir vergessen.«

»Oh«, meinte Conny.

»Nein, nicht oh«, antwortete ich entschieden. »Sondern einfach nur no.«

Als ich die große Treppe vor der Schule runterlief, wirbelte der Wind meine Haare in die Höhe. Ich beschleunigte meine Schritte und war froh, dass der Tag endlich zu Ende war. Adrians Nähe hatte mich durcheinandergebracht und ich hatte ständig das Gefühl gehabt, von ihm beobachtet zu werden. Natürlich hatte ich versucht, gelassen zu bleiben und keine Emotionen zu zeigen, aber es war mir schwergefallen. Ich hatte das untere Ende der Treppe erreicht, als ich meinen Namen hörte. Automatisch drehte ich mich um und sah, wie Louis die Stufen heruntergejoggt kam.

»Hey«, rief er ein zweites Mal und blieb etwas außer Atem vor mir stehen. Seine Lippe sah etwas besser aus, aber sein Veilchen war seit gestern noch schlimmer geworden. »Wollen wir … willst du vielleicht gemeinsam mit mir nach Hause gehen? Also, nicht zu mir nach Hause, ich meine nur den gemeinsamen Schulweg«, sagte er und grinste.

Mein Blick huschte für einen Moment zu Adrian, der ebenfalls gerade die Treppe runterkam, und ich zögerte.

»Auch, wenn es erst neunzehn Stunden, zweiundvierzig Minuten und …«, Louis schaute auf die Uhr, »elf Sekunden her ist, seit wir das letzte Mal miteinander gesprochen haben.«

Gegen meinen Willen musste ich schmunzeln. »Warst du nicht derjenige, der mir einen Monat – oder auch für immer – Zeit geben wollte?«

Louis lächelte breit. »Okay, Jo, ich dachte, das wäre leichter für mich. Aber da hab ich mich wohl ein wenig verschätzt. Vielleicht auch nicht nur ein wenig.«

Eine kurze Pause entstand zwischen uns. Adrian war inzwischen schon verschwunden und ich sah, wie Louis vorsichtig die Hand nach meiner ausstreckte und mir ganz zart über die Finger strich. »Hör zu, wenn du noch Zeit brauchst, dann versteh ich das. Ich will dich echt nicht bedrängen, Jo.«

Ich sah ihn an.

»Und bis du so weit bist, zähl ich einfach weiter die Sekunden …

Selbst, wenn das Ausrechnen mit der Zeit immer schwieriger wird. In Mathe war ich noch nie ein Genie.« Er zwinkerte mir zu.

Ich musste lachen und gab meinen Widerstand auf. »Okay«, sagte ich dann. »Lass uns einfach gehen.«

Der Heimweg mit Louis war nett und ich versuchte, nicht zu viel über die Wette oder Adrian nachzudenken, sondern mit ihm einfach über Belanglosigkeiten zu quatschen und ganz im Augenblick zu leben.

Als ich mich schließlich von Louis verabschiedet hatte und vor unserem Gartentor ankam, fühlte ich mich besser als den ganzen Tag zuvor. Außerdem hatte Finn noch Hockeytraining, Lea war bei irgendeinem Akupunkturtermin gegen ihre Schwangerschaftsübelkeit und Papa arbeitete länger, sodass ich das Haus ganz für mich allein hatte. Ich beschloss, mir einen gemütlichen Abend zu gönnen, machte Musik an und wollte mich eben mit einem Buch auf die Couch lümmeln, als es an der Tür klopfte.

Es war ein ziemlich energisches Klopfen und obwohl ich gerade noch ganz entspannt gewesen war, jagte nun das Adrenalin durch meinen Körper. Mit klopfendem Herzen setzte ich mich auf und starrte die Tür an. Auf der Stelle fiel mir der Verschwörungstheoretiker-Blog wieder ein und ich musste an geheime Organisationen und den ungeklärten Tod meiner Mutter denken. In dem Moment verfluchte ich mich dafür, dass ich so sorglos gewesen war, Finn von meiner Fähigkeit zu erzählen. Vielleicht war das Haus verwanzt, vielleicht wurden wir abgehört, vielleicht hätte ich die Angst meines Vaters doch ernster nehmen sollen.

Das alles schwappte in einer Zehntelsekunde über mich hinweg, dann hatte mich die Vernunft wieder und ich stand auf. Wenn mir jemand etwas Böses wollte, dann würde er wohl kaum abends um sechs zu unserem Haus kommen und ganz gesittet an die Tür klopfen.

Ich legte das Buch beiseite und ging barfuß in die Diele. Vielleicht waren es ja auch Lea oder Finn, die ihren Schlüssel vergessen hatten. Als ich die Tür erreicht hatte, stellte ich mich auf die Zehenspitzen und linste durch den Spion. Ich sah breite Schultern, ein markantes Gesicht und kurze schwarze Haare.

Trotz meines Cool-bleiben-Mantras machte mein Herz einen Satz und schlug dann umso hektischer weiter. Adrian hob in dem Moment den Kopf und sah mich durch den Spion direkt an.

Unwillkürlich machte ich einen Schritt zurück und die Dielen knarrten.

»Jo?«, rief er durch das Holz. »Bist du das? Ich muss mit dir reden!«

»Ich muss aber nicht mit dir reden«, gab ich im gleichen Tonfall zurück und erschrak, als er mit der flachen Hand gegen die Tür schlug.

»Verdammt noch mal, das ist kein Spiel!«, knurrte Adrian und irgendetwas in seiner Stimme brachte mich dazu, die Klinke herunterzudrücken. Ein Schwall kalter Luft kam herein und ich fröstelte. Erst jetzt wurde mir bewusst, dass ich nur ein T-Shirt und verdammt knappe Shorts trug, aber es war zu spät, um daran noch etwas zu ändern. So selbstbewusst wie möglich reckte ich das Kinn in die Höhe und sah ihn an.

»Was willst du?«

Er schüttelte den Kopf. »Nicht hier. Drinnen.«

Ich zögerte einen Moment, doch dann wurde es mir zu kalt und ich ließ ihn rein.

Er trug einen schwarzen Pullover und graue Jeans und die kleine Narbe über seiner linken Augenbraue erinnerte mich an seinen Kampf mit Louis.

Adrians Blick streifte meine Beine für einen Moment und ich hasste es, dass mein Körper darauf reagierte. Mit etwas mehr Schwung als nötig schloss ich die Tür hinter ihm und verschränkte die Arme vor der Brust.

»Also«, wiederholte ich. »Was willst du?«

Adrian antwortete nicht sofort und ich hatte das Gefühl, einen Anflug von Unbehagen in seinen grünen Augen zu sehen.

»Ich hatte dir doch gesagt, dass du Louis nicht vertrauen sollst«, meinte er schließlich gepresst.

Ich atmete tief durch. »Ich wüsste nicht, was dich das angeht.«

»Hör zu, er ist nicht so nett, wie du denkst. Auch, wenn er die beschissenen Sekunden zählt.«

»Du meinst wegen der Wette?« Ich sah Adrian direkt in die Augen. »Ich weiß, dass er nicht ehrlich zu mir war. Er hat es zugegeben – im Gegensatz zu dir.«

Adrians Augenbrauen zogen sich verwirrt zusammen.

»Was hat er zugegeben?«

»Hör auf, Spielchen zu spielen!«, fuhr ich ihn an. »Du weißt genau, was er zugegeben hat.«

»Jo, ich habe keine Ahnung, was er dir erzählt hat. Aber du *darfst ihm nicht vertrauen*.«

»Wieso nicht?«

Adrian blickte zu Boden und schwieg.

»Schweigen? Ernsthaft?« Ich lachte auf. »Weißt du, was, Adrian? Verschwinde. Ich will mir das echt nicht mehr antun. Louis ist nett zu mir und wenn ich ihm eine Frage stelle, dann beantwortet er sie auch.«

Ich griff nach der Klinke und Adrian packte meinen Arm. Sofort rasten jede Menge Stromstöße durch meinen Körper und ich schnappte nach Luft.

»Aber er beantwortet dir deine Fragen nicht ehrlich«, sagte er hart.

Ich fühlte, wie sich mein Puls noch weiter beschleunigte.

»Und du? Du beantwortest sie mir überhaupt nicht«, fauchte ich.

»Das hat seine Gründe. Du musst mir vertrauen«, stieß er hervor.

»Dir vertrauen?«, erwiderte ich spöttisch und streckte den Rücken durch. »Ich kenne dich ja nicht mal. Du tauchst immer wieder in meinem Leben auf, bist einmal freundlich und dann wieder nicht. Wie soll ich mich denn da auskennen?« Ich machte eine kurze Pause und mein Brustkorb hob sich schwer. »Weißt du was? Mir sind deine Gründe scheißegal, Adrian. Verschwinde von hier.« Ich versuchte, die Tür mit Kraft zu öffnen, doch er hielt dagegen.

»Ich brauche nicht noch jemanden in meinem Leben, der mich anlügt«, setzte ich wütend hinzu. »Und nun lass endlich die verdammte Tür los.«

Adrian schüttelte den Kopf. »Nur, weil ich dir nicht alles sage, heißt es nicht, dass ich dich anlüge«, bemerkte er hart, doch seine Worte beruhigten mich nicht, nicht mal ein bisschen. Ich blickte ihn weiterhin zornig an.

»Okay«, meinte er schließlich gepresst und seine dunkelgrünen Augen sahen mich eindringlich an. Für einen Moment legte sich eine eigenartige Stille über uns und ich spürte die Spannung, die zwischen uns lag, die Spannung, die mich total durcheinanderbrachte und mich nicht wissen ließ, ob ich diesen Typen schlagen oder küssen sollte. Ich hasste es, dass er mich so außer Kontrolle bringen konnte.

Adrian atmete tief durch und es schien, als müsse er sich selbst davon überzeugen, dass seine nächsten Worte richtig waren. »Ich zeig es dir.« Er hielt kurz inne. »Aber es ist das *einzige* Mal.«

Ich runzelte die Stirn. »Was zeigst du mir?«

»Was wirklich passiert ist an dem Abend nach der Party.«

Seine Worte waren unmissverständlich und dennoch dauerte es einen Moment, bis ihre Bedeutung zu mir durchdrang.

»Wie willst du mir das zeigen?«, flüsterte ich und hatte plötzlich das Gefühl, dass die kleine Diele unter Hochspannung stand.

»Du weißt, wie.« Seine Stimme klang dunkel, noch tiefer als sonst.

Ich spürte eine plötzliche Hitze durch meinen Körper jagen und wich unwillkürlich einen Schritt zurück.

Adrian bemerkte meine Reaktion und sein Gesicht verschloss sich. »Du misstraust dem Falschen.« Er zog seine Jacke aus und mich traf sein frischer und gleichzeitig herber Duft. »Überzeug dich selbst.«

Seine funkelnden Augen bohrten sich in meine und gleichzeitig streckte er mir langsam sein Handgelenk entgegen. Ich spürte sein Zögern und mir stockte der Atem. Das, was Adrian gerade tat, bedeutete für ihn die totale Überwindung. Mir war nicht klar, wie viel er wusste, ich verstand nur, dass er bereit war, seine Erinnerungen mit mir zu teilen.

Mit wild klopfendem Herzen blickte ich in sein unwiderstehliches Gesicht. »Was möchtest du mir zeigen?«, fragte ich mit dem letzten Rest Verstand, der mir geblieben war.

»Die Wahrheit«, sagte er dann und griff nach meiner Hand. Ich senkte den Blick auf unsere verschlungenen Finger. Auf der Innenseite war sein muskulöser Unterarm mit verschlungenen schwarzen Zeichen tätowiert, die mir nichts sagten. Sein Daumen strich sanft über meine Haut und ich erschauerte, als er meine Finger gegen sein eigenes Handgelenk presste.

Ich stürzte auf ein weites silbernes Feld.

Adrians Erinnerungsfeld. Das Bewusstsein darüber, mich in seinen Erinnerungen aufzuhalten, machte mich richtiggehend nervös und ich fragte mich, wie es sich für ihn anfühlen musste, mich hineinzulassen.

Der Himmel zeigte ein berauschendes Farbenspiel. Rote, blaue, grüne und gelbe Wolken zogen rasch über die Graslandschaft, ballten sich zusammen und lösten sich wieder auf. Ich stand in der Mitte seines dicht bewachsenen Feldes voller silberner Gräser und atmete die kühle Luft tief ein.

Immer wieder leuchteten vereinzelt goldene Halme auf und ich dachte daran, was Adrian zu mir gesagt hatte.

»Zeig mir die Wahrheit!«, verlangte ich nun mit lauter Stimme und sofort leuchtete ein dicker Halm in meiner unmittelbaren Nähe goldfarben auf. Er schien richtiggehend zu pulsieren vor Licht und ich ging zu ihm und strich sanft mit den Fingern darüber.

Sofort war das Erinnerungsfeld verschwunden und ich stand mit Adrian und meinem eigenen Erinnerungs-Ich auf der Straße vor unserem Haus. Von drinnen hörte man Musik und Gelächter, während es hier draußen auf der Straße angenehm ruhig war. Mein Erinnerungs-Ich stand knapp vor Adrian und starrte auf seine Lippen. Ich stellte mich daneben und erinnerte mich an den Moment und den dringenden Wunsch ihn zu küssen. Dennoch konnte ich nicht glauben, was ich sah. Ich konnte nicht glauben, wie er mich sah.

Mein Erinnerungs-Ich war wunderschön. Meine Haare glänzten im Mondschein und meine Augen strahlten auf eine besondere und geheimnisvolle Art, die ich selbst noch nie an mir wahrgenommen hatte. Ich sah, wie Adrian leicht den Kopf in meine Richtung neigte, sah, wie mein Erinnerungs-Ich sich ebenfalls auf ihn zubewegte und die Hand nach seinem Gesicht ausstreckte, bevor er rasch einen Schritt zurücktrat.

»Gute Nacht, Jo«, presste Adrian hervor und in seiner Erinnerung wurde deutlich, wie viel Überwindung es ihn kostete, vor mir zurückzuweichen. Über mein Gesicht huschte ein Ausdruck von Schmerz, dann verabschiedete ich mich von ihm und ging mit schnellen Schritten zurück ins Haus.

Mein Erinnerungs-Ich trug noch immer seine Lederjacke und ich blieb bei Adrian auf der Straße stehen und blickte mir selbst nach. Er blieb länger stehen, als ich erwartet hatte, doch schließlich drehte er sich um und ging die Straße hinunter. Ich folgte ihm und fühlte eine plötzliche Unruhe, als ich hastige Schritte hinter uns auf dem Asphalt hörte. Adrian blieb stehen und ballte die Fäuste, dann wandte er sich um.

»Was willst du?«, fragte er und trat Louis entgegen, der ihm hinter-

hergerannt war. Louis sah hier anders aus als sonst. Sein Gesicht wirkte härter und in seinen Augen lag ein verschlagener Ausdruck, der mir bisher entgangen war.

»Du weißt genau, was ich will. Halte dich von meiner Beute fern«, zischte Louis. Er begann, Adrian langsam zu umkreisen und ich sah, wie sich jeder Muskel in Adrians Körper kampfbereit anspannte.

»Hör auf, sie so zu nennen. Sie sind keine Tiere«, knurrte Adrian und Louis' Gesicht verzog sich angewidert.

»Du bist so schwach. Es ist eine Schande, die Ausbildung mit dir durchlaufen zu haben.« Dann huschten seine Augen auf die Straße und Louis' Miene änderte sich abrupt.

»Lass die Finger von ihr«, fauchte er Adrian an. »Weißt du eigentlich, wie scheiße das von dir ist, sich nur wegen einer Wette an Jo ranzumachen?«

Adrians Gesicht wurde kalt vor Zorn und er schlug Louis mitten ins Gesicht. Diesen Teil der Erinnerung hatte ich auch miterlebt und ich sah mich selbst entsetzt danebenstehen, als die beiden Männer aufeinander losgingen. Mein Erinnerungs-Ich floh, aber Louis und Adrian schlugen weiter aufeinander ein. Louis rammte Adrian seinen Schädel in den Bauch und ich sah, wie ihm das Blut aus der Nase über die Zähne lief.

»Jetzt glaubt sie dir kein Wort mehr«, zischte Louis triumphierend. »Aber ich werde sie rumkriegen und dann werde ich meinen Auftrag erfüllen und die Jägerschaft stolz machen.«

In diesem Moment riss die Erinnerung ab. Ich wurde zurück in unsere Diele katapultiert und rang nach Atem.

Haltsuchend stützte ich mich an der Tür ab und starrte Adrian mit großen Augen an. »Du und Louis … wer seid ihr?«, hauchte ich.

Er wandte den Blick ab und schüttelte den Kopf. »Das kann ich dir nicht sagen.«

»Wieso nicht?«, drängte ich.

Er atmete tief aus und presste die Lippen zusammen. »Ich habe schon zu viel gesagt.«

»Du hast fast gar nichts gesagt!«, widersprach ich erregt.

»Aber ich habe dich *hineingelassen*«, entgegnete er heftig und sah mir direkt ins Gesicht. Seine grünen Augen fixierten mich und brachten die Luft zum Knistern.

»Er ist gefährlich, Jo«, sagte er leise, fast drohend. »Und du bist viel zu leichtgläubig.« Er betrachtete mich auf eine Art, bei der ich nicht wusste, ob er näher kommen oder auf Distanz gehen wollte. Jede Faser meines Körpers wünschte sich, er würde einfach näher kommen. Alles in mir wollte, dass er das, was für ihn zwischen uns lag, endlich überwand, dass er uns endlich zusammenfinden ließ.

Unsere Blicke verfingen sich und eine atemlose Stille legte sich über uns. Dann machte Adrian einen Schritt auf mich zu und ballte die rechte Hand zur Faust. Es war, als müsse er innerlich gegen sich selbst kämpfen, als würden Verstand und Gefühl miteinander ringen.

Mein Atem ging schwer, denn er war mir plötzlich ganz nah. So nah, dass mich sein männlicher Duft umhüllte. Tief sog ich die Luft ein.

Noch nie hatte ich mir so sehr gewünscht, geküsst zu werden.

Adrian neigte sich zu mir und mein Herz donnerte gegen meine Brust. »Du bist verdammt leichte Beute«, flüsterte er in mein Ohr und ich fühlte seinen warmen Atem an meinem Hals entlangstreichen. Ein Schauer rann über meine Haut, aber ich schüttelte dennoch den Kopf. »Das ist nicht wahr.«

»Doch, ist es«, raunte er leise und unglaublich sexy. Sein Blick glitt über meine Lippen. Zitternd sah ich zu ihm hoch und in diesem Moment beugte er sein Gesicht zu mir herab und legte seine Lippen sanft auf meine.

Bei seiner Berührung stockte mir der Atem und ich schloss die Augen, weil es sich so viel besser anfühlte, als ich es mir vorgestellt hatte. Es war Elektrizität pur, die durch meinen Körper raste. Dann spürte ich seine Hand in meinem Nacken und im nächsten Moment zog er mich mit einem hungrigen Laut noch näher an sich heran. Ich schlang die Arme um seinen Hals und presste mich an seinen starken Körper. Ich wollte mehr. Es war so unglaublich schön, ihm so nahe zu sein.

Doch bevor es zu einem richtigen Kuss kommen konnte, schob er mich plötzlich von sich, wie etwas, das einfach nicht sein durfte. Mit einem unterdrückten Fluch boxte er gegen die Wand, sein Brustkorb hob und senkte sich schnell und ich stand völlig verwirrt daneben und wusste nicht, was ich tun sollte.

Er starrte mich an. »Wir stehen auf unterschiedlichen Seiten, Jo«, stieß er schließlich hervor und öffnete mit einer kräftigen Bewegung die Tür. »Und daran wird sich auch nichts ändern.«

Ein kalter Windstoß fuhr mir ins Gesicht, aber das war nichts im Vergleich zu der Kälte in meinem Inneren. Wie versteinert sah ich Adrian dabei zu, wie er mit langen Schritten in der Nacht verschwand und hatte keine Ahnung, was ich denken, geschweige denn fühlen sollte.

Ravensburger Bücher
Entdecke mehr von ROSE SNOW
Das erste Buch der Lügenwahrheit
ISBN 978-3-473-40169-7
Band 1
Das zweite Buch der Lügenwahrheit
ISBN 978-3-473-40171-0
Band 2
Das dritte Buch der Lügenwahrheit
ISBN 978-3-473-40172-7
Band 3
EIN Augenblick FÜR IMMER
Nie hätte sich June ihr Jahr in England so vorgestellt: Ein prächtiges Herrenhaus an Cornwalls windumtoster Küste wird ihr neues Zuhause, zwei ungleiche Brüder üben eine magische Anziehung auf sie aus und eine uralte Gabe erwacht in ihr.
Ravensburger
www.ravensburger.de
HCRTB_18_064